세상 밖으로 난 다리

신장현 소설집
세상 밖으로 난 다리

펴낸날/ 2001년 12월 26일

지은이/ 신장현
펴낸이/ 채호기
펴낸곳/ ㈜**문학과지성사**
등록번호/ 제10-918호(1993. 12. 16)

서울 마포구 서교동 363-12호 무원빌딩(121-838)
편집/ 338)7224~5 FAX 323)4180
영업/ 338)7222~3 FAX 338)7221
홈페이지/ www.moonji.com

ⓒ 신장현, 2001. Printed in Seoul, Korea
ISBN 89-320-1302-0

값 8,000원

* 지은이와 협의하여 인지는 생략합니다.
* 이 책의 판권은 지은이와 문학과지성사에 있습니다.
  양측의 서면 동의 없는 무단 전재 및 복제를 금합니다.
* 잘못된 책은 바꾸어드립니다.
* 이 책은 대산창작기금을 받아 출간되었습니다.

신 장 현   소 설 집

세상 밖으로 난 다리

문학과지성사
2 0 0 1

구노를 찾아서

구노를 찾아서

　　'구노' 아버지의 전화는 너무 갑작스러운 것이었으므로 나는 일껏 꾸민 부장과의 점심 약속을 도로 취소해야 했습니다. 정확히 부르자면 '구노'란 '군호'고요, 그의 아버지는 나의 먼 이모부입니다. 친척들은 쉽게 부르는 '구노'란 이름이 진짜 그의 이름인 줄 알고 있지요. 저 유명한 노래 「아베 마리아」로 잘 알려진 작곡가 이름이 구노라던가요? 그의 여동생 이름은 집안의 돌림자인 '호'자를 쓰지 않아 예쁘기만 한 '수미'입니다. 이름부터 둘은 전혀 오누이 같지 않게 불리지만 실제 외양은 더 그렇습니다. 구노는 올해 스물여덟 살 난 청년이고 수미는 그보다 세 살 아래인 어엿한 숙녀입니다. 그런데 구노를 청년이라 여기는 사람은 아무도 없습니다. 초등학교 5학년에 성장을 멈춘 채, 그때 그 아이로 있기 때문입니다. 흔히 말하는 난쟁이와 달리 그의 얼굴이나 골격은 아주 작아 어린 아이와 똑같습니다. 그런 걸 뭐 '왜소증'이라나요. 구노를 어린애 부르듯 하는 이유는 거기 있으니 내버려두지요. 사실 구노는 누가 보아도 아이일 뿐이니까요. 그가 단순한 아이에 불과하지 않다는 점은 나중에 따로 전해드리겠습니다.

구노 아버지를 굳이 '먼 이모부'라 부를 수밖에 없는 까닭도 있지요. 구노 어머니는 외가의 배다른 쪽이거든요. 내 어머니 아래로 나이가 예닐곱 살 터울인 그 이모를 어머니는 꽤나 심상찮게 대했었고 그 때문에 나와 그 집 간의 관계도 어정쩡한 상태였던 겁니다. 옛날에는 그런 일이 많았다지만 외할아버지의 외도로 만들어진 배다른 동생이 얼마나 그 집안을 멍들게 했으며 특히나 큰딸인 어머니의 마음을 어수선하게 했을까 상상하기란 어려운 일이 아닐 것입니다. 그렇지만 어머니의 그녀에 대한 감정은 세월의 흐름과 함께 무디어갔고 그녀가 결혼을 통해 한 가정을 이룸으로써 일단락되었다고 할 수 있습니다. 어쩌면 그 집의 넉넉한 경제력이 어머니와 구노네와의 친분을 유지시켜준 끈일지도 모릅니다. 이모부는 일찍이 미국 유학까지 마친 후 경제 관료로 있다가 지금은 은행 지점장으로 위세가 당당한 편이었습니다. 그 집에서 우러나오는 여유는 그러니까 어머니뿐 아니라 외가를 압도하는 것이었거든요. 궁핍한 살림에 언제든 돈을 빌려 쓸 수 있다는 사실만으로도 구노네에 대한 감사는 그지없었습니다. 구노네가 인색하다거나 행세하려는 집이 아니라는 자자한 평판은 전적으로 천성이 곱기만 한 이모의 몫으로 돌려야 할 듯합니다.

처녀 적 이모의 둥그런 얼굴은 청아함이랄까, 그 이상으로 귀티를 품어 대체로 남에게 편하고 부드럽고 그리고 영혼이 고양되는 느낌까지 들게 하는 것이었습니다. 실은 나 역시 처녀 때의 먼 이모를 좋아했고, 그 감정이야말로 사모함이었음을 고백하는 데 부끄러워하지 않겠습니다. 이성에의 첫 눈뜸이라 할 그 아슴푸레한 기억은 초등학교 5학년 시절로 돌아갑니다. 그때쯤 셋집의 아이로 주인네의 눈치를 받아온 나로서는 모처럼 우쭐한 기분에 젖어 있었으니 지금도 기억에 생생합니다. 어디서 살다 왔는지, 그녀가 누구인지도 몰랐는데 어머니가 대뜸 이모라 부르라고 한 그녀는 근 일주일을 우리집에 머물렀거든요. 안집의 내 또래인 성만이와 그의 형으로 마침 휴가 나와 있던 군인 아저씨는 눈이 휘둥그레져 이모를 훔쳐보는 것이었습니다. 그때 이모의 차림은 보라색 원피스로 기억되는데 목 둘레의 흰 레이스 칼라가 어떠했겠습니까. 너무나 앙증스러워 갓난아기의 턱받이를 연상케도 했지만 어린 나이에도 난 알았지요. 그건 누군가로부터 사랑을 받고 싶어하는 여자의 속마음이란 걸. 이미 사랑받고 있다는 표시이기도 했습니다. 가분해 보이는 어깨에서 긴 목덜미를 감은 레이스는 이미 그녀의 영혼마저 움켜쥔 주인의 손으로 보였으니까. 장식도 매일 달랐지요. 모기장을 뜯어 만든 듯이 얇은 망사에 꽃무늬가 어우러져 있는 것, 둥근 테에 구슬 모양으로 치장한 것, 끝 단이 쟁기 날같이 크고 날카로운 모양 등, 바라만 보아도 가슴 설레더라고요. 거울 앞에서 이런저런 칼라를 목에 둘러보는 이모는 정말 동화 속의 공주였고, 나는 표지가 빠닥빠닥한 동화책을 마음껏 보는 입장이었습니다. 이모의 잦은 외출과 부산함에 대해 이쪽저쪽 줄거리를 짜 맞춰야 했던 나는 그때 꽤나 조숙한 편이었겠죠.

그렇게 어리벙벙해 있던 어느 날 밤, 급기야 나는 달나라까지 치닫는 기쁨과 동시에 시소 같은 데서 나둥그러지는 골탕을 한꺼번에 맛보아야 했습니다. 그날도 밤늦게 다락방으로 올라온 이모는 핸드백에서 무엇인가 꺼내 내 머리맡에 놓곤 서둘러 옷을 벗는 것이었습니다. 물론 나는 여전히 호흡을 잠결에 감춘 채 실눈을 뜨고 이모의 움직임을 보고 있었고요. 좀 창피한 일이지만 단칸 셋방에 딸린 다락방이란 허드레 잡물을 넣어두는 벽장과 다름없이 좁은 곳이었으므로 이모의 아무리 작은 움직임이라도 그대로 나의 몸피에 전해지는 것이었습니다. 천장도 낮았으므로 이모로서는 약간 고개를 숙여 나의 잠든 모습을 빤히 볼 수밖에 없었을 겁니다. 깜깜한 어둠 속에서도 부끄러움이 뭔지 알게 된 그런 밤이었습니다. 언제인지 모르게 겉옷을 벗은 이모는 자리에 눕자마자 여느 때와 다른 부피와 체온으로 나를 끌어들였습니다. 온몸이 움츠러들었는데 가슴은 터질 듯이 콩닥콩닥거렸습니다. 이모는 분내와 향긋한 살내, 들꽃 냄새가 물씬 나는 젖가슴을 나의 볼에 비벼대 철부지 어린 소년을 한없이 어지럽고 떨리게 했습니다.

"우영아— 우영아—"

이모의 외마디는 잠결에 잦아들고 베갯잇엔 눈물이 번지고 있음을 느낄 수 있었습니다.

"이모, 어디로 간 거야?"

늦잠에서 깨어난 다음날, 이모의 행방을 물었을 때 어머니는 지그시 웃으며 "이제야 네 이모가 제 집을 찾아가게 됐구나" 하는 것이었습니다.

"여태 어디 있던 이몬데?"

"그건 몰라도 될 일이구, 너도 낼 모레면 이모부 될 사람을 보게 될 게다."

어머니는 달뜬 음성으로 나를 바라보는 것이었습니다.

정작 결혼식 날에 이르러 어쩌다 나는 이모와 이모부 된 사람을 보지 못하고 말았습니다. 그러나 하나도 서운한 생각이 들지 않았습니다. 오히려 이모가 내게 퍼부었던 알 수 없는 감정과 의미로 말미암아 나는 마치 콘크리트 바닥으로 추락한 작은 설치류처럼 어린 시절 한때를 아프고 음울하게 보내야 했거든요. 이모와의 첫 만남이 그저 보았다는 정도가 아니라 이상스럽게 '느꼈다'는 것과 같이 구노네와의 접촉은 대개 그런 식으로 이어졌음을 솔직히 고백하겠습니다. 내가 대학에 갓 입학할 즈음 만났던 구노와의 기억은 사실 괴이쩍기까지 한 것이었고 훨씬 뒤에 말로만 듣던 이모부를 처음 대면했을 때도 거의 마찬가집니다. 그게 어떤 기분인지 금방 말씀드리지요.

도심을 빠져 강변을 질주하는 이모부의 승용차는 주인의 기분이 그래서 그런 탓인지 중심을 잃은 듯 흔들렸습니다. 그전에 타본 적이 없는 중형의 세단이어서 안락함을 기대했지만 굽이진 길을 돌 때는 차체가 힘없이 쏠리고 비틀거리는 것이었습니다. 가속기와 브레이크 페달을 바쁘게 옮겨가며 밟아대는 이모부의 발짓이 내 발목까지 옥죄는 거였지요. 보통 불안한 게 아니었습니다. 그뿐 아니었어요. 때 아닌 빗줄기가 냅다 차창을 두드리기 시작했는데 이모부는 윈도 브로셔를 가까스로 작동시켰거든요. 초보 운전자이거나 차를 몰라서가 아니라 그는 당장 자신을 운전하는 데에도 곤란을 겪고 있는 모양이었습니다.

"손수 운전하시는 게 아닌데 그러셨어요."

나는 빗줄기에 뒤섞인 낙엽이 차창에 철썩철썩 달라붙었다가 순식간에 흩날려가는 모습에 눈을 팔며 이모부에게 말을 건넸습니다.

"기사가 휴가를 갔거든. 더구나 이건 자네한테도 미안하지만 순전 내 집안일이 아닌가."

이모부가 거듭 미안하다는 데는 그럴 만한 이유가 있지요. 어쨌거나 나는 회사에서 조퇴를 했고, 더 말하자면 이모부가 나를 쉽게 불러낼 만큼 이모부와 나의 거리가 그렇게 가깝지 않았다는 점이지요.

구노를 만나 형으로 불림을 받은 것도 올해 초에 잠깐, 그에게서 컴퓨터를 배워보겠다는 나의 필요성에 의해서였으며 어쩌다 함께 낚시를 했어도 집안에서 알 만한 일이 아니었습니다. 이모부는 그때 해외 출장 중이었으니까요. 그는 그러니까 뒤늦게 이런저런 이야기를 이모에게 전해 들었을 겁니다. 그러곤 내게 구노 찾는 일에 도움을 청했겠지만 도대체 이해가 되지 않는 일이지요. 아무래도 집에 있는 이모나 여동생인 수미가 그의 행방을 더 잘 알 것이지 내가 도움이 될 바란 무엇이냐 이거죠. 이모부란 사람과 갑자기 가까운 거리에서 감정을 느끼는 것도 실상 마뜩한 일이 아닙니다. 그의 허여멀건한 살에선 별스러운 사람 냄새가 났습니다. 젊었을 때는 굴곡이 뚜렷했으련만 세월이 그렇게 만들었을까, 아니면 과도한 영양분 섭취 때문일까. 기름진 이마 아래 눈두덩은 축 처지고 콧잔등은 양쪽 볼 사이로 빠져드는 모습이었습니다. 옷소매에서 삐죽이 나온 갈퀴 같은 손도 이물스럽게 보이더군요. 어찌 이 사람이 구노의 아버지란 말인가. 깡마르고 볼품없이 작은 구노를 그려보니 더욱 이해가 되지 않는 거예요. 그저 구노의 법률적인 후견인이 아닐까 하는 의구심마저 든 데는 그전에 들은바, 그가 평소에 구노를 대해온 태도 때문이기도 합니다. 차라리 구노에 대한 방침이라고나 할까. 그는 되도록 구노를 혼자 있도록 했으며 친지들의 모임에서조차 그를 아예 화제의 대상에 올리려 하지 않았다는 것입니다.

물론 직장이나 친구들의 모임에서 이모부가 절대로 자식 이야기를 하지 않았으리란 추측은 충분히 상상할 수 있는 일이지요. 그는 결코 집 안에 친구나 회사 부하 직원을 끌어들인 적이 없다고 하던데 이해할 만한 일입니다. 왜 그렇겠습니까? 구노가 다른 이들에게 놀림감이 되거나 측은한 대상이 되는 것이 싫기도 했거니와 그의 속마음은 훨씬 계산적으로 구노를 기피하고 있는 겁니다. 어느 모로나 성공한 그의 인생에서 구노는 유일한 낭패이며 가슴 아픈 짐일지 모릅니다. 구노의 키를 늘일 수 있다면 그는 어떠한 일이라도 마다하지 않을 사람입니다. 요는 자식을 위한 일이라기보다 자신의 사회적인 위신과 더 관련되는 일이기 때문일 것입니다.

"여기서부터는 자네의 설명이 필요하겠는걸."

청평댐을 지날 때쯤 이모부는 엔간히 가라앉은 목소리로 내게 말을 건넸습니다. 그가 나의 도움으로 찾고자 하는 곳은 일전에 구노와 함께 갔었던 강가 낚시터였습니다. 나로서는 구노가 다시 그곳으로 낚시를 갔으리라 추측하기 어려웠는데 이모부는 단호했습니다. 하기야 평소 구노의 외출에 관심을 가진 적이 없으니 다른 상상을 할 수도 없겠지요.

"하루 정도 외박한다고 뭔 일이 있겠어요?"

나는 호기심을 억누르면서 이모부의 본뜻이 무엇인지 물었습니다.

"자네도 알겠지만 걔는 남들에게 자칫 오해받기 십상 아닌가."

이모부는 구노를 설명하는 데 늘 곤혹스러워하는 편이었습니다. 남들에게서 이상한 시선을 받을 수 있다는 것을 '오해받는다'는 식으로 돌려서 말하는 이모부의 표정은 역시 일그러져 있었습니다.

"그전에도 혼자서 돌아다닌 적이 더러 있는 것 같던데요?"

그런데 왜 유독 이번엔 이모부가 기겁해서 그의 뒤를 밟고 있느냐는 거였죠. 이모부는 나의 물음이 가시 같았는지 움찔하고는 더 이상 숨길 수 없다는 듯 긴 한숨을 내쉬면서 말했습니다.

"제 엄마도 모르게 집을 나섰는 데다가…… 구노가 끌고 있는 차는 위험천만한 거야. 설마, 녀석이 그걸 몰고 다닐 줄은 몰랐거든. 벌써 폐차시켰어야 할 거라네. 가끔 끌고 다닌다고 제 엄마한테 얘기만 들었지…… 이 일을 어쩌나."

그의 한숨은 애절한 걱정으로 바뀌었습니다.

"브레이크 오일이 새어 나온 줄도 모르고 차를 끌고 갔으니. 것도 최기사가 발견했기 망정이지. 도대체 브레이크가 나간 차를 끌고…… 그 불쌍한 것이 뭐가 어찌 되었는지 아나, 원."

차체의 구조는 잘 모르지만 아마 브레이크 통이 깨져 오일이 거의 다 샌 모양이었나 봐요. 브레이크가 고장난 차라니! 당연히 끔찍한 생각이 들더군요. 브레이크가 파손된 차가 강물로 추락했다느니 어떤 차인가 커브 길에서 제동이 안 돼 정면 충돌을 했다느니 신문에서 흔히 보는 뭐 그런 교통사고 말입니다. 에쿠쿠―. 구노가 어떻게 그런 차를 몰고 있단 말입니까. 벌써 불귀의 아들이 되었을지 모른다는 흉측한 상상까지 덤벼들었습니다.

차창엔 빗줄기가 다시 거세게 내리치고 있었습니다.

　구노와의 첫 외출이자 마지막이었을 낚시에 같이 따라간 것은 도심 한복판에서도 아카시아 향을 맡을 수 있었던 5월 초였습니다. 낚시터에서 구노는 물론 누구보다도 작았지만 의젓한 태공이었지요. 아주 침착하고도 빈틈없이 고기를 낚았거든요. 그곳은 강물이 그들먹하게 흘러들어 소나무숲의 산자락을 치렁치렁하게 적시는, 경치가 썩 좋은 곳이었습니다. 산자수명이란 말이 있듯이 그저 경치를 낚느니 생각해도 그만이었으니까요. 미끼로 쓰는 노릿한 구더기에 벌써 비위가 틀린 나는 산비탈의 돌무더기에 나앉아 하냥 강안의 정취에 빠져 있었습니다. 구노는 구노대로 즐거운 기분에 빠져 있는 양 보였고요. 산바람에 실린 콧노래가 밤 이슥히 간헐적으로 들렸지요. 혼자 잠자리에 들기 전에 나는 가까스로 구노에게 몇 마디 말을 붙일 수 있었습니다.

　"고기 잡는 게 꽤나 재미있는 모양이구나."

　"왜 그렇게 보이세요?"

　구노의 목소리는 앳되어서 듣기도 어려울 정도였습니다.

　"여기 와서 우린 별로 한 얘기가 없잖니?"

　"그럼 형이 먼저 말하세요."

　구노는 아주 조심스럽게 주문했으나 내심 말을 건네주기 바라온 눈치였습니다. 미안한 일이지요. 그냥 바람 쐬러 나온 김으로 따라온 나로서는.

　"낚시를 무척 좋아하지 않냐고. 어때?"

　재우쳐 물었더니 싱긋 웃었는데 그 웃음은 순진하고 장난기까지 배어 있더라고요.

"별 재민 없지만…… 그저 몰입할 수 있으니까 좋아요."

'몰입'이란 말을 거침없이 쓴 그는, 다시 상기시켜드리지만 스물여덟 살 된 성인입니다. 130센티미터 키에 초등학교 3학년짜리 체구에 불과한 아이와 같지만 실제로 그는 무언가 몰입을 하고도 남았어야 할 어른이지요. 그는 확실히 무엇엔가 빠져 있는 편이었습니다. 아니 빠져 있고 싶어하는 겁니다. 낚시 말고 치자면 컴퓨터야말로 그가 몰입할 수 있는 훌륭한 대상 중 하나일 터. 그 복잡 기기묘묘한 회로를 따라 그의 온 정신은 전자 입자처럼 부서지고 튀면서 화려한 꿈을 만들어내겠죠.

어둠이 짙어지자 나란히 세운 대여섯 개의 대낚시 위에 야광 찌가 고물고물 빛을 발하기 시작했습니다. 그러곤 어느새 후미진 강의 양안이 반딧불 같은 야광의 물결로 일렁입니다. 이젠 조금 짓궂은 질문이라도 괜찮을 듯한 분위기였습니다.

"구노는 여자 사귀어본 적 있니?"

느닷없는 물음에 그는 어리둥절하더니 키들키들 웃음 소리를 흘렸지요.

"초등학교 땐데요. 짝꿍인 미령이라구 날 좋아하는 것 같았어요. 새로 산 연필을 아주 예쁘게 깎아주곤 했으니까 그게 첫 우정이고 마지막 사랑이라고 할까. 그러곤 대학 졸업식 날 천호동에 꽃집이란 데도 갔어요. 친구들이 내 총각을 떼준다더라구요. 그렇지만요…… 어떤 여자가 날 어른이라고 알아나 주나요. 걔네들 경찰서에 끌려갈 뻔했어요. 미성년자에게 뭐 어떻게 했다구."

사랑에 대한 구노의 보잘것없는 경험담이래야 우습기는커녕 나에게 고역스러운 상상을 강요했습니다. 그의 입에서 사랑이란 말

이 나온 순간 왠지 그에 대한 궁금증은 일시에 증발해버리는 것이
아닙니까. 그에게 무엇을 깊이 묻는다는 것이 도시 의미있는 일일
수 없다는 생각 때문이었겠지요. 바람을 하도 쐬어 눈꺼풀도 묵직
했습니다. 나는 텐트 안으로 기어들며 뭔가 더 물어주길 바라는 그
의 기대를 외면하고 말았지요. 자칫하면 그는 고기를 잡기보다 내
입에서 말을 잡으려 할 형국이었으니까.

거의 남처럼 여기고 면식이 불투명하던 구노를 올해 들어 가까
이한 건 실상 나의 잇속 때문이라 해도 지나친 말은 아닙니다. 그
의 집이 내 근무처 쪽으로 이사 왔다는 사실을 안 즉시 나는 이모
에게 연락을 취했고 구노는 기꺼이 나의 컴퓨터 선생이 돼주기로
했거든요. 점심 시간을 이용해 일주일에 두세 번씩 그의 집에 가서
평소에 메모해둔 의문을 풀어보는 것입니다. 그러다 자연히 나는
구노의 인생을 이해하게 됐습니다. 아니 어떻게 해도 이해할 수는
없는 노릇이고 그저 자세히 알게 됐다는 편이 맞겠군요.

구노가 자신의 운명을 알게 된 것은 이미 자신도 어찌할 수 없는
나이에서였다고 합니다. 어렸을 때 심하게 뇌막염을 앓았었는데
그의 골수에 재앙의 균이 잠입했던 모양입니다. 그래도 초등학교
를 졸업할 때까지는 키가 작은 정도로 생각하고 그 어머니가 일러
주는 대로 멸치니 다시마니 시금치며 당근 등등 칼슘과 비타민이
들어 있다는 음식만 열심히 먹었지요. 그 어머니는 구노에게 "어렸
을 땐 다 차츰차츰 크는 것이고 조금 나이를 먹어야 팍팍 크는 것
이다"고 힘을 주었습니다. 중학생이 돼 교복을 입은 구노에게 엄청
난 무게의 책가방은 말 그대로 고생 보따리였지 뭡니까. 비닐 가죽
가방이 항상 길바닥에 질질 끌려 밑창부터 나가고 그 사이로 문구

류를 잃어버리기 다반사였지요. 그러나 중학교 3학년에 오르면서 가족과 구노의 걱정은 걷잡을 수 없이 절망으로 바뀌기 시작했습니다. 이곳저곳 종합 진단 결과, 그의 뇌하수체에서는 이미 성장 호르몬이 말라버렸다는 거였지요. 구노에게는 등교하는 날보다 병원으로 나가는 날이 많아지기 시작했고 그 어머니는 더욱 마음 졸이며 명의며 명약을 찾아다녀야 했습니다. 구노의 병은 뇌 질환의 일종이라며 갖은 비싼 처방의 약을 팔다가 갑자기 종적을 감춘 돌팔이 약사도 있었습니다. 구노 어머니가 오로지 마음과 육신의 고생으로 그를 뒷바라지한 4년여 간 구노의 아버지는 할 수 있는 모든 경제력을 그에게 쏟아 부음으로써 나름의 역할을 다했다고 여겨집니다.

"옥산드롤로라는 호르몬 약을 하루도 빠짐없이 몇 년을 먹었어요. 밥알같이 작고 아주 하얀 약이에요. 처음엔 마치 내 몸에 생명수라도 흘려줄 것만 같은 기대로 먹었어요. 그러다 희망이 없어지니까 그건 좀약 부스러기에 불과하다는 생각이 들더라구요. 내가 좀벌레가 된 악몽도 꾸고, 친구나 다른 사람들을 만나기가 싫어졌어요. 어느 누구라도 자기 고민을 알아주고 해결해줄 사람이 없다는 걸 생각해보세요. 사람이 미운 게 아니라 세상이 무서운 거죠. 그러니까 부모님 원망할 것도 없어요."

애써 부모님에 대한 감정을 감추며 그래도 자기 나름으로 인생을 이해하려고 하는 구노의 마음은 기특했습니다. 어쩌면 구노는 부모보다 더 일찍이 자기의 숙명을 알고 그 길을 응시했을지 모릅니다. 그런 만큼 그에 대한 어머니의 애씀은 더욱 고역으로 작용했을 것이기도 하고요.

"몸에 좋다면 무엇이고 구해서 먹으라는 거지 뭐예요. 내가 몬도 가넨 줄 아는 모양인지, 원. 저번에는 오대산에서 난 무슨 산 열매라고 한 줌을 먹고 났는데 글쎄 그게 멧돼지 쓸개였다는 거였어요. 영지 버섯을 그냥 먹으면 얼마나 쓰고 지린 맛인 줄 알아요? 그것도 주기적으로 먹어야 했지요. 생로열 젤리는 또 어떻구요. 발 고린내가 물씬물씬 풍기고 비위가 뒤틀려요. 억지로 먹고 토하지요. 그럼 도대체 성의 없이 약을 먹는다고 어머니의 더 쓴 꾸지람을 들어야 하구."

이렇게 재미를 곁들인 구노의 이야기를 듣다 보면 그는 흠잡을데 없이 건강한 청년이라는 가벼운 감탄마저 입니다. 성격만은 그 아버지를 닮아 절대 소심하질 않다는 겁니다. 구노를 격의없이 대한 나한테만 짐짓 그런 표정을 보였을까요? 어쨌든 구노가 대학입시를 앞두기까지 그 모든 노고는 결국 1센티미터를 위한 노력이었을 뿐으로 결론 나고 말았습니다. 그는 자기 방의 문틀에 남몰래 그었던 키재기 눈금을 손톱으로 박박 긁어내며 울어야 했습니다. 식구들은 모두 외출한 대낮이었지요. 아무도 몰래였지만 그로서는 이 세상에서 흘린 마지막 눈물이었습니다. 되잖은 꿈보다 차라리 앞날을 선택하기로 마음먹었달까.

다행히 구노는 전문대학의 전산학과에 입학해 새로운 세계에 재미를 붙이게 되었지요. 그에게 언제 컴퓨터만한 친구나 친척이 있었을까요? 특히 전화망을 이용한 컴퓨터 통신은 그에게 적지 않은 위안거리였지요. 누구인지 모르는 그 누구와 화상을 통해 대화를 나누고 토론도 합니다. 구노의 비정상적인 외양은 문제가 될 것이 없습니다. 성인으로서 정당한 인정을 받고 이야기도 그 수준에서

할 수 있습니다. 그의 개인 대화명이 무언지 아십니까. 영문으로 'PeterPan'이라고 하더군요. 대학 친구들이 붙여준 그에 대한 애칭을 그대로 쓰고 있는 겁니다. 어렸을 적 읽었던 동화에 나오던 주인공이죠. 어른이 되지 않기 위해 '네버랜드'로 간 소년 피터 팬이 해적단을 물리치기도 하고, 갖가지 모험을 한다는 환상적인 동화 있잖아요. 동화 속의 그는 얼마나 멋진 친구였습니까. 숙명적으로 작은 구노에게 어쩌면 피터 팬은 우상일지도 모르지요. 깜찍하게 키는 작지만 용감한 꿈을 가졌으니까요. 그런데 내가 맨 처음 구노네로 컴퓨터를 배우러 갔을 때 적잖이 놀랐습니다. 그는 요즈음 보기 드문 학습용 컴퓨터 정도를 갖고 있었기 때문이죠. 몇 세대 지나고도 남았을 386급이라니! 어떻게 디스켓을 넣었다 뺐다 하면서 고도의 정보 게임을 즐길 수 있는지 나로서는 이해가 되지 않았습니다. 화상이 고르지 않은 흑백 모니터는 답답해 보이기만 했습니다. 웬만하면 그저 오락을 위해서라도 펜티엄급의 컬러 모니터를 갖추는 세상인데…… 그는 명색이 컴퓨터 관련 학과 출신이었지만 집에서 그만한 대우를 못 받고 있는 듯했습니다. 아니 초등학교 애 취급도 못 받고 있는 것이 아닐까 하는 의구심이 스치더라고요.

"이 용량 갖고는 좀 곤란하지 않겠니?"

나는 구노의 눈치를 살피며 물었습니다.

"바꿀 수만 있다면 해보고 싶은 것이 너무 많지요. 미디라는 게 있거든요. 그걸로 작곡이나 편곡도 할 수 있구. 비디오 편집에다 그래픽 애니메이션까지 해봤으면…… 환상적일 거예요. 그렇지만 당장 아버지 신세는 지고 싶지 않아요."

"신세가 아니라 집안 사정으로 보면 충분히 갖출 만한 거 아냐?"

들떠 있던 구노의 표정엔 순간 난처해하는 빛이 스쳤습니다.

"아버진 더 이상 나한테 투자하는 게 소용없다는 걸 아세요."

나는 잘못 들었나 하고 다시 물었습니다.

"투자라니?"

"초등학교 때부터 나 때문에 들어간 돈이 모르긴 몰라도 우리 집 한 채 값은 될 거예요. 아직도 미련을 끊지 못하는 엄마한테는 내가 먼저 말했어요. 나에게 더 이상은 돈을 들이지 말라고."

그의 말끝에는 다소간 아버지에 대한 서운함이 깃들어 있음을 감지할 수 있었습니다. 금융계에 오래 몸담아온 그의 아버지이니 자식에 대한 애정도 그렇게 사뭇 계산적이기만 할까. 내가 느끼기에 이모부는 은행 창구를 통해 고객을 대하는 듯 사람을 만나는 인상입니다. 안면에 지방질이 붙어 언뜻 후덕한 인상이지만 얼굴 속 깊은 곳에 박힌 매눈은 날카롭게 사람의 신분과 재력을 가늠하는 겁니다. 아니라면 그는 사뭇 자신을 방어하기에 급급한 모습이라 하겠지요. 어째서 그가 한 번도 나에게 다정하게 말을 건 적이 없답니까? 주로 외갓집 행사로 이모부와 마주쳤는데 그가 끝까지 행사에 남아 있는 걸 보지 못했고 누구와도 넉넉하게 담소하는 모습을 본 적이 없습니다. 이모부는 보통 사람보다 조금 키가 큰 나를 은근히 구노와 견줘 거북스러워하는 눈치였습니다. 사회적인 위신과 평가를 외가라는 작은 울타리에서도 잃지 않으려는 안간힘에서 일 테지요. 그런 탓인지 외가의 행사에 구노는 어쩌다 나타났고 행사 중에도 승용차 안에 있기 일쑤였으며 슬며시 사라지곤 했습니다. 이런 상황이 진정 이모부의 내심에서 비롯된 것이 아닐까요. 나 역시 이모부를 비난하지 않을 수 없습니다. 말로만 전해 듣던 구노를 직접 만나 이야기할 수 있었던 것이 그러니까 내가 군에서 휴가를 나온 때였거든요. 그때에야 나는 잊었던 이모를 다시 만날 수 있었고요. 암암한 기억은 너무 큰 굴절을 이루어 나를 당황케 했습니다. 세월의 굴절보다 더 가슴 저린 것은 이모네에 대한 절연감이었지요. 어린 시절 한때 사람의 따뜻함을 알게 해주었던 이모나 구노나 이젠 남과 같이 여겨지는 것이었지요. 그런 굴절을 만든 이가 바로 이모부였으니 그에 대한 원망이 왜 아니 일겠습니까.

한 가지 더, 구노가 차를 몰게 된 것도 이모부의 뜻이라든지 배려와는 전혀 거리가 멉니다. 오히려 이모부란 사람은 구노가 집에 있기를 바랄 뿐이었으니까요. 구노에게 차를 물려준 분은 그의 당숙이었습니다. 관광 버스 기사인 그분은 일찍이 구노의 답답한 처지를 동정하여 구노를 그의 차에 불러 태우곤 했지요. 그때마다 어렵지 않게 어머니의 승낙을 얻은 구노는 관광객의 일원이 되어 모처럼 지방의 바람을 쐬는 겁니다. 정확히 말하면 어떤 관광객에 딸린 아이처럼 그렇게 돌아다니는 거죠. 만약 이러한 일을 그의 아버지가 알았다면 무슨 일이 벌어졌겠습니까. 아무튼 당숙은 지방의 여행사로 자리를 옮기면서 그가 출퇴근용으로 굴리던 중고차를 구노에게 물려주었고, 후에 구노의 부모에게 적잖은 욕을 먹어야 했습니다.

"내가 운전하는 걸 쳐다보다 사고 내는 사람 참 많지요."

구노는 어처구니없어하며 운전 경험담을 늘어놓았습니다.

"갑자기 창문을 열면서 묻는 말이 '꼬마야 너 면허증 갖고 운전하냐?'는 거지 뭐예요. 그러더니 꽝, 꽝, 꽝, 삼중 충돌이 일어나더라구요. 보닛이 훌렁훌렁 뒤집어지고 난리였어요."

그도 그럴 것이 구노가 핸들을 잡으면 차창으로 아이의 동안만 보이니 신기한 일이지요. 도토리 키만한 아이가 운전을 하는 꼴이라니. 그러니 조금이라도 동네에서 멀리 나가면 꼭 경찰에게 걸려 면허증 제시를 요구받는다는 거지요. 마치 성인용 영화를 보려면 주민등록증 제시를 요구받는 것과 마찬가지였지요. 물론 운전을 한다고 해도 구노가 갈 수 있는 곳은 그의 아버지에 의해 몇몇 군데로 한정돼 있으며 지방으로의 운행이란 금지 사항이었습니다. 이유인즉 '불량배' 때문이란 거죠. 불량배들에게 해코지나 봉변을 당할지 모른다는 걱정 말입니다. 그렇지만 "한 달에 2백 킬로미터를 넘지 말라"고 했다니 구노에게 차는 비상용 장구나 마찬가지였습니다. 집안의 갑작스런 변고에 대비해 있는 구급차라고나 할까. 이모부의 차는 버젓이 차고를 들락날락했지만 구노의 차는 대개 창고에 처박혀 있는 날이 더 많았습니다.

구노가 어떤 동생인지 해드리고 싶은 이야기는 그 밖에도 한두 가지가 아닙니다. 그렇더라도 마음에 여며두고 싶은 일도 많지요. 꼭 당부하고 싶은 한마디, 절대 누구에게고 그의 나이를 일부러 알려고 하진 마십시오. 구노가 언젠가 그러더군요. 자기는 누가 나이를 물었을 때 제일 싫고, 스물 몇 살이라고 일껏 말해주면 그걸 다른 사람에게 전해주더라, 그건 더 싫다고요. 어쩌다 동네 골목에서 열댓 살짜리 아이들이 "같이 놀자"고 하면 마지못해 놀아주는 적도 있지만 대개 도망 다니기에 급급하답니다. 구노가 대학 때 만난 친구들에게 가장 하고 싶은 말이 무엇이었는지 아세요. '야 이 새꺄, × 같은 놈!,' 이런 따위의 욕이랍니다. 지금도 가끔 그의 집에 찾아오는 구노의 친구는 그저 대학로나 인사동, 신촌 등지에서 벌어지는 별별 얘기를 풀어놓고 갈 뿐 도무지 감정을 돋우는 적이 없대요. "재미있다거나 착한 친구보다 나한테 욕을 해줄 만한 친구가 있었으면 좋겠다"는 구노의 바람은 간절합니다.

설렁한 바람에 잠이 깬 나는 퍼뜩 구노의 자리에 손이 갔습니다. 분명 같이 잠잘 듯이 낚싯대를 추슬렀는데 잠자리에 없지 뭡니까. 새벽녘 찬 공기는 가벼운 전율까지 일게 했습니다. 강안을 곱게 물들이던 야광은 한갓 꿈처럼 흘러갔나요. 대신 굽이진 수면 위에 물안개가 고운 띠를 두르고 있었습니다. 강변의 변화는 시시각각 달랐고 그대로 가슴에 밀려오는 물결과도 같았습니다. 코끝에는 강의 단내가 맴돌았습니다. 아무리 보아도 아직 웅크려 앉아 있는 낚시꾼이란 없었습니다. 강안을 여기저기 둘러보다 나는 가까스로 돌무더기 위에 새우잠을 자고 있는 구노를 발견할 수 있었습니다. 자는 것이 아니라 그저 쓰러져 있는 모습이 어찌나 작아 보이던지 나는 입고 있던 점퍼를 이불마냥 들씌워주었습니다.

물속에 잠긴 망태를 흔들어보니 이런, 아무것도 남아 있질 않았습니다. 분명 잉어와 붕어는 물론 '이때껏 잡은 놈 중에 은빛 때깔이 제일 삼삼한 놈'이라고 설명받은 누치까지 있었는데 한 마리도 남아 있질 않았습니다. 구노가 깨기까지 나는 이 변고를 안타깝게 여기며 마음을 졸여야 했습니다. 그러나 라면으로 아침 요기를 한 뒤 구노는 나의 조심스런 물음에 싱글싱글 웃더니 "고길 잡으려고 낚시하나요. 난 그저 낚실 하려고 고길 잡는 건데," 그런 알 듯 모를 듯한 말을 하더라고요, 나 참.

"그래, 고길 다 놓아주었단 말야?"

나는 뭔가 속은 기분으로 물을 수밖에 없었지요. 돌아보면 구노가 의외로 당돌하고 암팡지다 여겨졌던 것은 아마 그때뿐이었을 겁니다.

"집에 가야 먹을 식구가 없어요. 그리고 사실 난 물고기 배를 따서 내장을 빼내고 하는 작업을 할 줄 몰라요. 그러니까 어젯밤에 뭐랬어요. 낚시, 재미있어서 하는 게 아니고 그저 몰입해서 한다고."

물에서 꺼낸 망태를 보니 여기저기 구멍이 숭숭 나 웬만한 물고기라면 다 빠져나갈 정도였습니다. 구노와 같이 한 첫 외출이자 어쩌면 마지막 낚시였을 그날의 일은 그렇게 황당함과 아울러 헛헛함을 남겼지요.

구노가 그렇게도 소중히 여겨온 차가 그를 해칠지도 모른다니…… 그렇게 위험천만한 상태에 있다는 사실을 받아들이고 싶지 않았습니다. 이모부는 어쩌면 구노가 멋대로 지방에 내려간 데 대해 흥분해서 그런지 모른다는 의심까지 들었습니다.

비는 멎었지만 차 안의 냉기는 어깨까지 흔들었습니다. 구노에 대해 걱정스러운 것은 고장난 차만큼 고르지 못한 일기였습니다. 보나마나 구노는 찬비를 맞으면서도 꼼짝 않고 강심에 곧추선 찌를 응시하고 있을 테니까요. 어리석기보다 고집스럽고 단아한 그의 모습이 눈에 선했습니다. 그를 지배하고 움직이는 건 볼품없는 육신이 아니라 작은 악귀와 같은 영혼이 아닐까, 지난번 낚시터에서 보았던 그의 당돌한 행동까지 생생하게 떠올랐습니다. 동행한 나에게는 한마디 상의도 없이 밤새워 일껏 잡은 물고기를 그대로 놓아준 일 말입니다. 그것은 어떻게 이해하려 해도 힘든 수수께끼입니다. 어렴풋이 짚이는 점이라면 어디까지나 그는 독자적이고 싶어한다는 것이겠지요. 그 누구로부터도 도움받지 않으며, 평가받지 않으며, 어떡하든 자신의 구실을 하고 어떠한 결정이든 자신이 하고 싶어하는 겁니다. 어머니에게까지 아무런 말을 않고 나간 그의 이번 외출은 단순한 외출 정도가 아니라 가출이나 다름없었고 부정적인 의미를 담고 있는 것이었습니다. 어쩌면 이번 소동도 결국은 내심 아버지로부터 자신의 독자성을 인정받고 싶어서 하는 시위일 수도 있겠죠. 하지만 그런 식으로 자기의 뜻을 밝힐 필요가 있었을까, 무슨 말 못 할 사정이라도 있는 걸까, 하는 의문도 일었습니다.

강촌 휴게소에서 이모부는 오랫동안 참아온 갈증을 해소하려는 듯 캔맥주 두 통을 단숨에 비워버렸습니다. 한 통은 내게 권한 것으로 내가 마다했지요. 말릴 겨를도 없었고 사실 그럴 기분도 아니었지만 나는 더럭 겁이 났습니다. 한참 휴식을 취해도 부족할 텐데 그는 오히려 격앙된 기분으로 핸들을 잡으려는 게 아닙니까. 연신 담배를 질러대는 모습도 그러했고. 목조로 된 휴게소 난간에 퍼더버리고 앉아 강변을 바라보는 그를 누가 성공한 사람으로 보겠습니까. 지치고 좌절한 실업자의 형색일 뿐이었습니다. 무언가 설명하고자 하나 들어줄 사람이 없습니다. 나이가 그러해서 그렇게 보일까. 나 역시 중년을 넘어서 가슴에 한을 품안으면 저렇게 되는 걸까. 먼발치에서 망연히 이모부를 쳐다보는 감정이 결코 유쾌하질 않았습니다.

강물이 몇 번이고 거꾸로 흘러가다 제 물길을 잡곤 했습니다. 으스스한 침묵이었습니다. 휴일은 아니었지만 단풍 구경에 나선 관광객들이 많아서인지 휴게실 안에는 사람들의 훈기가 감돌았습니다. 그러나 이모부와 나는 휴게실의 안과 밖에 떨어져 있으면서 적이 돼야 했습니다. 둘은 서로 먼저 항복을 받기 원하는 이들이 아닌가요. 틀림없이 자기 몫의 잘못을 갖고 있으면서도 감추고만 싶은 겁니다. 책임져야 할 일이 있긴 있는데 그건 세상사의 대개가 그렇다고 말하며 꼬리를 빼고 싶기만 합니다. 구노가 위험한 차를 몰고 있다고 하지만 그건 이모부의 설명일 뿐입니다. 구노는 이미 오래전부터 위험한 상태에 처해 있는 거지요. 아니 세상은 그에게 바로 위험한 지역이기만 한 겁니다. 그런데 이모부는 혼자만 안전한 곳에 있으려 하지 않았던가. 나의 심중에는 그런 비겁한 비난이 자리 잡고 있었습니다.

차창에 찰싹 달라붙었던 노란 은행잎이며 붉은 갈잎이며 단풍에선 고운 물이 빠져 유리창 전면으로 번지는 것 같았습니다. 쉼 없이 흐르던 시간은 일체 정지 상태에 있고 차만 달려가는 듯합니다. 엄청난 속력의 질주였습니다. 이가 들들들 마주쳤습니다.

"왜 그러세요. 이모부!"

나는 질색하며 외마디를 질렀습니다.

"으응? 뭐가 어때서?"

이모부는 뭔가 골똘한 상념에 사로잡혀 있었던 겁니다. 힐끗 나를 쳐다본 그의 눈가엔 어디서 스며들었는지 알 수 없는 물기가 비쳤습니다. 이모부는 더 이상 자신의 인생을 운전하지 못할 상태에서 헉헉거리는 듯했습니다. 단순히 술 한잔 마셨대서가 아니라 그는 이제껏 자기 인생을 반추해볼 시간이 없이 살아온 사람처럼 깊은 호흡을 몰아쉬었습니다.

"오로지 출세만을 위해 달려온 인생이었지."

그의 고백은 또다시 한숨과 함께 시작됐지만 마치 녹음 테이프에 실려 있던 내용인 양 술술 풀리기 시작했습니다.

"너의 이모 되는 사람이 고생 많이 했지. 그저 착한 사람이야."

나는 아무런 들은 척을 하지 않기로 마음먹고 있었지요. 그래야만 그가 속마음을 다 드러낼 분위기였습니다.

"너뿐 아니라 이모가 다른 식구들과 멀어지게 된 이유가 실은 나 때문이란 것도 알지. 너도 이미 들어서 알겠지만 애당초 나는 구노를 제 고모에게나 그도 아니면 차라리 입양 기관에 맡기려 했다. 구노 엄마가 암으로 세상을 떠나기 전 나에게 당부한 부탁도 아주 간곡한 것이었지. 구노를 아이 없는 부모에게 맡기라고. 그후 너의 이모를 만났는데 그 여자는 한사코 구노를 끌어안고 키웠던 거야."

'들어서 알 것'이라니! 그리고 구노 엄마는 이미 저 세상에 가 있는 다른 여자라니. 나는 전혀 새로 듣는 이야기에 생침을 꿀꺽 삼켰습니다.

"애당초 네 이모에게 총각이었던 것처럼 속인 내가 잘못이고, 그리고 끝까지 이모를 이해하지 못한 것이 죄였지. 구노를 단지 새로운 인생의 혹으로만 여겼거든. 장차는 구노에 대한 네 이모의 처사까지도 곱게 보이지 않더구나. ……나이가 들어도 절대 키가 크지 않는 장애란 걸 알았을 때도 네 이모는 구노만 감싸고 돌았지. 한 번도 제 진짜 살붙이인 수미를 위하는 모양을 못 봤다. 그게 나를 견디기 힘들게 하더구나. 나는 구노에게보다 네 이모에게 죄를 진 것에 몸서리를 치며 처가에서 멀어졌다. 모두가 나를 손가락질하고 구노에 대해 쑤군대는 것 같더구나. 처녀 적 이모를 내게 소개한 처가 식구들이야 일찌감치 내가 재취를 원하고 있었음을 알고 있었지. 네 이모는 그러니까 불행한 결혼을 한 거고, 설상가상으로 구노까지 짐처럼 안겨진 셈이지. 이모가 처가와 멀어진 것이 다 그런 까닭이란 걸 생각하면 그저 가슴이 미어질 뿐이야."

아니, 그런 일이! 순간 구노보다 더 내 관심 밖에 있던……, 말하자면 구노의 훨씬 뒤편에서 그림자처럼 어른거리던 수미의 얼굴이 아프게 떠오른 까닭은 또 뭘까요. 구노에게 컴퓨터를 배우러 갔다가 마주치면 다소곳이 인사를 하는 둥 마는 둥 어디론가 자리를 피하던 나의 동생. 그 수미야말로 이모의 진짜 딸이라니.

어느 결엔가 창문을 연 이모부는 깊은 가을 속으로 자신의 내밀한 비밀과 한을 쏟고 있는 듯했습니다. 참으로 사람이란 이해할 수 없는 존재이며 사람 사는 속 깊은 내막도 알 수 없는 것이로구나. 돌연 인생의 깊은 두께 속에 갇힌 듯한 갑갑증이 일었습니다. 이모부란 도리어 남처럼 더욱더 멀어지는 것이 아닙니까. 나는 지금 어쩌다 남의 차를 빌려 타고 있으며 그 대가로 늙다리 아저씨의 푸념을 듣고 있을 뿐이다, 그런 생각까지 들더라고요. 그래서 묻지 않을 수 없었습니다.

"그런데 왜 내게 그런 사실을 말씀하시는 거죠?"

이모부는 몽상에서 퍼뜩 깨어난 어조로 말했습니다. 실수를 한 사람의 당황스러움이 영락없이 말투에 꼬부라져 들어가고 있었습니다.

"이젠 엎질러진 물이니까 말한다만……"

구노가 자신에 관한 출생의 비밀을 알았다는 것이었습니다. 그 대목에 이르러서는 나도 남의 입장일 수 없었습니다.

"어떻게 알았답니까?"

나는 다급히 물었어요.

"지난 주말이 네 이모와의 결혼 30주년 기념일이었단다. 그때 나하고만 근근이 연락이 되던 구노의 그전 외삼촌이 불쑥 귀국해서 찾아왔지 뭐냐. 미국에서 사업을 하고 있는 사람인데…… 구노를 데려가겠다고 하더구나."

"잔인하군요."

대뜸 그런 분노가 치밀어 입 밖으로 말을 내뱉었습니다. 무슨 이유이든 그 오랜 세월 구노를 방치한 그가 외삼촌일 수는 없는 일 아닙니까. 그러고도 부주의하게 그가 구노의 과거를 발설한 겁니다. 절대 선의에 의한 방문이었다 하더라도 영명한 구노는 눈치를 채고 말았을 거고요.

"그곳 지역의 의과 대학에서 마침 성장 호르몬제의 효과를 연구하는 장기 실험을 진행 중인데 실험 대상을 물색하고 있다는 거였지. 구노에겐 마지막 절호의 기회라고 하더군. 물론 모든 비용을 그곳에서 대준다는 것이었지. 나 역시 귀가 번쩍 뜨였어. 수속을 밟도록 하겠다고 약속을 했는데 외삼촌이 출국하곤 집안 분위기가 그게 아니었던 거야. 이건……"

그 사태는 구노에게뿐 아니라 구노에게 온갖 사랑을 쏟아온 구노의 엄마, 그러니까 나의 이모에게도 엄청난 충격이었을 것입니다. 구노와 그 어머니는 알지 못할 불안과 슬픔에 휩싸여 며칠을 뜬눈으로 보냈던 모양입니다. 처녀 적 이모의 맑은 표정이 떠올랐습니다. 해맑았지만 눈가엔 한줄기 우수를 숨기지 못해 다소곳이 고개를 숙이던 여자. 어머니의 배다른 동생으로 천덕꾸러기 소녀

시절을 보냈기 때문이었겠지요. 누구에게 사랑을 받아보았을까요. 긴 목덜미를 감은 하얀 망사 레이스가 눈앞에 어른거렸습니다. 그곳에 입 맞추었을 이모부가 오늘날 그녀의 운명이라니.

매캐한 담배 연기에 눈을 떠보니 차가 춘천댐을 가로질러 비탈길을 오르고 있었습니다. 속력이 훨씬 늦춰졌는지 낙엽이 보닛 위로 겹겹이 쌓였고 저녁 햇살이 젖은 잎새에 반사돼 아른거렸습니다.

거기서 구노를 찾기까지는 생각보다 수월했습니다. 스스로도 가출이 겁났는지 구노는 낯선 곳으로 가지 않은 것이 틀림없었어요. 그는 봄철에 나와 같이 다녀갔던 곳에서 상류 쪽으로 멀지 않은 포인트에 자리를 잡고 있었습니다. 단순히 '꼬마 낚시꾼을 보았느냐'고 수소문하며 돌아다녔는데 벌써 근방에서는 그의 존재가 알려져 있었던 모양이었습니다. 샛강이 본류와 합쳐지는 그곳에는 백사장이 강의 아가미처럼 드러나 있었고 그 위에 강 건너편을 오가는 거룻배가 달싹 엎혀져 있었습니다. 쓸쓸한 풍경보다 인상적인 것은 도로변의 비탈길에 아스라이 세워진 차, 엑셀이었습니다. 한눈에 구노의 차임을 알 수 있었거든요.

그 뒤에 바짝 중형 세단을 세운 이모부는 꾹 눈을 감고 꼼짝하지 않았습니다. 긴 여로 끝에 무겁게 선 차체처럼 그저 숨을 멈춘 듯했습니다. 먼저 차에서 내린 나는 구노가 몰고 온 엑셀의 아랫도리로 파고들어가 여기저기를 살펴보았습니다. 운전 면허도 없는 내가 차의 이상을 살펴본다니 우스운 일이 아닌가요. 그저 차가 무사히 서 있다는 것에 대한 안도감에서였지요.

"군호야— 군호야—"

이모부의 외침은 바람을 담아 깊게 퍼져 나갔습니다. 구노가 아닌 분명 '군호'를 찾는 소리였지요. 그 외침에 커다란 후박나무 잎이 뚝뚝 떨어졌습니다. 어느 결에 이렇게 바짝 다가온 가을일까. 그리고 한껏 고개 돌려 이쪽을 보는 낚시꾼들의 모습은 이미 겨울이었습니다. 겨울의 전령들이 강안에 웅크리고 잠복해 있는 것처럼 보였습니다.

그렇게 얼마나 지났는지 모릅니다.

후미진 강기슭으로부터 거대한 고목이 움직이는 모습을 보기까지.

내 눈을 의심했는데 차츰 어둠을 털며 다가오는 고목은 다름아닌 이모부였습니다.

아! 그의 어깨 위에는 구노가 무동을 타고 있지 뭡니까.

누구보다도 더 큰 구노였습니다.

과자 먹는 시간

과자 먹는 시간

애니메이션의 세계에서 그대는 극히 작은 움직임을 만들 뿐이다. 근착 만화 영화 전문지의 권두 칼럼에 실린 첫마디. 어느 결엔가 글은 사회 속에서 개인이 얼마나 보잘것없는가, 또한 얼마나 많은 위험에 노출돼 있는가 하는 논리로 이어진다. 필자는 미국 할리우드의 애니메이션 시장에까지 진출해 성공했다는 피터 손이라는 교포였다.

누구든 한 장, 한 장 잠든 그림밖에 만들어내지 못하지만 그것이 모여 예술적인 움직임이 된다는 요지의 설교다. 어찌 보면 누구도 그 공동의 예술로부터 자유로울 수 없음을 말하는 듯했다. 그것을 조직 사회에 비교한 점은 독설이다. 분명 누군가 우리 사회의 조화를 깨고 있다는 경고란, 아무래도 부자연스러운 비약이 아닌가. 그대의 옆사람이 지금 엉뚱한 색칠을 하지 않는지 살펴보라. 논단의 필자는 넉넉하게 웃고 있다.

그러나 여느 때 같지 않게 가슴을 파고드는 글이었다. 가슴 한복판으로 설렁한 느낌이 스쳤다. 무언가 불길한 예감이다. 지금 이 시간에도 누군가 자신에 대한 일을 도모하고 있질 않을까. 섬뜩한 상상이다. 세상은 만화 영화보다 더 요지경 속이니까. 그는 잡지를 접고 눈을 꾹 감았다가 떴다. 잠결에 엉기던 생각을 털어버리고 싶었다. 최근 들어 점점 부실해지는 잠이었다. 어젯밤엔 땡볕에 드러난 모래 두꺼비 집같이 흐슬부슬 부스러지는 잠을 자꾸 추슬러야 했다. 징계위원회 출두라니! 도무지 상상할 수 없는 일이다. 자신도 모르는 동안 어떤 일이 진행됐기에 숨가쁘게 징계위원회가 열리는 것인가. 오늘은 거기 출석해서 자신의 입장을 진술하란다. 무엇을 진술한단 말인가. '너무 화가 나서 손에 들고 있던 가위를 던졌다?' 그것뿐이다. 명주실 같은 신경줄이 얽히고설키게 마련인 작업실에서 충분히 있을 수 있는 일을 갖고 웬 소란들일까. 가위라면 너무 거창하다. 문구용 가위. 그저 색종이를 오리는 정도의 문방구였다. 그런데 도끼라도 휘두른 듯 말이 나도니, 도저히 상상할 수 없는 일이다. 억울해서라기보다 납득하기 어려운 일을 어떻게 하든 이해하려고 설친 밤이었다. 나가서 해명을 해야 하는가. 아니면 버티고 말 일인가. 아니, 마지막 결심 그대로 한 줄 쓰고 말까. 그는 촛불처럼 흔들렸다.

자신이 벌인 일이 그렇게 대단한 사건이었던가. 그는 창가에 서서 보름 전 자신이 무슨 일을 했던가 찬찬히 되짚어보았다. 비디오의 슬로 모션을 보듯 한 장면, 한 장면을 돌려보는 것이다. 갈색 눈동자의 그녀가 뒷걸음질친다. 처음엔 천천히, 그러다 점점 빠르게 획획 돌아간다. 너무 빨리 돌렸나 보다. 그녀가 입사한 즈음인가. 그녀가 전화를 걸고 있는 모습이 여간 조심스럽지 않다. 소곤거리는 것이 정겹게 들릴 정도였다. 그랬나? 아니었던 듯싶다. 조금 길게 느껴지는 통화에 신경이 쓰였을 것이다.

"새로 온 남정미 말야. 거, 어디서 많이 본 얼굴 닮지 않았어?"

작화팀의 우감독이 점심 식사를 하며 물었다. 작화팀은 애니메이션의 배경 원도 혹은 레이아웃이라 부르는 콘티의 그림을 한층 정밀하고 필드에 맞는 크기로 확대해 그리는 일을 맡는다. 그 캐릭터가 움직이는 모양으로 만들어져 투명한 셀룰로이드로 옮겨지면 그때부터 컬러팀에서의 작업이 시작된다. 우감독은 컬러팀을 맡고 있는 그를 누르고 먼저 승진한 동기생이었다. 편히 불러서 감독이었지만 원래 직책은 조감독이었다.

"글쎄. 풍성한 얼굴에 갈색 눈이 워낙 특이해 보여서……"

"혹시, 「미저리」라는 영화 봤어?"

그러고 보니 영락없는 「미저리」의 여주인공이었다. 두툼하게 오른 볼에 정이 넘쳐흐르는 듯한 표정, 그러나 고집도 엔간히 감추고 있을 듯싶은 여자다. 평소에 편집증적으로 좋아했던 한 소설가가 마침 집 근처의 눈길에서 교통사고를 당하자 구조해서 감금해놓곤, 강제로 그녀가 원하는 대로 소설을 만들도록 한다는 일명 사이코 스릴러 영화. 그 영화로 주인공 역을 맡은 '캐시 베이츠'는 아카데미 여우 주연상을 받았다던가. 우감독은 알려진 대로 영화광이었고, 줄줄이 꿰어서 이 작품 저 작품을 넘나들었다.

"그것보다 훨씬 나은 스릴러는 「돌로레스 클레이본」인데, 거의 똑같은 여자로 등장한다고. 오래전에 남편을 죽인 혐의로 고통받아오면서도 또 다른 살인 혐의에 휩싸이는 비정한 여자의 모습…… 바닷가 외딴 언덕에서 펼쳐지는 잿빛 미스터리, 정말 일품이지."

그렇게 우감독의 영화 이야기는 곧잘 감동적인 영상을 연출했고 현실과 어떤 고리를 만들곤 했다. 굳이 그 영화의 줄거리를 세세히 알 필요는 없었다. 그가 써먹고자 하는 건 그들 영화의 한 부분일 뿐이니까.

"남정미가 마치 사이코라도 되는 양 얘기하는구먼."

그는 우감독의 아는 체를 그쯤에서 자르고자 했다.

"만만치 않을 테니 조심하라고!"

우감독은 그렇게 간단히 현실 속의 또 다른 주인공을 만드는 것이었다. 그녀가 만만치 않을 것, 이라는 뜻은 실제로 다른 데 있었다. 그녀는 입사 전의 쥐꼬리만한 경력을 들먹거리며 동화팀에서 일하겠다고 조르는 모양이다. 원화를 그리는 '키애니메이터'는 물론 아니지만 완성된 원화를 바탕으로 여러 중간 동작을 그리는 '어시스턴트 애니메이터'의 일을 달라는 그런. 그녀는 엄청난 환상을 펼칠 듯 말한단다. 어림 반푼 없는 꿈이지. 우감독은 그렇게 무시하면서 「미저리」의 여주인공을 끌어들였던 바다.

만약 우감독과 점심때 그런 대화가 없었다면 정미에 대한 이미지는 순박함, 그 이상 그 이하도 아니었을 것이다. 어쩌면 흔히 말하는 '부잣집 맏며느릿감'으로 그녀를 복스럽고 아담하다고 여겼을 것이다. 누구는 그러한 여인상에 '조선 왕조 5백년'이란 딱지를 붙이기도 한다. 편견이란 그런 따위인지 모른다. 어느 누구에 대한 인상은 그렇게 이상하게 만들어질 수 있다. 그는 우감독의 얘기를 털어버리려 했다.

　과자를 먹는 일은 참으로 사소한 행위다. 그러나 누가, 어떤 상황에서 과자를 먹느냐에 따라 상당히 다르게 보일 수 있다. 남정미란 새로운 여직원에 대한 인상은 거기서부터 시작된다. 그녀는 시시때때로 과자를 먹었다. 비스킷이나 초콜릿은 물론 어린아이들이 즐기는 젤리며, 각종 인스턴트 식품에 아이스크림까지…… 도무지 주전부리를 모르고 단것을 싫어하는 그에게 이런 따위는 모두 한 가지 '과자'일 뿐으로 비쳐진다. 그런 과자를 늘 입에 달고 있는 모습, 결코 아름답지 못한 쪽으로 그의 촉각이 곤두선다. 기억의 비디오가 앞쪽으로 휙휙 지나간다.

　원작의 개봉을 앞당기기로 했다는 미국 본사의 방침에 따라 모두 코를 처박고 투명한 셀에 혼을 불어넣고 있는 조용한 아침나절이었다. 통상 셀룰로이드라고 하는 투명한 셀에 채색을 하는 일은 생각하기에 따라서는 단순하고 지루하기 이를 데 없는 작업이다. 하루에 마흔 장 정도는 보통 가벼운 일감이다. 깎아내리기로 말하면 양말 공장의 일과 다를 바 없다. 그러나 선과 면에 색이 입혀짐으로써 캐릭터는 비로소 활기를 갖게 마련이다. 하나하나의 색이 성격을 갖고 있듯이 채색은 원화에 생명을 부여하는 작업인 셈이다.

　으드득 으드득……

　"어, 이거 무슨 소리지?"

　평소와 달리 꽤나 단단한 물건이 깨지는 소리였다. 그는 짐짓 모른 척하며 사방을 둘러보았다. 몇몇이 들어갔던 목을 빼어서 눈만 휙 돌리곤 그만이다. 알 만한 일을 가지고 무얼 그러냐는 식이었다. 부서원들은 이미 그녀의 간식 습관에 익숙해 있는 듯했다. 종종 그녀가 돌려주는 간식거리에 고마워하기까지 하던 그들이다.

그는 일어서서 남정미를 일견하고 얼른 허공으로 눈길을 돌린다. 그때까지도 고개를 빼지 않은 유일한 여자였다. 그녀의 모습은 한 점 흐트러지지 않았고 어쩌면 굳어지기나 한 듯 보였다. 으드득, 하는 소리가 그렇게 귀에 거슬리게 들렸던가? 그는 무언가 환청에 속은 듯 느꼈다. 만약 누군가 방귀 소리를 냈다면 그렇게 일어나서 둘러볼 수 있을까? 그는 자신이 누군가를 공격하기 위해 별스럽지 않은 소리를 귀에 담았다고 자책했다. 으드득 으드득…… 이번엔 한꺼번에 부서지는 소리였다.

'저 여자를 어떻게 평가해야 할 것인가.'

그는 잠깐 혼란에 빠진다. 모레까지 직원들에 대한 평가서를 작성해 제출해야 한다. 우수 직원에게는 연말 특별 성과급과 해외 시찰의 특전이 주어진다. 반면 상·하반기의 연 2차에 걸친 최하위 평가자는 성과급은 고사하고, 언제 임의로 인사 조치될지 모르는 철저한 능력 평가제다. 그 역시 이번에 위로부터 인사 고과를 잘 받아야 할 처지였다. 지난번 승진에서 누락되었기 때문이다. 총감독이란 작자는 지나가는 말처럼 그의 상상력 빈곤을 힐책하곤 했다. 도대체 그 상상력이란 어떻게 생긴 벌레이기에 보인단 말인가. 아무튼 사소하기 이를 데 없는 능력의 차이에 '신의 심판'이 내려지는 것이다. 그는 반대로 신이 되어야 하는 자신의 입장이 괴로웠다. 남정미, 정말 판단하기 어려운 대상이었으므로.

그는 혼란을 정리하기 위하여 마지막으로 그녀를 불러 세웠다.

"아니, 슈퍼케인의 모자, 이건 붉은 색깔이 맞지 않아요?"

컬러 마크 업에는 붉은색을 뜻하는 R자가 희미했다. 단 한 번 쓰고 버리는 모자라서 그런지 매우 이례적으로 다른 색을 써도 좋다는 표시가 있었지만 그건 어디까지나 감독이 판단할 문제였다. 그런데 그녀는 자신만만하게 답안지를 메운 표정 아닌가. 그는 그녀를 닦아세워본다.

"손바닥만큼이라도 푸른색을 보고 싶어서요."

"보고 싶어서라니? 이게 뭐, 혼자 볼 만화요?"

푸른색은 확실히 시원하고 마음을 차분하게 만들고 눈에 신령을 불어넣어주는 색이다. 그러나 이건, 원형 그대로 할리우드 공상 과학 만화일 뿐이다. 레이저 빔이 우주 공간을 난도질하고 주인공 소년 슈퍼케인은 종횡무진 활약을 벌여 우주의 무법자들을 괴멸한다는 내용이다. 쉼표 같은 색은 밀도를 떨어뜨릴 뿐이며 강렬한 원색만이 살아남는다.

"그럼, 그 넓은 우주 공간에서 그래 손바닥만큼의 푸름도 허용이 안 된다는……"

그녀는 말끝을 흐렸다. 당연하지! 손바닥만큼이 아니라 손톱만큼의 크기라도. 그 푸름으로는, 아이들 호주머니의 돈을 끄집어낼 수 없는 것이니까. 그는 노골적으로 단언하고 싶었다. 그러나 그렇게 해서는 도대체 논쟁을 이쪽에 유리하게 마무리할 수 없다. 그녀는 어떻게 하든 자신의 주장을 펼치려 할 것이고 모자에 푸른색을 입힐 테니까. 그런 경우 결과는 보기 나름이 되고 만다. 모자에 붉은색을 입히는 것이 나은가, 푸른색을 입히는 것이 나은가는 사실 판단하기가 어려운 일이다. 하물며 셀에 칠해진 색감으로 그녀의 능력을 재기란 터무니없는 노릇이다. 그는 시각이 다를 수 있는 문제를 접어두고 화제를 다른 쪽으로 돌렸다. 물론 그녀가 말한 데에서 말꼬리를 잡았고, 그건 초점을 분명히 하겠다는 의도에 다름아니었다.

"그러고 보면, 정미씨 스트레스가 보통이 아닌 듯한데……"

그녀는 아무런 말을 하지 않음으로써 동의를 표했다. 그렇게 보였을 뿐이었을까.

"노상 과자를 입에 달고 있으니 말야."

직격탄을 날렸다. 그녀는 결국 꼬리를 잡힌 듯 흠칫 놀라며 상대를 쳐다보았다. 그때에야 그녀는 그가 무슨 말을 하려고 변죽을 울렸는지 눈치를 챈 것이다.

"그래서, 그게 어떻다는 거죠?"

과자를 노상 입에 달고 있었다는 것은 그의 부당한 관찰이고 판단일지 모른다. 그러나 그녀는 먼저 과자 먹는 행위가 어떤 부당한 성격일 수 있는지 따질 기세였다. 드러내놓고 '먹지 말라'고 하진 않았어도 그는 과자 먹는 것에 꽤나 눈치를 주어오질 않았던가. 거의 본능적인 방어는 그녀가 그 상황에서 할 수 있는 최대한의 공격이었을 터다.

"너무 심하다는 거지. 일테면 공적인 작업 시간에 과자를 먹는 일은……"

그 다음 말이 필연적으로 치사한 결론으로 이어질 데에서 그는 아차, 하며 말끝을 흐렸다. '공적인'이라는 말이 거의 공격적인 뜻을 내포하고 있었고, 실은 자신의 속마음을 들킨 듯했기 때문이었다. 분명 그녀가 과자를 먹는 시간은 업무 시간이라 할 수 없는 것이다. 뿐만 아니라 그녀는 사적인 전화도 꽤나 즐기는 편이었다. 잔뜩 집중하고 긴장해야 할 시간에 그는 마치 볏가마를 갉아대는 쥐처럼 과자를 갉아대지 않았나. 사각사각 사각사각…… 저럴 수는 없는 노릇이라고, 눈자위에 힘을 주어왔던 것이다.

"팀장님, 하루에 두세 차례가 심하다니요?"

목소리가 한 음조 높아지자 부서원들이 기지개를 켜며 바야흐로 전개되는 희극을 구경할 태세였다. 그로서는 예상치 못한 반발이었다. 우감독이 말한 그 어떤 영화가 떠오른 것도 그때였다. 미저리와 돌로레스, 돌로레스…… 뭐더라 그 주인공 이름이. 아니, 그것은 무슨 비스킷 이름처럼 그의 의식을 휘저었다.

"그렇다기보다 뭐, 그렇게 과자를 먹어야 하느냐 이건데……"

그러고 보니 궁색한 입장이었고 결국 과자를 먹지 말라는 얘기와 같았다. 그렇다고 물러서기엔 구경꾼들의 촉수가 너무 길게 늘어져 있었다. 그는 불편한 심기를 불쾌하다는 식으로 보여주고 싶었다. 그래서 벌떡 자리에서 일어나며 담배를 입에 물었던 것. 그것이 결정적인 반전의 빌미가 되고 말았다.

"그렇게 하루에도 몇 번씩, 담배를 피우는 일은 괜찮으시고…… 우리가 과자를 먹는 일은 이상하다는 얘긴가요?"

과자를 먹는 일이, '우리가'로 바뀌어 있었다. 그는 그 말을 놓치지 않았다. 그녀는 과자 먹기를 공동의 작업쯤으로 여기는 듯 말했던 것이다. 직접 사지만 않았지 어쩌면 그들은 그녀가 찔끔찔끔 나누어주는 과자를 즐기는 공범일 것이다. 그는 구경꾼들의 우우, 하는 야유와 뜨거운 시선을 느꼈다. 이 정도면 어떻게 해도 질 싸움이 뻔했다. 부서원 열 명 중 남자란 선화를 담당하는 촉탁직 두 명에 불과했다. 선화는 동화가 끝난 그림을 셀에 복사하여 잉크로 그려주는 작업이다. 신세대 여성들이 좋아할 만한 미소년 스타일에다 얌전하기 이를 데 없는 녀석들이었다. 아예 여성 전능 시대에 적응하기 좋게 진화된 중성의 모습이 그러할까. 술을 마시나, 담배를 피우나, 그렇다고 잡기를 할 줄 아나. 차라리 화초가 돼라. 회식 자리에서 종종 그는 드러내놓고 그들에게 퉁바리를 놓았다. 그런 분위기와 다수결의 대결을 상정하지 않더라도 금연은 사내의 대세였다. 조만간 회사 차원에서 금연 운동을 펼칠지 모른다는 얘기도 나도는 판이었다. 그렇더라도 담배 피우는 것을 어떻게 과자 먹는 일과 비교할 수 있단 말인가. 그는 가슴 한구석에 통풍구가 막히는 듯한 절명감을 느꼈다. 마지막 숨구멍이 위협받는 듯한. 깔깔대는 소리가 들렸고, 아하— 하는 탄성이 곁들여지며 비디오는 휘딱 다른 장면으로 넘어갔다.

누군가, 훗날 '과자 전쟁'이라고 일컬은 바 있는 일대 신경전이 펼쳐지기 시작했다.

사무실에서 과자 먹는 데 눈치를 받게 된 그녀는 야외 휴게실로, 창고로, 갱의실로…… 전전하게 된다. 정확히 그가 그녀에게 과자를 먹지 말라고 한 적은 없다. 어디에도 그런 규정은 없으므로. 그러나 눈치를 받기는 그도 마찬가지였다. 사무실에서 담배 연기를 내뿜는 일은 과자를 바스락거리는 것과 같다고 했으므로 그도 마땅한 흡연 구역을 찾아야 했다. 주로 복도 한구석의 쓰레기통 앞이거나 화장실이었다. 일이 뜸해서 기사들이 나간 촬영실은 그 중 최고의 장소였다. 물론 작업물에 영향이 가지 않도록 창문을 열고 담배를 피워야 했다. 이 전쟁의 여주인공 격인 그녀에게도 남에게 방해가 되지 않게 과자를 먹을 곳이 절대 필요했다. 그녀는 허드레 집기를 쓸어 넣는 창고를 들락거리는 듯했다.

그에게 남정미는 어느덧 정나미 떨어지는 「미저리」의 여주인공
으로 바뀌고 있었다. 그녀가 그의 부서에 배치된 지 1년이 채 안
된 5월 중순쯤이었다. 그녀에 대한 두번째 평가를 할 때였다. 야외
벤치에서 점심 식사 후 식곤증을 쫓고 있던 그는 과자 패거리들의
속닥거림을 들었다.

"야, 비스킷 좀 안 갖고 왔어?"

"요것은, 점심 잔뜩 먹고 뭔 과자 타령이야."

"옴마. 과자 귀신이 왜 이러실까."

"쟨 뭘 모르는구나. 정미는 절대 아무 때나 과자를 먹지 않잖
아."

"무슨 얘기야?"

"앤 그렇게 과자를 얻어먹으면서도 모르다니…… 요즘은 하루
에 한 번도 거르기 일쑤라고. 달거리 때나 좀 심한 편이지만."

"그럼 족제비가 왜 아직도 쥐 잡듯이 그러는 거야?"

그는 쫑긋하지 않을 수 없었다. 그 패거리들에 의해 자신이 족제
비가 돼 있었기 때문이다. 전혀 모르는 사실이었다. 자신이 그렇게
믿고 칭찬을 아끼지 않던 선임까지 가세하고 있다니!

"족제비가 과자 먹는단 소리 들어봤어? 갠 쥐나 닭을 잡아먹는
육식 동물이거든."

"따지고 보면 정미한텐 그게 비타민이나 마찬가지라고. 전혀 살
도 안 찌잖아."

"하긴 족제비가 뭐, 상상력이나 있겠어? 지지리 궁상 월급쟁이
일 뿐이지."

"아, 누가 족제비의 털을 벗기리오!"

"얘애 그 때 전 털을 쓰느니 개털이 낫겠다."

한바탕 웃음이 퍼졌다.

"아무튼 정미만 불쌍하지 뭐야. 저 말라빠지는 궁상 좀 보라니까."

그는 당장 휴게실 기둥을 돌아 과자 귀신의 상판대기를 보고 싶었다. 과자 결핍증에라도 걸린 듯한 몰골이 어떤 것인지. 부글부글 부아가 치밀었고 그렇게 구수하던 담배 맛도 뚝 떨어졌다.

그들의 숨바꼭질은 계속됐다. 어쩌다 그가 시내 출장을 나가면 작업실에선 일대 파티가 열린다. 일명 '사다리타기'를 통해 과자 파티의 역할을 나누며. 마치 과자에서 빼앗겼던 자유가 나오고, 꿀을 바른 행복이 나오고, 대포 같은 활력이 나오기라도 하는 듯, 모두가 과자 먹기에 열중하는 것이다. 한통속이 돼 그런 스토리의 만화 속으로 빠져들고 그가 돌아오면 시치미를 뗀다. 과자 왕궁의 악귀들이다. 하긴 바라보는 쪽에서야 숨바꼭질이지 싸움은 어디까지나 싸움이다. 그녀가 과자 먹는 데 애로를 겪듯이 그도 담배를 피우기 위해 늘 화장실을 찾아야 하는 데 여간한 고역을 치르지 않을 수 없었다. 그는 일부러 엉덩이를 까고 좌변기에 앉아 담배를 물곤 했다. 그러나 아무래도 작업 시간의 담배 맛이 아니었다. 어느 때는 온몸에 혼곤하게 스며든 원색이 탁한 연기와 뒤섞이며 헛구역질을 일으켰다. 왜 이런 고난에 빠지게 된 것일까. 그는 몇 번이고 되물었다. 더러는 회의에 빠지기도 했다. 애초에 과자를 먹든 과자를 똥구멍에 쑤셔 넣든 모른 척할 일이었다. 그들은 만화를 꿈꾸는 귀신들이다. 더구나 이 바닥을 점령할 여자들이다. 단순히 여자이기 때문이라도! 여자를 보고 곧잘 화를 내는 건, 남자의 거시기뿐이라 하지 않던가. 그의 의식은 그러다 휙 돌아섰다. 이건 만화가 아니라 어디까지나 현실이다! 신성한 작업장에 귀신이 뛰놀도록 할 수는 없는 노릇이다.

이번만은 분명하게 저들의 공주를 처단하고 말 것이다. 아니, 냉정하게 그녀를 평가하겠다. 그는 단단히 벼르며 상반기 평정서를 앞에 놓았다. 작년 하반기 평가에서 그는 남정미를 그저 신인으로 보았을 뿐이었다. 이 바닥에 처음 발을 들여놓았으니, 혹은 그만한 때면 누구라도 그러하듯 꿈을 꿀 때니까, 그런 식으로. 애니메이션의 환상이 깨질 때까지 마음껏 행복하시라. 그러면서 과자 먹던 밉상을 끝내 덮어주려 했다. 그랬던가? 그는 실소하며 자신의 낙마를 아프게 되새겼다. 분명 윗자리가 비었음에도 자신에게 승진 점수가 돌아오지 않았던 것이다. 누구 때문이었을까. 어째서? 그때 갈색 눈동자의 정미가 떠올랐다. 그 눈동자는 과자의 눈처럼 수상쩍게 빛났다. 어쩌면 그 과자의 작용이었을지 모른다는 육감. 일찍이 우감독이 귀띔한 경고를 새겨들었어야 하는데, 그런 후회이기도 했다. 어제는 그저 나쁜 꿈이었을 뿐이고 오늘이야말로 현실이다. 그는 속이 울렁거려 담배를 꺼내 물었다. 모처럼 작업실 내에서 담배를 피우는 것이다. 상쾌함이 온몸을 휘감았다. 감청 벨벳으로 무장한 기분…… 그는 비로소 팀의 주장이 된 충만감을 느꼈다. 공주가 흘깃 이쪽을 쳐다보았지만, 깃털의 움직임 같은 아주 작은 표징에 불과했다.

그는 우선 인사 부서에서 제시한 '평정자가 빠지기 쉬운 오류'를 점검해보았다.

먼저 피평정자의 전체적인 인상에 의해 개개의 평가 요소(업무 처리력, 창의력, 자발성, 제 규정 준수 여부, 협조성, 책임성 등)를 판정하는 경향이다. 이것을 방지하기 위해서는 상대방에 대한 감정, 선입관을 최대한 없애야 한다.

그렇다! 혹시, 그녀에 대한 부정적 인상이 업무 처리력이나 창의력을 부정적인 쪽으로 재단하고 있지 않은가. 사내 규율을 지키는가? 사규에는 어디에고 과자를 비롯한 기호품 취식에 대한 언급이 없다. 점심 시간 말고는 딱히 휴식 시간이 정해져 있지도 않다. 그러니 과자 먹는 일은 분명 업무 외의 사적인 행위에 불과하다. 그는 단호해지고 싶었다. 애니메이션 업계에 팀 관리제가 들어선 것도 사실은 방만한 자유 때문이 아니었던가. 작업은 뒷전에 두고 바둑을 둔다든가 커피를 마시며 노닥거린다든가 아무 때나 코골이를 한다든가, 그리고 그 모든 행위가 '창의성을 위하여'라는 핑계로 합리화되었다. 회사 경영진은 늘 투덜댔다. 애니메이션 사업이란 게 마치 손을 내밀어 허공의 구름을 잡는 꼴이라고. 아무렴. 현장은 그런 안개구름과 같은 모습이기도 했다. 그는 냉정한 심판자가 되어 과자 공주, 아니 과자 귀신을 떠올렸다.

그리고, 관대화 경향—부하에 대한 인정, 무작정의 신뢰, 평가자의 자신감 결여, 관찰 불충분이 그 원인이다. 이를 방지하기 위해서는 구체적 근거 위에 자신 있는 평가를 할 것. 그리고 평소에 일을 객관적으로 판별하는 능력을 길러야 한다. 지난해 하반기에 자신이 실수한 바가 바로 이 점 아니었던가. 그녀에 대한 평가는 부서원 중에서도 상위에 속했다. 그렇게 밉보였는데도 막상 점수를 종합하니 우수한 편이었다. 그때는 고개를 갸우뚱했다. 자신도 모르는 사이에 자비를 베풀었기 때문이 아니었을까. 팽팽하게 모

인 작업의 열도와 긴장감을 한순간에 무너뜨리곤 하던 그녀의 그
릇된 습벽을 어찌 그렇게 쉽게 용인했던가. 싫은 소리를 하기 싫어
하는 부서원들과 같이 자신도 꼬리를 사렸는지 모른다. 아니, 부서
원들은 이미 그녀와 한통속이질 않았나. 그리하여 어느덧 그녀는
과자 왕국의 공주로 기세를 잡아가고. 그는 지금 자신의 관찰력이
부족했던 점을 후회하고 있었다. 직장 내 그런 불량 서클을 조직했
음에도 전혀 눈치 채지 못한 건 확실히 자신의 실책이었다. '검은
과자 왕국'이라고 했던가. 그들은 과자를 먹어도 얌전하고 보기 좋
게 먹는 법이 없었다. 사브레에 초콜릿을 발라 '똥 묻은 과자'를 만
들어 먹는가 하면, 꿈틀이란 젤리를 누가 제일 길게 늘이나 내기를
하고, 꼬깔콘이란 걸 열 손가락에 끼워 하나하나 빼 먹고, 눈사람
이 아닌 '과자사람'을 만들기도 하고, 과자 쌈을 싸 먹는다질 않나,
둥그런 곳에 눈과 코를 붙여 먹질 않나, 별 기기묘묘한 장난이 다
있었다. 물론 그의 눈길을 피한 곳에서 이루어지는 일이었겠지만
꼬리를 잡히기 일쑤였다. 그는 이제야 그 유치한 장난이 일종의 의
식이었으리라 깨닫는다. 공주는 그런 유희를 통해 조직을 장악해
가고 있었는지 모른다. 어떻게 하든 그들의 유희를 막고 경계했어
야 할 일이었다.
　마지막으로, 평가자는 자신의 능력, 특성과 반대의 방향으로 부
하를 평가하는 이른바 '비교 오차'의 경향이 있다. 성질이 까다로
운 고과자는 부하를 실제보다 낮게 평가하는 반면 느슨한 상사는
부하를 실제 이상 높게 평가하는 경향을 말한다. 정말 그런 것일
까. 별것 아닌 과자 먹기에 자신이 너무 예민한 상태에 있질 않은
가. 일종의 편집증적인 상태일 수 있다. 그래서 허랑히 일하는 그

녀가 수준 이하로 비쳐지는지 모른다. 언젠가 그녀가 부서원들에게 하는 말이 떠올랐다.

"애애, 회사에 일을 하러 온다고 생각해봐. 얼마나 고달프니. 차라리 놀러 다닌다고 생각하는 거야. 과자 먹으러. 과자 먹으며 색칠하는 거. 우리 어렸을 적에 도화지에 크레용으로 그림 그리던 기억 해봐. 얼마나 재미있니. 애니메이션이란 건, 그런 거라고."

놀러 다닌다고? 뒤통수를 때리는 얘기였다. 그 말은 바로 자신이 아침 회의에서 한 말을 거꾸로 뒤집은 것이었다. 그때 그는 작업 진척이 더디다고 한차례 감독에게 질책을 받고 내려온 상태였다.

"우리가 회사에 왜 옵니까. 일하러 오는 거죠. 우린 다 일하러 모인 사람입니다. 그러니 회사에 속한 시간은 전적으로 회사에 돌려주어야 합니다. 마지못해 끌려서 일하는 게 아니라 분명한 목적으로 자기가 맡은 책임을 다해야 합니다."

어쩌다 설교조로 흐르고 말았지만 그의 분명한 신념이었다. 그녀의 생각이 아주 엉뚱한 것은 아니리라. 일정한 면적에 빈틈없이 정교하게 색을 입혀야 하는 일. 얼마나 단조로우면 그런 생각을 할까. 일면 수긍이 되기도 했다. 공부도 재미로 하면 능률이 오르고 마지못해 하면 괴로운 법이라고 하지 않는가. 그러나 그녀는 본능적으로 유희를 좋아하는 체질인 듯싶었다. 전혀 자신과 성향이 다른 부류이다. '비교 오차'란 그런 데서 발생할 수 있는 것일까. 혹시 그녀의 자유분방한 직장관에 자신이 콤플렉스를 느끼는 건 아닐지. 그런 반대되는 성향 때문에 그녀를 깔아뭉개려 한다? 그러면 비겁하기 이를 데 없는 일 아닌가. 그는 다각도로 자신의 오류 가능성을 짚어보았다.

그는 어느 일에서나 그렇게 완벽을 기해왔다고 자신했다. 남정미에 대한 평가도, 어떻게든 공정하게 할 것이다. 가급적 과자의 시간을 뺄 것이다. 그는 자리에서 일어났다. 몇 대의 담배를 연거푸 피웠는지 작업실에 매캐한 기운이 감돌았다. 셀에 한참 붉은색이 칠해지고 있었다. 제국 함대에 포로가 됐던 슈퍼케인이 감옥 캡슐을 탈출하여 적들을 무력화하는 장면이었다. 작년에 대히트를 한 「에너곤 워즈」의 속편이었다. 강력하고 귀중한 에너지 위성을 찾기 위한 일대 숨막히는 접전이 클라이맥스를 향하고 있는 참이다. 정의의 깃발을 나부끼던 제국 함대는 변절자 무리들에 의해 점령당한 상태였다. 그들을 격퇴하고 함대를 되찾아 최대한 빨리 위성에 도착해야 한다. 지구가 식어가고 있었다. 반짝거리며 계속 구조 신호를 보내고 있었다. 슝슝─ 파파파파팍 슈우웅 빵! 푸쿠쿠쿠쿵. 레이저 불꽃이 작렬하며 악당들을 화염에 몰아넣고 있었다. 쇳덩이 파편이 난무하며 피가 흩뿌려진다. 화면 전체가 온통 붉은 기운이다. 동시에 슈퍼케인의 붉은 머플러가 펄럭이며 화면을 덮는다.

"어, 이 머플러…… 왜 잿빛이야?"

그는 정미의 작업대에 놓인 셀을 보고 흠칫 놀라며 물었다. 금방 있었던 그녀의 행방만큼 눈에 짚이는 궁금증이었다. 부서원들이 하나둘 머리를 빼고 그가 집어 올린 셀을 쳐다보았다. 형광등 불빛에 은회색 셀룰로이드가 창망함의 편린 같았다.

"머플러에 번갯불 같은 레이저 빛이 비쳤나 보죠."

좀처럼 말을 하지 않던 화초떠의 남직원이 말했다. 우스갯소리가 아니라 진지한 쪽의 변호였다. 남정미 옆의 직원도 거들었다.

지난번 푸른 모자 때는 아무 소리 못 하던 동료들이었다. 그때의 푸른, 고집을 발톱처럼 드러낸 그녀의 속내는 과연 무엇인가.

"붉은 바탕에 붉은 머플러가 펄럭일 수 있나요? 차라리 전쟁의 색깔과 다른……"

잿빛이 아닌 실버색 평화라고, 그들은 한목소리로 짠 듯이 말했다. 애초에 색 지정이 잘못됐다는 지적이었다. 그는 무장했던 감청 벨벳의 옷이 벗겨짐을 느꼈다. 기운이 빠져나가는 나른함…… 아, 미저리! 누구도 알아들을 수 없는 외마디였다.

그는 황망히 자리를 비켜 어딘가 숨을 돌릴 만한 장소를 찾았다. 반 갑쯤 남은 담배를 한꺼번에 피우기라도 해야 직성이 풀릴 듯싶었다. 울울한 가슴에 불을 지르고, 「마스크」란 코미디 영화에서였던가. 몇 대의 담배가 따발총이 돼 드르르륵…… 그렇게 총구를 휘두르고 싶다. 그는 입에서 설사라도 난 듯 다급하게 튀어 문을 열었다. 그곳은 깨진 라이트 박스들이며 콤마 촬영기, 허드레 집기에 필름과 셀룰로이드 용지들이 뒤죽박죽 나뒹구는 창고였다. 썩은 곰팡내가 진동했다. 그는 어둠침침한 창고에 널려 있는 의자에 앉아 주머니를 뒤졌다. 그때, 아주 가까운 거리에서 부스럭거리는 소리가 들렸다. 처음에 그는 그것이 도둑고양이 정도인 줄 알았다. 눈빛이 허공에 뜬 세모처럼 반짝였기 때문이다. 결국 그 움직임의 주인공을 확인하는 데는 오래 걸리지 않았다. 점점 어스름의 윤곽이 또렷이 잡혔다. 과자 먹는 여자였다. 저, 과자 귀신이! 안면에 으스스한 기운이 스쳤다. 오돌토돌 소름이 돋았다. 그는 애써 담배에 불을 붙였다. 모른 척하기에는 그녀가 너무 가까운 거리에 있었다. 어떻게 이 지경까지 이르렀단 말인가. 귀기 어린 공간에서 잠간 서글프고 두렵기까지 한 생각이 스쳤다. 사탕 깨물어뜨리는 소리가 자신의 심장을 터뜨리는 소리처럼 울렸다.

"어이, 과자 공주님이 여기까지 쫓겨와 일을 보다니 안됐구먼!"

그는 훅― 담배 연기를 내뿜으며 알은체를 던졌다. 그러나 바스락거리는 소리만 되돌아왔다. 최근 들어 그들은 거의 말을 하지 않고 지내는 사이로 변해 있었다. 어떻게 이런 이상한 침묵을 깰 것인가. 어쩌면 저 세상과 이 세상은 영원히 만날 수 없을지 모른다. 우스꽝스러운 절망의 다리가 출렁거렸다.

"케인의 머플러는 그렇게 못쓰게 만들어놓고."

여전히 아무런 말대꾸가 없을 줄 알았다. 그는 그녀에게 아무런 반응도 기대하지 않았다. 차라리 얼른 이곳을 빠져나가길 바랐을까. 이건 아무래도 희화적인 만화의 공간이지 현실의 공간이 아니질 않은가. 그러나 그의 바람은 무참히 뭉개졌다. 휘익― 파사사. 무엇인가 날아들더니 그의 얼굴을 쳤다. 과자덩이들이었다.

"족제비 아저씨! 과자 좀 드셔보시지."

당돌하고 엄청난 위압이었다. 그가 어어, 하는 틈에 그녀는 한마디 덧붙였다.

"아저씬 내가 왜 과자를 먹어야 하는지, 상상도 못할 거야. 어떻게 그런 고지식이 이 바닥을 뭉개고 있을까. 영양제 좀 먹어보고 정신 좀 차리라고."

도저히 어쩔 수 없는 봉변이었다. 그는 꼼짝없이 당하고 휘청거렸다. 과자가 아닌 강속의 야구공에 눈퉁이를 얻어맞은 듯했다. 과자 귀신은 후딱 사라졌다.

"이봐, 요즈음 안색이 좋지 않은데 뭔 걱정이라도 있어?"

우감독이 다가왔을 때도 그는 의자를 돌려 벽을 마주하고 있었다. 회벽에는 해골이 나오는 음산하고 환상적인 애니메이션이 진짜 영상처럼 스치고 있다. 월트 디즈니사의 「스켈레톤 댄스」였던가. 세찬 바람에 우수수 나뭇잎이 휘날리고, 흔들리는 나뭇가지에 앉아 있던 부엉이마저 두려움에 떠는 밤. 어디선가 자정을 알리는 종소리가 울리자 푸드득, 종탑에서 박쥐떼가 빠져나가고, 거미가 떨어지고 개가 달을 보고 울부짖는다. 공동 묘지 한쪽에서 고양이 두 마리가 가벼운 싸움을 벌이며 드디어 해골들의 춤판이 벌어진다. 연골로 이어진 뼈를 기묘하게 흐느적거리며 춤을 추는 해골들. 몇몇 해골들은 악기를 만들어 흥을 돋운다. 다른 해골의 등뼈를 두드리며 실로폰 연주를 하는가 하면 고양이를 이용해 바이올린을 켠다. 화면이 떨리며 흐려진다. 점심 시간이지만 전혀 시장기를 느낄 수 없었다. 이봐, 이봐. 몇 번을 불러서야 그는 으응? 하고 정신을 차렸다. 며칠 동안 그는 확실히 제정신이 아닌 채 지냈다. 귀신에 홀린다는 것이 그런 건가. 흐려졌던 화면이 마지막 잔상을 남긴다. 꼬끼오. 새벽을 알리는 수탉 울음 소리에 해골들이 혼비백산해서 흩어진다. 무덤 속에 묻혀 있던 해골들의 뼈가 후드득 떨어져 내리면서 겹겹이 쌓이며…… THE END. 분명 원작은 거기서 끝난다. 그런데 아침 햇살을 받은 무덤 아래에 한 계집애가 입을 오물거리는 모습이 이어진다. 갈색 눈빛을 반짝이는……

어수선한 영상을 털어내면 또다시 구정물처럼 사념이 머리를 차고 든다. 지독한 망신이고 모멸감이었다. 망신? 그건 누가 보았을 때 해당하는 일이겠지. 그보다 더한 것은 형편없이 일그러진 자존심과 원칙에 관한 일이었다. 이런 무지막지한 하극상이 있을 수 있는가. 그렇다고 누구에게고 말할 수도 없는 일이었다. 입도 벙긋하기 어려운 수모였으니까. 그녀와 자신만이 아는 일 아닌가. 이번은 그냥 넘어가지, 하다가도 부글부글 치미는 부아를 어쩌지 못했다.

"더위 때문이겠지, 뭘."

그러나 우감독은 무언가 파고들 기세로 물었다.

"뭔가 골 죽이는 일이 있지?"

마지못해 그는 최근의 회사 동정에 대한 궁금증을 말했다. 업계의 장기적인 불황의 여파로 곧 감원이 있을 거라는 흉흉한 소식이며 오너가 바뀔 거란 얘기며 급기야 자신의 신상 문제에 이르는 불안까지.

"지난번 인사 고과에서도 물을 먹곤 솔직히 점점 자신이 없어져. 아마, 나가라는 뜻이 아닌지. 색도 제대로 먹이지 못하겠어. 캐릭터가 자꾸 배경에 빠져서 허우적대고."

캐릭터가 배경에 흡수되지 않도록 한다는 건 채색을 하는 데 가장 초보적인 원칙이었다. 주로 배경으로 많이 사용하는 하늘색과 땅색을 피해야 하는 이유가 그렇다. 그런데 케인의 머플러는 역시 잘못된 듯했다. 화염을 배경으로 한 빨간 머플러…… 캐릭터에 숨어 있는 성격을 표출하는 것도 중요한 일이었는데, 빨간색은 역시 제작자의 실수였을 것이다. 하긴 자신이야 대부분 컬러 마크 업이나 총감독의 지시를 따르면 그만이니 너무 과민한 자책일지 모른다. 그는 우감독에게 한 고백을 금방 거두어들이고 싶었다. 채색에 관한 한, 자신은 십수 년을 넘은 베테랑이 아닌가. 단지 셀룰로이드 채색만 말하더라도 서울, 부산 간 고속도로를 다 덮고도 남을 정도로. 아니! 그는 고개를 저었다. 고칠 수는 없어도 작업을 하며 그걸 직감적으로 알아내고 여봐란듯이 말할 수 있어야 했다.

"엉뚱한 소리만 하지 말고."

그의 고민은 전혀 안중에 없다는 듯 우감독은 주저주저하며 물었다.

"저— 요즈음 과자를 즐기고 있다는 소문, 혹시 그것 때문이 아냐?"

그야말로 무슨 뚱딴지 같은 소린가. 그는 얼뜬 우감독을 짯짱이 쳐다보았다.

"아니, 난 그저 남자라면 그럴 수도 있다 이렇게 생각하는데…… 애들이 뭐, 이상스런 얘기를 하고 다니니까 걱정스러워서 그러는 거지."

그렇게 해서 그가 알게 된 뜬소문이란, '족제비가 암실에서 과자를 즐기고 있다'는 것이었다. 과자? 과자? 과자라니…… 그가 워낙 단것을 싫어한다는 사실은 천하가 다 알 터이다. 혹시 담배를 피운다는 걸 그렇게 얘기하는 게 아닌가 생각했다가, 그는 우감독이 에둘러 말한 본뜻을 짚어봤다. 마치 물에 젖은 전선에 감전된 듯한 찌릿한 느낌이었다. 설마 했던 일이 판화처럼 각인된 소문으로 돌아다니고 있었다니! 참담한 열패감이 일었다. 그 일은 결코 퍼뜨려질 공적인 성질이 아니지 않은가. 아주 개인적인 일이었고, 어쩌다 꼭 한 번 기진해서 한 짓이었다. 그날의 싸움도 과자 귀신의 그 잘난 색채 예술론인지, 마술론인지가 발단이질 않았던가. 대개 남자들이 좋아하는 색은 청색, 녹색, 보라색, 흑색, 황색이며 여자의 색깔은 흑색, 연지색, 적자색, 녹색, 자색이다. 그가 색의 기능론과 보편성을 말하고 애니메이션에서는 가급적 복잡한 색 지정을 피해야 한다고 강조했을 때, 그녀의 고개는 외로 꼬여 있었다. 실패의 두려움을 깨고 영감의 색을 불러들여야 한다고, 채색에도 무한한 자유를 찾아야 한다고, 불순한 사교의 전파자처럼 쫑알거렸던 것이다. 참으로 만화 같은 소리였다. 만약 말을 으깰 수 있다면— 그는 눈을 꾹 감고 상상했다. 쇠 절구통에 그녀의 쫑알거림을 쏟아 넣어 으깰 것이다. 속이 활활 타올랐다. 도제들은 대학에서 신학을 전공했다는 마녀의 설법에 귀가 솔깃해 있었다. 그의 눈에 그들은 크리스마스 때 과자를 기다리는 어린 양떼들같이 보였다. 만약 세상의 모든 과자를 쓸어 보낼 태풍이 있다면, 그는 다른 상상을 했다. 그런 태풍을 불러들이고 싶다. 세상은 과자의 속삭임에 썩고 있질 않은가. 아니 눈앞에 보이는 페인트며 잉크병을 모두 불 싸지르고 싶은 충동을 느꼈다.

연거푸 담배를 피웠지만 마치 성난 불길에 기름을 붓는 꼴이 되고 말았다. 그는 펄펄 뛰는 그 영혼의 주인공을 다독거리며 그를 쉬게 할 곳을 찾았다. 만화의 캐릭터가 아닌 곤고한 한 영혼의 휘청거림이었다. 마침 촬영팀이 모두 필름 견본시에 가서 암실이 비어 있었다. 그는 그곳의 삐걱거리는 안락의자에 몸을 기대고 마지막 할 수 있는 힘껏 상상을 쥐어짰다. 과자의 구멍으로 발딱 세워진 물건이 들어간다. 링의 맨 앞쪽에는 초콜릿이 발라졌고, 그 다음은 솜사탕이 입혀져 있고, 더 안쪽엔 말랑말랑한 젤리가 반기는 신제품. 그 과자의 동굴로 천천히, 빨리, 아주 천천히, 아주 빨리, 왔다 갔다 피스톤이 움직이기 시작한다. 세상에서 가장 맛있는, 아니 전혀 새로운 맛의 과자를 만드는 공정이다. 과자에 대한 담금질이 계속되며 초콜릿과 솜사탕, 젤리는 하나로 엉긴다. 으― 으―
인부는 기진맥진한다. 뜨거워진 불두덩에서 새로운 치즈가 익어간
다. 과연 누가 자신을 나락으로 떨어뜨리고 있단 말인가. 누가 자
신의 상상력을 평가하는가. 인부는 과자 동굴 깊숙한 곳으로 오줌
발보다 더 세게 치즈를 쏟아 넣었다.

호호호호―

바로 그때였다. 빠끔한 암실의 문을 비집고 들어온 저주의 빛과
처녀 귀신의 웃음.

"아주 맛있는 걸 드시는군요."

전혀 뜻밖에 남정미, 그녀가 담배를 피워 물고 서 있는 것이었다.
한 번도 담배를 문 적이 없던 주인공이다. 언제나 새로운 변화를 찾
고 걸신들린 듯 새것을 주문하는 캐릭터. 그녀가 세상에서 처음 만
들어진 과자를 원하고 있는 것이다. 인부는 기진맥진한 상태로 말
없이 그녀의 뜻을 물었다. 공주의 갈색 눈망울이 파르르 떨렸다. 인
부는 손바닥으로 모은 끈적끈적한 치즈를 공주에게 내밀었다.

"썅! 내가 이런 저질인 줄 알았다고!"

쾅―. 암실 문이 닫히며 엔딩 크레디트가 떠올랐다.

그녀가 설마 그런 우발적인 만화를 발설하고 다녔을까. 결코 그
럴 여자는 아니라고 고개를 저었다. 그녀는 꿈꾸는 애니메이터였
으니까! 결코 수치스러운 현실을 현실로 인정하지 않을 것이다. 차
라리 천재적이길 바란다. 그는 어떻게든 마술에 걸렸던 그 시간의
임자를 믿고 싶고 지금, 한없이 의지하고 싶었다. 그렇지 않다면
파멸일 테니까. 자신의 입으로는 어떠한 경우에도 그 마술의 과자
에 대해 설명할 길이 없다. 세상 누구에게고. 그는 단호하게 되짚

었다.

"그래서, 그게 어떻다고?"

"아니, 담배를 피우려면 떳떳하게 피우지. 무슨 쫓겨 다니는 짐 승처럼. 이건 남자의 자존심 문제이지만…… 물론 요즘 사무실 여자들 기세가 얼마나 대단하고 얼마나 담배가 피우고 싶으면 그렇겠어. 담배를 피워본 남자들이나 이해하지. 난 어쨌든 이해를 한다고. 그런데 아무래도 그 과자 왕국 여자들이 수작을 부리고 있는 것 같아. 참. 그 미저리하곤 잘 지내는 거야?"

그렇다면, '세상에서 제일 이상한 과자'는 그 모습대로 까발려지지 않은 모양이다. 그는 한숨을 내리쉬었다. 매우 개인적인 작품이었으니까. 그는 프레스로 압착당하던 머리 양끝이 놓이는 듯한 횡댕그렁함을 느꼈다. 엄청난 스트레스였던가 보다.

"그 여자, 채색 솜씨는 그래도 인정해야겠던데."

"응? 그래?"

그는 건성으로 들어 넘겼다.

"지난번 할리우드 본사의 총감독이 들렀다가 샘플로 건넨 셀들 있잖아? 미저리 건 죄다 호평을 받았다는 거야. 자연의 색을 무시하며 건진 빛이야말로 애니메이션 채색의 기본 원리를 훌륭하게 따른 것이라고. 갈색 눈동자라 보는 게 다르긴 다른 모양이야. 아무튼 그런저런 평 덕분에 머잖아 우리 부서로 뛰어오를 것 같아."

우감독은 그러면서 힐끔힐끔 그를 쳐다보았다. 아직 말하고 싶은 게 있지만 차마 드러내놓지 못하는 양, 좀이 쑤신 모양이었다. 그러나 그는 더 이상 우감독의 궁금증의 대상이고 싶지 않았다.

"왜? 미저리와 같이 있게 될까 봐 겁나나 보지?"

"채색팀에서 아예 싹을 잘라주길 바랐는데……"

싹? 싹이라니. 우감독이 내심 바랐던 것이 그것이었나. 그런 음험한 상상으로 승진이라 할 것도 없는 승진의 사다리를 탄 것일까. 그는 일순 우감독에게 배반감을 느꼈다. 과자 왕국에 무슨 일이라도 일어나길, 그래서 애당초 박살나길 바란 모양이었다.

"걔, 데리고 있어서 알겠지만. 애니메이션광이거든. 현실을 쉽게 뛰어넘고 떡 주무르듯이 할 여자야. 언젠간 큰일 낼 환자라고."

우감독은 이미 태풍의 영향권 속으로 빨려든 듯 떨었다.

기억 속의 비디오 장면이 트르르르 떨렸다. 테이프가 거의 다 돌아간 모양이다. 곧 징계위원회가 열리고, 당사자들의 의견 진술이 있을 것이다. 도대체 회사가 무슨 권리로 법정에 피의자를 세우듯 할 수 있는가. 누군가 이 일은 새콤프로덕션 창립 이래 최고의 이벤트라고 우스갯소리를 했다. 그만큼 희화적인 사건으로 치부할 수도 있다. 그렇게 편하게 생각하고 한 번 더 자리를 보전할까. 야단법석을 떨어도 이번 일에 관한 한 기껏해야 경고 처분 정도로 마무리될 거라고, 관리부장은 미리 귀띔을 해주었다. 아니! 그는 머리를 흔들었다. 이 만화의 결말은 누구에 의해서가 아닌, 내가 만들어야 한다. 그는 그림자 선을 그리는 붉은 잉크를 꺼냈다. 그때 귀신들의 마지막 모습이 어른거렸다.

어디선가 고약한 냄새가 진동했다. 질 나쁜 비누 냄새 같기도 했고, 생선 비린내 따위로도 여겨지는…… 그 순간, 왜 그런 생각이 들었을까. 그는 색깔이 부식하고 있다고 단정한 것이다. 신경이 곤두섰다. 벌떡 일어나보니 역시 그녀의 놀음이었다. 무른 반죽의 비스킷에 닭똥 같은 초콜릿이 듬성듬성 박힌 과자들. 아무래도 양키 과자였던 듯싶다.

"야이 쌍! 그 똥 좀 치우지 못해!"

그가 내뱉은 마지막 말이었다.

"어이구, 저 저질이 왜 또 저럴까."

그의 손에 들렸던 가위가 휘익 사선을 그은 것은 그때였다. 엄지와 중지에 겨우 낄 만한 가위였다. 어디 깊은 곳에 잠겨나 있었던 듯, 구경꾼들의 목들이 길쭉길쭉 튀어나왔다. 가위는 과자를 겨냥한 것 같았으나 작업대에서 튕기며 그녀의 어깻죽지를 건드렸다. 비디오를 암만 되돌려보고, 슬로로 보아도 그 장면은 분명했다. 그는 리모컨의 일시 정지 상태를 해제했다. 그러나 그것으로 끝이었다. 잠깐 까만 자막인가 싶더니 하얀 멸치떼가 튀어올랐다. 아무런 엔딩 표시도 없이 그렇게 막막하게……

그 사건 이후 막막한 열사나흘 동안은, 그러니까 사건이 무르익는 데 필요한 기간이었던 것일까. 그는 어둠의 자막 속을 헤집듯 추측했다. 잔뜩 일그러진 과자 귀신의 표정. 몇몇이 수군수군하던 모습. 고개를 돌리며 슬금슬금 피하던 여자들. 흉흉하고 썰렁한 작업실. 냉랭한 침묵. 그러다ㅡ

"저 남자가, 살인 미수를 한 그 사람이래. 가위로 정미씨 가슴을 찌르려고 하다……"

"어머머, 그런 사람이 어떻게 멀쩡하게 돌아다녀? 살 떨리게."

그가 휴게실에서 신입 여직원들에게서 언뜻 들은 얘기였다.

어느새, 그는 살인 미수범으로 몰려 있었던 것이다. 살인 미수라니! 그는 주변을 돌아보았다. 누가? 누구에게, 왜, 그 따위 모함을 한단 말인가. 웬 가당찮은 살—인—미—수? 그는 한 자 한 자 그 글자의 무게를 혀끝에 달아보았다. 천근만근의 중량으로 느껴졌다. 그는 눈을 감고, 귀를 막았다.

"어이, 뭐 하고 있어. 빨리 회의실에 올라가보지 않고."

관리부장이 어깨를 툭 치며 재촉했다.

"아무것도 아니라고. 이건 어디까지나 악귀들을 위한 굿판이니까."

악귀들을 위한 굿판이라고? 결코 그렇게 자신을 내줄 수는 없다. 그는 부정했다. 지금까지 쌓아온 모든 것이 부정되는 판이었다. 얼마나 많은 셀을 채워왔던가. 빨간 아랫입술 하나 달랑, 길다란 눈썹 위에 걸린 파란 눈물방울, 흩날리는 금발 머리카락, 강아지 목의 금방울, 딱따구리의 앙증스러운 연두색 댕기, 넘실대는 쪽빛 파도, 잿빛 폭풍우…… 셀은 하나하나 자신의 세포 속에 스며들지 않았던가. 그런데 모든 세포가 파열되고 물감이 구정물처럼, 똥물처럼 뒤섞이고 있는 것이다. 그는 눈을 뜨고 관리부장을 바라보았다. 어디를 가더라도 안내하겠다는 가마 같은 자세였다.

그는 마지막 붉은 잉크로 몇 자 쓴, 종이쪽을 내밀었다. 난생처음 쓴 사표였다. 관리부장의 눈은 얼굴의 반을 채운 듯 커졌다. 착한 세상 사람의 모습이다. 그러나 저 사람도 언제 애니메이션의 캐릭터가 될지 모른다. 어떻게 건들대며 세상을 농락할지 모른다. 그는 만화가 자신에게 들이댄 칼의 서늘한 느낌을 누군가에게 돌려주고 싶었다. 무엇인가, 끝까지 목을 짓누르는! 갑자기 그는 자신이 제조했던 과자가 겁이 났다. 그러나 그보다도 더 이상 자신의 상상을 펼칠 자신이 없었다. 치약을 짜내듯 자신의 온몸을 뒤틀며

만들었던 과자, 그것은 실패작일 뿐이었다. 더 이상 무엇을 하겠는
가. 이젠 만화판에서 빠져나가야 한다…… 그는 웅얼거리며 일어
섰다.

링반데룽

링반데룽

시내 한복판이라 할 무교동에 위치한 그 빌딩에 들어서면 먼저 눈에 띄는 것이 현관의 안내 데스크이다. 20층이라면 인근에서는 그다지 높지 않은 키인데 제법 모양을 갖춘 그 안내 데스크로 인해 건물의 이미지는 밖에서 볼 때와 영 다르게 바뀐다. 외관은 그저 그런데 일단 입구에 들어서면 요즘 말하는 식대로 '소프트웨어'가 잘 갖춰진 빌딩이구나, 하는 감탄이 이는 것이다. 사방팔방이 반사되는 대리석 자재로 마감한 호사스러움도 그렇지만 반원형 데스크 위에 오롯하게 앉아서 손님을 맞는 아가씨의 표정은 건물에 들어선 사람의 감정을 흔들기에 충분했다. 처음 이 빌딩과 인연을 갖던 날, 나 역시 조금은 우쭐한 기분으로 안내 데스크에 다가가 물었다.

"여기가 럭키빌딩 맞죠?"

"럭키가 아니라 락희, 락희빌딩입니다."

유니폼인 듯한 베이지색 바탕에 감색 줄무늬 블라우스를 입은 데스크 아가씨는 혀끝을 분명하게 달싹이며 '럭'과 '락'을 다르게 발음하고 하얀 치아를 드러냈다. 확실히 아무 데서나 볼 수 있는 미인이 아니었다. 오랜 족자식 표현대로 능금 같은 토종의 작고 터질 듯한 인상이 그렇다.

"발음을 잘해야겠군요."

그녀의 희고 고른 이를 더 보고 싶어서 한마디 덧붙였다.

"그런데, 어딜 찾으시죠?"

"무한기획이라고, 거기……"

"그럼 17층인데요, 왼쪽 엘리베이터를 이용하세요."

그녀는 나의 군더더기 말을 용인하지 않았다. 마침 전화 벨이 울렸고 그녀가 전화기를 붙들고 있는 틈에 안내 데스크의 분위기를 살폈다. 데스크 오른쪽 벽에 걸려 있는 200호가 넘음 직한 크기의 그림은 옛날 가마였다. 그 때깔이 얼마나 무미건조한지 질박한 재료로 만든 비구상 도형 같았다. 초현대식 건물에 어울리지 않는 현관의 표정이란! 그러기에 더 인상적이고, 아무래도 그냥 걸려 있는 그림이 아닐 성싶었다. 그림 아래에 동판을 부식시켜 새긴 한자 제목이 고개를 갸웃하게 만든다. 아주 단순한 듯하지만, 그렇다고 머리 속의 희미한 자전에서는 끄집어내기 어려운 글자.

"어머, 아직 도와드릴 일이 있나요?"

그녀는 엉거주춤 자리에서 일어나며 물었다. 나는 당장 그림의 제목을 물으려다 그만둔다. 어쩌면 그곳을 지나친 많은 방문객들이 그렇게 자신의 무지가 드러날까 호기심을 억눌렀을 듯싶었다.

"아직 인사를 못 나눈 것 같아서요. 앞으로 이 건물을 출입하게 될 노명화라고……"

"죄송한데요, 인사하지 않아도 되고요. 굳이 알은체하지 않고 출입하는 게 편하실 텐데요."

"저 그림은 썩 어울리지 않는데요. 누가 탔던 건지 모르지만……"

나는 애꿎은 가마를 건드렸다.

"저 가마요?"

그녀는 되묻고 수수께끼 같은 말을 덧붙였다.

"누가 탔던 게 아니라, 이제야 주인이 타고 나갈 거지요."

그때, 우르르— 내닫는 움직임과 함께 갑자기 현관 문 주변이 어수선해졌다. 어디서 나타났는지 정복의 경비원과 건물 관리 책임자인 듯한 남자와 또 다른 여직원이 출입구 안쪽에 도열했다. 데스크의 아가씨도 그들과 같이 한 두름으로 엮였다. 사뭇 날래고 기계적인 몸놀림이다. 누군가의 출근을 맞이하려는 모습이다.

친절히 인사하려다가 상대방으로부터 외면을 받은 기분이 된 나는 뒷걸음쳐 엘리베이터의 버튼을 눌렀다. 하긴 현관을 출입하면서 시시때때로 인사를 나눈다는 것은 생각보다 성가신 일일 수 있다. 안내원 아가씨의 주문대로 그 첫 대면 이후 그 안내석의 존재에 대해 모른 체하기로 작정했다.

스튜디오에서 본 호텔은 마치 거대한 종합 선물 상자와 같다. 그 호텔의 모 기업이 제과 회사이기 때문에 그런 연상은 오히려 자연스러운지 모른다. 실내 사진 촬영이 없는 날이면 나는 스튜디오에 들어앉아 맞은편 호텔을 내다보았다. 점심 식사 후 오수를 즐기기 위해 들어서서 잠깐 내다보는 정도지만 수천 개의 창문마다로 어른거리는 객실 풍경은 만화경 속의 움직임이다. 색종이는 아니지만 사람의 조각이 가지각색으로 달라지는 것이다. 여자가 커튼을 걷고 창가로 다가선다. 이내 남자가 여자의 뒤쪽에 서서 어깨를 감싸고, 둘은 행복한 포즈로 그렇게 이쪽을 응시한다. 다른 쪽의 창가에는 여자가 벽 거울을 보며 빗질을 하고 있다. 샤워를 끝낸 개운함이 전해지는 풍경이다. 샴푸 냄새가 흘러나오는 듯하다. 더 위층의 창가에는 한 남자가 연신 담배 연기를 내뿜고 있다. 무언가 일이 잘 풀리지 않는 것이 틀림없다. 어느 곳에선 커튼이 닫히고 있다. 다시 잠을 자려는 것인지 일을 벌이려고 하는지 궁금증을 자아낸다. 드러내놓지 못할 사련(邪戀)을 감추려는 듯한 커튼. 그 커튼이 소극장의 장막처럼 여닫힌다.

분명히 반투과 유리로 시야를 차단코자 했겠지만 어찌 된 일인지 이쪽에서는 호텔 창가의 움직임이 그렇게 쉽게 포착되는 것이었다. 이 방면의 전문가인 정기사는 이러한 현상은 마주한 이쪽 건물의 유리가 강한 빛을 반사시키기 때문이라고 설명했다. 아무튼 삭막한 도심 한가운데 눈을 돌려, 푸른 숲은 볼 수 없을지언정 눈요깃감이 있다는 것은 축복일지 모른다.

이곳은 그룹의 본부로부터 두어 블록 떨어진 빌딩숲에 있는 별동 부대였다. 말이 좋아 특별 업무를 맡는 태스크 포스(T/F) 팀이지 대기자 집합소였다. 예고 없이 그룹의 기획실에서 요구하는 특정한 과업을 처리하고 고객을 위한 그럴싸한 정보를 수집해주는 일, 그런 음습한 업무의 속성상 사무실도 외따로 배치된 것이다. 그러나 정확히 말하면 언제 일시에 해체될지 모르는 부서였다. 이곳에 와서야 나는 대부분의 그룹들이 알게 모르게 이런 유의 인간

폐기장을 운영한다는 사실을 사실로 받아들일 수 있었다. 대부분 외근자들은 사무실의 공간도 배치받지 못하고 떠다녔다. 해도 그만, 안 해도 그만인 일을 맡고 있는 별동대. 기안에 오르는 이곳의 보고 사항은 당구장 표시(※)로 올려졌다. 일종의 암호인 셈이지만 그 뜻은 언제부터인가 유배지의 섬으로 바뀌어 있었다. 실제 사무실이래야 20층 전체에서 단 세 칸의 방을 임대한 도심 속의 작은 섬에 불과했다.

"어때요, 전망이 괜찮죠?"

점심을 마치고 돌아온 이곳의 터줏대감인 박대리가 야릇한 억양으로 물었다. 그도 어둠침침한 스튜디오를 찾는 단골이었다. 한쪽 구석에 뒹구는 소파에 몸을 던지는 품이 한숨 때릴 모양이었다. 오후 업무 시작 전까지 반시간은 족히 늘어질 수 있는 짬이다. 그는 빌딩에 들어서며 받았다는 광고 전단을 휙 내던진다. 무인도! 그곳에서 잠깐 쉬라는 광고 문구가 눈에 띄었다. 여느 단란주점이나 미희가 대기 중이라는 술집이 아니었다. 한참 성업 중이라는 전화방 선전이다. 회사 근처에 있는지 점심때면 가끔 그곳 애들이 와서 뿌린다고 했다. 그가 무얼 물었더라. 전화방에 가보았냐고 물었던가? 잠깐 물구나무선 듯한 현기증이 일었다. 어쨌든 일탈을 꿈꾸고 있지 않았던가. 나는 부정한 짓을 하다 들킨 면구스러운 기분으로 대답했다.

"제대로 보이질 않으니 감질만 나지, 원."

"아니, 장비를 안 쓰고 맨눈으로 관찰하시는가 보죠?"

"장비라니……"

"하― 정기사가 안 가르쳐주던가요?"

　박은 의기양양하게 말하더니 스튜디오 캐비닛에서 그 장비란 걸 꺼내서 건넸다. 구경이 80밀리미터는 족히 넘을 만한 일제 쌍안경이었다.

　'좌에서 우로, 우에서 좌로. 의심 나는 곳은 철저히. 쓸데없는 상상 금지.' 그는 군대에서 배웠던 경계 근무 요령을 일깨워주기까지 했다.

　"알고 보면 모두가 같은 곳을 맴도는 사람들뿐이죠. 링반데룽에 빠진 군상들이랄까."

　"링반데룽?"

　나는 뭔가 잘못 들은 줄 알고 되물었다.

　"등산을 좋아한다면서 그런 일 당해본 적 없어요?"

　박은 자신이 아는 상식을 상대가 모르면 참지 못하는 강연 습성으로 호가 나 있었다. '링반데룽'이란 그런 낱말의 하나쯤일 것이다.

　"거, 등산을 하다 보면 짙은 안개나 폭풍우 또는 눈보라를 만나 그곳을 빠져나오려고 애쓰는 적 있잖아요. 허우적거리며 기껏 그곳을 벗어났다 생각하지만 결국 한 지점을 맴돌기 일쑤라는 거, 그게 링반데룽이라는 겁니다."

　듣고 보니 과연 기억되는 말이었다. 방향 감각을 잃고 한 지점을 맴도는 일, 과연 어렴풋이 기억되는 경험이기도 했다. 그런데 장비까지 써가면서 호텔 안을 넘본다? 기껏 포르노그래피 한 장의 행운을 기대하면 모를까 텔레비전 드라마 같은 재미를 뽑아낼 재간은 없을 것이다. 갑자기 청룡열차의 궤도에 빨려들어가는 듯한 혼란이 일었다.

안내 데스크 옆과 현관 왼쪽 모퉁이에 그럴듯한 조각이 있다는 사실을 안 것은 내가 락희빌딩으로 출근하기 시작한 며칠 뒤였다. 처음 그 사실을 알았다기보다 그곳에 처음 눈길을 주었다는 편이 옳을 것이다. 구원(救援)이라는 똑같은 제목의, 서로 다른 모양의 조각인데 데스크 옆에 있는 것은 기도하는 소녀 입상이고 다른 하나는 커다랗게 벌린 양손이다. 소녀상은 석고의 순백색이었고 손은 대리석의 암갈색으로 묘한 대조를 이뤘다. 구원받고자 하는 소망이란 과연 무엇일까. 반들반들한 암갈색 대리석 조각 위의 노란 귤, 구원은 그렇게도 보였다. 그 커다란 손바닥에 노란 귤이 수북이 쌓여 있었는데 점심 식사를 마친 빌딩의 넥타이족들이 서너 개씩 집어들고 엘리베이터 앞에 서서 흐뭇한 표정들을 짓고 있었다. 어쩌면 그렇게 고도로 연출된 드라마의 한 장면 같을까. 얼결에 귤을 집어든 나는 데스크에 가서 물었다.

"여기 무슨 행사가 있나 보죠?"

단 두 명의 아가씨가 오전, 오후 번갈아가면서 안내석에 등장하는데 이번에는 역삼각형 얼굴에 뾰족한 턱이 홍당무를 꼭 빼닮은 아가씨였다. 그렇다고 수줍음 타는 용모로 보이진 않았다. 오히려 중국 장이모우 감독이 제작한 「홍등」에서 주인공으로 나오는 저 요염하고 질투심 많고 어떻게 변할지 모르는 여자의 느낌이란!

"이 건물 주인 락희흥산 사장님 뜻이에요."

"무슨 뜻이냐는 거죠."

"난, 몰라요. 그냥 갖다 드시면 되는 거니까."

맨 처음 빌딩에 들어서며 만났던 능금 아가씨와 마찬가지로 그 어떤 쓸데없는 물음도 받지 않겠다는 기세였다. 조금은 신경질적인 반응이기도 했다. 그런 짤막한 대답이 안내원의 용무 수칙 때문인 줄 알았지만, 아니었다. 데스크 아래 한 손으로 송수화기를 움켜쥐고 있었던 것이다. 뭔가 불안스럽게 이쪽을 밀치는 통에 살핀 불가피한 관찰이었다. 그래도 태연한 척 물러서며 흘깃 엿보니 그녀는 얼른 데스크 아래쪽에서 송수화기를 꺼내 얼굴 옆면에 꽂았다. 얼마나 그 동작이 민첩하고 단호했는지 단절됐던 전화기 코드가 입과 귀에 꽉 꽂히는 것같이 보였다. 그녀의 표정은 금세 환하게 바뀌었다. 전화가 아니라면 마치 전기 기구인 그녀의 몸에 전원이 연결되는 듯한 변화였다.

전화를 거는 그녀의 모습은 자주 목격됐다. 아니, 주로 걸려온 전화를 받는 것인지 어떤지 대개 그녀의 얼굴 옆면에는 송수화기 코드가 꽂혀 있는 상태였다. 가끔 내선 전화를 받고 끊으면서도 한쪽 전화는 늘 놓지 않았다. 어쩌다 외부 인사를 기다리느라고 로비에서 그녀의 표정을 엿보노라면 그렇게 안절부절못하던 「홍등」의 주인공은 비교가 안 될 정도였다. 눈초리가 올라갔다 내려갔다 하는가 하면 양미간을 찌푸리기도 하고 어느 순간 깔깔깔 웃다가 멍한 상태로 빠져드는 듯하고…… 그녀를 저렇게 살아 있게 만들 수 있는 상대는 보통이 아닐 것이다. 아니라면 그녀의 연기가 대단한 것일까. 나는 일부러 1층 로비 한쪽의 은행을 빈번히 이용하며 데스크의 관찰자가 되어가고 있었다.

조금만 신경 써보면 그렇게 세상이 눈으로 짚이는 것일까. 전화줄에 목을 맨 건 그녀뿐 아니라 안내석을 교대하는 능금 여자도 마찬가지였다. 그녀는 훨씬 자연스럽고 여유 있는 모습으로 전화를 주고받았다. 네, 네, 그렇죠, 네, 아니오, 네 그렇게 하시죠…… 그런 식이었다. 어찌 들으면 그건 어디까지나 공적인 안내에 불과한 전화였지만 그 송수화기에서 흘러넘치는 말의 느낌은 숨길 수 없이 내밀한 것이었다. 그렇지 않고 어떻게 그런 조용한 생략과 말없음표와 감탄조로 말이 이어져갈 수 있을까. 그러다 내선 전화 벨이 울려도 그녀는 전혀 동요 없이 다른 전화기를 들었다. 그녀의 얼굴에는 직장 생활에서 흔히 일컫는, '공사(公私)의 구분'이 아무런 부딪침 없이 교차됐다. 그녀가 홍당무보다 몇 살 위로 보이고 어쩌면 기혼이면서 미스처럼 행세하는 미시족일지 모른다는 추측을 하게 된 까닭은 그런 여유에 기인했다. 오래지 않아 나는 그럴듯한 구실을 만들어 통화를 시도했다.

"여기, 17층에 무한기획입니다."

"네, 지하 주차장 리프트 고장 때문에 차를 못 댔다고요?"

그녀의 목소리는 더없이 친절하고 부드럽게 들렸다. 교대한 미스 홍이 그렇게 전했다고 하며 곧 관제실에 연락하겠다고 덧붙였다. 홍당무 아가씨의 성이 '홍'이란 걸 그렇게 알았지만 데스크에선 그렇게 확실한 공무도 수행하는 것이었다. 나는 조금 더 용기를 내, 데스크에서 물었던 궁금증을 다시 끄집어냈다.

"오늘은 '구원의 손'에 사탕이며 초콜릿이며 산더미처럼 쌓여 있더라고요."

"아하, 밸런타인데이잖아요."

"밸런타인이라고요? 그런데 누가 누구한테……"

"그냥 집히는 대로 드시면 돼요."

"어느 때는 곡절도 없이 먹을거리가 놓여 있더라고요. 난민 구호

소도 아니면 누군가에게 고맙단 얘기라도 전하고 싶은데……"

대답을 채 듣기 전에 다른 전화 벨소리가 전화선을 타고 울렸다.

"죄송합니다. 다른 전화가 와서……"

그녀는 마치 전화선에서 몸을 빼듯 도망갔다.

"어이, 부장님도 비밀 통화를 하시는군요."

박대리가 스튜디오 문을 활짝 젖히며 들어섰다. 대부분 직원들이 할 일 없이 떠도는 무료한 오후였다.

"오늘 밸런타인데이란 거잖아, 그래서 애인한테 전화 받았지."

나는 웃으며 둘러댔다.

"그나저나 현관에 가끔 먹을 건 무슨 구호 식품인가, 혹시 알아?"

"그것뿐입니까. 그전에 현관에 철쭉 무더기 못 보셨어요? 위층 영감탱이가 안내원들에게 벌이는 개코같은 수작이지 뭡니까."

"수작이라니, 누가?"

"아, 이 빌딩 꼭대기에 있는 락희흥산 영감 있잖아요. 며칠 전엔 장미꽃 화분이 놓여 있질 않나, 밸런타인까지 챙겨서 사탕발림을 하잖나. 보통 징그러운 노망이 아니라니까요."

장미와 밸런타인 사탕 그리고 노망이라니, 영 어울리지 않는 등식이었다. 그보다 사장은 마음 후덕한 박애주의자이든가 로맨티스트로 상상됐다.

"그래, 헌팅 좀 해봤어요?"

박은 건성으로 묻고는 캐비닛에서 쌍안경을 꺼내 창가로 갔다. 마치 도심에 은폐된 망루 같은 스튜디오에서…… 그는 초병과 같아 보였다. 이 도시를 빠져나가려는 탈주자를 색출하려는 초병. 아니면 무슨 부정한 일이 벌어지고 있는가 감시하는 파수꾼 같은 초병이다. 나는 이 숨막히는 도시 국가에서 그가 건져낸 정보를 끄집어내야 했다. 본사 기획실에 넘겨야 할 증권가 풍문에 관한 보고였다.

"대개 지금까지 정리된 것이라도 중간 보고로 올리지."

"그거, 뭐 쓸 데 있는 일인가요?"

그는 흘려들으며 망원경을 눈에 갖다 댔다. 뭔가 다시 잡힌 모양이었다.

"또 한 번 인사 태풍이 몰아칠 모양이던데."

도시의 파수꾼은 체념한 듯 말했다.

귀하가 여기 무인도로 오는 까닭은?

—잊기 위해서. 벗어나고 싶어서.

그 옆에 다른 외침이 있다.

—아니, 기다리기 위해서. 누군가와 연결되고 싶어서!

제법 낭만적인 글귀 아래로 제대로 휘갈긴 낙서가 눈에 띄었다.

—헛소리! 무인도로 오고 싶은 건 알을 까고 싶어서지. 무신 알? 꽁알.

오늘은 웬일인지 입실해서 30분이 넘도록 전화 배정이 안 된다. 비디오 화면에선 수녀들이 왔다 갔다 하고 어린아이가 음산한 눈길로 이쪽을 응시한다. 분위기까지 썰렁하다. 악마의 준동을 그린 「오멘」의 속편. 단속이 심해서 케이블 영화만 틀어놓는다는 것이다. 소리 없는 자막을 따라가다가 벽면 가득한 낙서로 눈을 돌린다.

—돈이 아깝다. 만 원 내고 10분 통화라니. 도둑놈들.

─너는 양반이다 이놈아. 난 4분 통화에 만 원, 오기로 한 시간 더 버티다 만 원. 밑 빠지고 간다.

그놈의 섹스가 뭔지!

0:13, 0:35, 0:45 ─전자 계수기의 시간은 정확했다. 이대로 가다가는 허탕 치고 나갈지 모른다. 다시는 오지 않겠다던 다짐이 안타까운 바람으로 무색해질 판이다. 어둡고 텁텁한 골방에 숨어 있던 바퀴가 바지 속의 정강이를 타고 기어오르다 되돌아 나간다. 그보다 더 소름 끼칠 일은 아무런 소득 없이 골방에다 흐물흐물 상해가는 정념의 덩어리를 놓아두고 일어서야 하는 것. 이럴 수는 없는 노릇이다! 엉뚱한 오기가 발동한다. 이 '무인도'가 해줄 수 있는 위안을 받고 말겠어. 나는 인터폰으로 이곳 관리자인 빵떡모자의 사내를 불렀다.

"아, 10번 방이오? 30대라고 하셨나? 아무래도 지금 점심 시간이라 아줌마들이 빠지네요. 아무튼, 조금만 더 기다려봅시다."

그렇게 무료한 기다림으로 만난 여자는 떨면서 물었다.

"저, 이렇게 알지 못하는 남자한테 전화 걸어도 되는 건지 모르겠어요. 난생처음인데."

"그런데요?"

"죄를 짓는 것 같아서요. 무슨 얘기를 해야 할지도 모르겠고……"

"그럼 왜 전화를 걸었죠?"

"그냥, 그냥 걸었어요. 이러면 안 되는 거죠?"

그녀는 거의 우는 음성으로 되물었다.

"아니, 전화를 거는 이유가 있을 거 아녜요. 재미있는 얘기를 위해서, 아니면 뭔가 억울하고 하소연하고 싶어서, 아니면 애인을 구하고 싶어서라든가……"

"진짜, 그냥 한 거예요."

"그럼, 다시는 이런 데 전화하지 말고 심심해도 참아요. 심심하다고 참지 못하는 건 죄니까."

"그러는 댁은? 댁은, 죄를 짓고 있는 거 아녜요?"

전화선 저쪽에서 찬송가가 음음하게 깔려 들어왔다. 아, 이 여자는 지금 시험에 빠져서 전화를 했음에 틀림없다. 어쩌면 기도를 하다가 이곳으로 잘못 들어왔는지 모를 일이다.

"무슨 얘기죠?"

"떨려서…… 말을 못 하겠네요. 사실은 엊그제 남편의 호주머니에서 거기 무인도의 메모지가 나왔거든요. 당신 같은 남자들, 다 그런 거죠? 그런 식으로 죄를 짓고 세상을 어지럽히는 일들 말예요."

아, 저 가엾은 여자는 필경 의부증에 시달리다 전화를 건 것이리라. 이 무인도에 있는 남자들의 모습을 엿보고 싶었던 모양이다. 더 이상 전화선을 붙들고 있을 이유가 없다.

"미안합니다. 난, 의사가 아니라서……"

가볍게 후크를 누르자마자 이내 등장한 것은 그 어떤 여성이 아니라 신음 소리뿐이었다.

<u>으흐흐흐—</u>

"여보세요. 아, 여보세요?"

허스키한 여성의 신음 소리는 오르락내리락하며 안락의자에 반쯤 누운 몸을 휘감았다. 온몸이 뜨거워지고 수분이 다 증발하는 듯한 느낌이 일었다. 바로 이것이다! 무인도를 동경하고 그곳으로 가고 싶었던 진정한 이유란. 흐, 흐, 흐, 흐…… 작열하는 햇빛에 배때기를 뒤집고 숨을 헐떡거리는 한 마리의 파충류가 되고 싶은 환상, 그 상상만으로 온몸은 터질 듯한 것이다. 왼손엔 송수화기를 들고 또 한 손으로는 잔뜩 부푼 물건을 꼭 쥐고 있다. 나는 그 물건을 어디엔가 접속하고 싶어진다. 너무 오랫동안 수그러져 대책 없던 물건…… 도심의 하수구에라도 꽂고 싶다.

손님, 손님…… 으, 으응? 쪽문이 열리고 빵떡모자가 어깨를 툭툭 치고서야 무인도의 시간은 끝났다. 왜? 나는 신경질적으로 눈을 치켜떴다.

"시간 더 드릴까요?"

무인도를 떠나려던 작심은 그렇게 쉽게 무너졌다. 딱 한 시간만, 아니 단 한 번만 하는 따위의 마음 다짐이란 결국 인간의 가장 나약한 생리를 담보로 하게 마련 아닌가. 잊고 싶어서도 아니고 벗어나고 싶어서도, 무언가 하고 싶어서도 아니다. 그러니까 무인도는 상상의 섬이다. 꿈꿀 수 있는 고도. 나는 훨씬 겁 없이 나간다.

"네. 저는 하루 종일 서 있는 남자 주남근입니다."

"어머, 영업을 하시는 분인가 보죠?"

대충 둘러댄다. 익명으로서만 편할 수 있는 곳이기 때문이다.

"그런 셈이죠. 뭐, 백화점에서 객장 매니저를 하고 있습니다만."

"그러시구나. 어쩜 저랑 반대일까. 난 하루 종일 앉아 있어요."

"무슨 일을 하시는지……"

"전화 받는 일이라고나 할까, 사람 보면 그냥 웃는 일이라고 할까. 쇼윈도 안의 마네킹과 같은 일일 수도 있고."

교환원? 비서? 가이드? 상담원? 스무고개를 넘고도 도무지 상상이 가지 않는 수수께끼였지만 그냥 넘어갈 수밖에 없었다.

"거기, 어디쯤 되는지 혹시 알 수 있을까요?"

"그런 건 알 필요 없잖아요? 어차피 지금 한 통화로 끝내줄 건데."

그녀는 도발적으로 나왔다. 말보다 가슴이 먼저 튀어나오는 느낌이었다.

"무슨 말씀을 하고 싶으신지. 난 이곳에 처음 온 형편이라……"

"총각이신가 보네."

"차라리 쑥떡이라고 할지."

그녀는 잠깐 웃음 소리를 내곤 자기 동네 얘기를 하고 싶다고 했다.

'우리 동네'라고 했다가 그녀는 곧 그곳을 도심 속의 작은 왕궁이라고 고쳐 말했다. 그곳에 살고 있는 왕비병 환자가 이제나저제나 왕의 부름을 기다리고 있다는 것이 이야기의 시작이었다. 몸져누운 진짜 왕비를 대신해 그 자리를 차지하려는 한 여자의 뱀 같은 요분질은……

이건 무슨 생뚱맞은 얘기일까. 나는 송수화기를 바싹 끌어당겼다.

"같이 이곳에 들어온 여자를 일찌감치 제치고 왕의 환심을 독차지하고, 농락하고 있지 뭡니까."

텔레비전에서 본 구중궁궐 여인극이 따로 없었다. 자신을 궁의 나인에 불과하다고 소개한 그녀의 하소연은 길게 늘어질 판이었다. 혹시 손 안에 저주를 위한 밀짚 인형과 바늘을 숨기고 있는 건 아닐까.

"고것은 남자가 한번 들어오면 꼭 물고 놔주질 않는답니다. 무릎과 무릎 사이를 꼭 오므리고 남자를 꼼짝 못하게 만드는 건데……그 방면엔 이골 난 변강녀라서……"

갑자기 후끈한 느낌이 온몸을 휘감았다. 상대의 얘기가 진실인지 아닌지, 무엇을 뜻하는지는 중요하지 않았다. 나는 내시 같은 음침한 눈으로 왕의 침실을 엿보고 있을 뿐이 아닌가.

"그뿐인 줄 알아요? 왕을 위해서라면서 거길 꿰맸다 풀었다, 꿰맸다 풀었다 그 짓을 열두 번을 더 하고 오만 가지 좋다는 약은 다 먹으면서 수태만 기다리더니 기어코…… 듣고 있어요?"

"어딜 꿰맸다 풀었다 한다는 건지."

"여자들이 하는 이쁜이 수술 있잖아요."

"왜 그런 끔찍한 짓을 하는지……"

"그래야 왕이 좋아한다는 거지 뭐예요. 그렇게 해서 대가 끊긴 왕실에 원자 아기를 만들어주겠다는 거고. 작년에 미국에서 유학 중인 이 집안의 유일한 황태자가 약물 중독으로 쓰러진 뒤 반병신이 됐거든요."

알쏭달쏭한 상상이 훨씬 부피 있게 바뀌었다. 왕실에 후계자가 없으니 마나님 극성이 보통이 아닌 모양이었다. 왕영감이 헐떡거리며 내몰린다는 것도 그렇다.

"그러면 당신도 질투만 하지 말고 나서보지 그래요."

"소용없어요. 난, 불임이거든요."

암상궂던 여자의 음성은 한 음조 내려앉았다.

"몇 번을 실패했는지 모르고…… 아예 포기하려고 자궁을 들어

냈는데 수술을 잘못해선지 도통 남자 생각도 안 나요."

어떻게 그런 일이 일어났는지 호기심을 나타낼 필요가 없었다. 그녀는 지금 쏟아내고 싶은 것이다. 그러니 내버려둘 일이다. 명치뼈를 압박하던 비밀을 토해내고 싶은 것이다. 아무렇게나 쏟아버려도 부끄럽지 않고 흔적도 남지 않는 도심 한복판의 수챗구멍으로. 아무래도 수치스러울 이유는 없다. 그녀는 지금 퇴락하는 왕가를 저주하고 있다. 아니라면 세상 사람들의 부박한 놀음을 경멸하고 있는지 모른다. 저렇게 아무렇지도 않게 '구멍을 꿰맸다 풀었다 한다'고 세상에 까발릴 수 있을까. 그것도 아니면 가당찮은 망상에 빠져 있는 것일까. 누군가가 차지하려는 왕비의 허상을 훔쳐보며 가슴앓이를 하는 것이리라.

"나도 얼마든지 상대할 수 있는데…… 아, 남자 생각이 안 난다는 얘기요? 그렇지만 대주고 싶은 거 있죠? 그냥, 주고 싶은 거. 왕은 몰라요."

그녀의 자태가 보고 싶었다. 미끈한 다리를 나란히 하고 옥문을 죄고 있을까, 한쪽 다리를 얹고서 압박을 주고 있을까. 히이잉― 히이잉― 말의 신음 소리가 환청처럼 들렸다. 드디어 뱀이 꿈틀거린다. 뽀얗고 미끈한 말의 엉덩이를 기어오른다. 무인도. 파도가 춤을 춘다. 주욱, 옥문이 열린다. 안락의자에까지 파도가 친다. 손에 미끈한 비늘의 바다뱀이 잡힌다. 뱀은 점점 커진다. 뜨거워진다. 퍼덕이면서 솟구친다. 흔들리는 무인도. 다시 물결에 휩싸이는 무인도.

일순, 손가락 사이로 허탈감이 빠져나갔다. 무인도에서 표류한 시간과 환상. 나를 무인도에 머무르게 한 그 여자. 그 여자가 있는 곳으로 가고 싶었다. 아니, 그녀야말로 진정 이곳에 오고 싶어하는 것이다. 그녀를 끌어들여야 한다.

"한번 만나서 얘기해봅시다. 뭔가 통할 듯한데……"

어떻게 하든 그녀를 구슬려야 했다.

"정말 숙맥이군요. 내가 댁을 어떻게 믿고."

"나는 이미 당신의 몸속에 들어갔다 왔잖아요?"

"에구머니, 점잖은 아저씨가 벌써 것까지 했다고요?"

여자는 무인도에서 벌어진 일을 눈치 채고 있었던 것이다. 몸을 뚫고 나온 뱀이 고개를 쳐들고 펄떡이고 재주를 부리다 제물로 고꾸라진 걸. 여자는 이미 이곳에 수차 다녀간 듯 말했다. 아니라면 누군가 이곳의 비밀을 전해주었을까.

"아무튼 좋습니다. 그곳이 어딘지 알려만 주면 되니까."

"이 아저씨, 땡기는데…… 그럼, 찾아올래요?"

여자는 여전히 비음을 깔며 불렀다. 그리고 아직 올라간 계단에서 내려오지 못하고 있는 듯했다.

"꼭 만나서 무언가 주어야겠군요."

꾐에 빠져들 듯 나는 송수화기를 바싹 끌어당기고 그녀의 비음에 귀를 기울였다.

"내가 그렇게 힌트를 줘도 이곳에 아직 한 명도 찾아오질 못했거든요."

그녀는 이곳 무인도를 빌딩으로 들어오는 광고지를 통해서 알았다고 했다. 그건 나도 마찬가지였다. 요 며칠 새 빌딩숲에는 비행기로 뿌려진 듯 온갖 유흥업소 전단이 나뒹굴고 있었다. 더 이상 고민하거나 머뭇거리지 말고 투항하라는 전쟁터의 선전물같이. 그렇다면 여자는 내내 회사 근처 어디에 있는 게 틀림없었다. 여자는 쌔근거리며 물었다. 연을 아냐고. 부적 같은 그 연을 찾아오라고 했다. 1층에 S은행이 있는 그 건물에 들어서면 커다란 연이 손님을 맞을 것이라고 말했다. 뚜뚜뚜뚜—

"손님, 시간 다됐는데요. 연장하실까요?"

빵떡모자가 와서 다시 쪽문을 두드리며 물었고, 무인도에서의 수수께끼는 그렇게 끝났다.

부적이며, 연……이라니. 어떤 연을 말하는 것일까. 방패연? 가오리연? 그도 아니면 연꽃 식물? 제비연?

잔뜩 호기심이 이는 도심 한복판에서의 보물찾기였다.

연을 찾으면, 그녀는 자신의 전부를 드러내줄 듯했다.

박대리의 예측은 맞아떨어졌다. 연초 인사가 끝난 지 채 넉 달도 안 됐는데 더 손볼 게 있었던 모양인지 그룹이 지정한 외부 위탁 교육 기관의 파견 연수자 명단이 통보됐다. 그것은 말이 연수지 회사에서 나가달라는 주문이자 통첩이나 다름없었다.

본부에서 나와 함께 이쪽으로 배치됐던 우대리도 대상이었다. 그렇게 잘 나간다던 우대리가 급행 열차를 타고 만 것이다. 그러나 걱정할 일이 아니었다. 그는 이미 사무실에 나타나지 않은 지 오래됐다. 퇴직 때까지 이름만 걸려 있는 셈이었다. 모두가 떠나고 싶지만 정작 떠나지 못하고 도심 한복판을 맴돌 뿐이다. 다음은 누구 차례일까. 불안감이 엄습한다. 이곳 별동대의 터줏대감인 박대리가 이번에도 대상에 오르지 않은 것이 오히려 이상스러웠다.

"그거야, 아직 써먹을 만한 재주가 있어서 아니겠습니까."

박대리는 음충한 웃음을 흘리며 말했다.

"무한에서 힘깨나 쓰는 놈치고 이 박중서 신세 안 지고, 불알 안 잡혀본 놈 없을 겁니다."

"어떻게 그런 일이?"

나는 공갈을 당하는 기분을 감추며 물었다.

"대개 집안일로 어지간히 속 썩은 사람들 말이에요. 해결사 노릇 좀 했다 이거죠."

박대리가 말한 해결사 노릇이란, 배우자 부정 캐내기라든가 채무자 꽁무니 따라다니기, 옛 애인 찾아내기 따위의 너저분한 용역이었다. 지금도 공적인 용역 외에 암암리에 상사들의 주문이 이어지는 모양이다.

"햐― 드디어 나타나셨군!"

박대리는 보고 있던 망원경에서 눈을 떼서 내게 건넸다. 건넸다기보다 막무가내로 내 눈앞에 갖다 대고 물었다.

"저기 16층 왼쪽에서 세번째 방 있죠? 거기 커튼이 반쯤 열려진 틈으로 보이는 남자."

어름어름 두꺼운 테의 안경을 낀 중년의 남자가 보였다.

무엇이 뒤틀렸는지 담배를 피우는 모습하며, 창턱에 앉았다 일어섰다 하는 움직임이 여느 객실 손님과 다름없어 보이는데 그가 누구란 말인가.

"무한그룹의 위태위태한 후계자랍니다."

나는 깜짝 놀라 망원경을 놓칠 뻔했다. 그가 무한그룹 회장의 아들이라는 사실도 그렇지만 박대리가 그런 실세의 동정까지 염탐하고 있다는 데 대한 놀라움 때문이었다. 짐작할 수 있는 것이라곤 박대리가 그전에 비서실에 있으면서 웬만한 핵심들의 인적 사항과 활동 반경을 다 파악했으니까 무슨 일이든 못할까, 하는 점이었다. 그가 심심파적으로 스튜디오에 처박혀 맞은편 호텔을 탐구했다는 것은 그러니까 순전 거짓말이었던 셈이다. 그는 흥신소 직원처럼 주어진 과제를 집중 추적하고 있었던 것이다.

"그런데, 왜 이런 흉측한 염탐을 하는 거지?"

나는 기이하다기보다 자못 심각한 박대리의 작업을 못마땅한 투로 꼬집어 물었다.

"수요가 있으니까 하는 작업 아닐까요?"

그는 남의 일 얘기하듯 대답했다. 그 정도라면 짚이는 바가 아주 없지 않았다. 풍문에 따르면 그룹의 첫째 후계자는 원래 업둥이 출신이라고 했다. 누군가는 그가 허랑방탕한 호색한이라고도 했다. 어쩌면 회장 자리가 둘째아들에게 갈 공산이 크다는 소문도 들렸다. 바야흐로 첫째를 잡기 위한 사냥이 벌어지고 있는지 모를 일이다.

"그리고, 누가 압니까. 이게 큰 목돈이 될지."

결코 농담으로 들을 말이 아니었다. 별동대의 꿈은 더 이상 이곳에 머무르지 않고 가급적 빨리 떠나는 것이었다. 하냥 날씨가 좋아지길 바랄 수 없는 노릇이다. 모두가 떠나길 바라지만 불투명한 시계 속에서 똑같은 지점을 맴돌고 있을 뿐이니까.

"아예 여기 그만두고 본격적으로 흥신소를 차려보지 그래."

"목돈만 틀어쥐면, 흥신소보다 요즘 잘 나가는 문화 사업이나 차릴랍니다."

"문화 사업이라면?"

"거, 요즘 잘 나가는 텔레방이라고……"

이렇게 해서 나는 그가 꿈꾸는 문화 사업인 전화방 이야기를 들을 수 있었다. 그는 도시의 사냥꾼처럼 헐떡거리며 꿈을 이야기했다.

"아르바이트만 잘 고용하면 손님 끄는 일은 아무것도 아니더라고요."

"아르바이트라니?"

"전화 교환원이라든가 현관 데스크 안내원, 별 볼일 없이 전화통만 붙들고 있어야 하는 비서들, 아니면 껍데기뿐인 상담실이란 곳의 연구원들…… 대부분 전화방에서 그런 여자들을 아르바이트로 운영하는 겁니다."

전화방을 찾는 남자들은 많지만 정작 남자들에게 연결시켜줄 여자의 전화가 절대 부족하기 때문이라는 것이었다. 박대리는 마치 사업의 타당성이며 시장 조사까지 끝낸 양 장담했다. 태연한 체하고 건들거려도 그 역시 미구에 다시 닥칠 감원의 바람에 별궁리를 다 하는 모양이다.

현관 데스크 안내원? 그가 청승을 떨며 말한 정보 중에 귀를 번쩍 뜨이게 한 것은 전화방에서 아르바이트로 일한다는 그런 여자였다. 대번에 아까 눈인사를 나누었던 미스 홍이 떠올랐기 때문이었다. 언제나 데스크에서 송수화기를 놓지 않고 있는 모습이란, 그것이 아닌가. 끈끈한 상상이 일었다.

"여기서도 아르바이트를 쓰고 있겠지?"

나는 무인도에 들어서며 빵떡모자에게 물었다.

"그러다 손님이 알면 장사 끝장나고 말아요. 아르바이트는 없지만, 단골 여자 손님이 있어서 다행이죠."

빵떡모자는 시큰둥해하며 의심을 해소해주었다.

단골? 그렇다! 오늘도 그 여자를 만날 수 있을 것이다. 수수께끼를 내고 숨바꼭질을 자초하고 있는 위험한 여자. 위험한 곡예며 도락을 일삼지만 언제까지 익명으로 만족하지는 않을 여자다. 그 짐작은 영락없이 맞았다. 그녀는 오전 10시를 데이트 시간으로 잡고 있었다. 출근하고 나서 모두 코를 처박고 일에 빠져 있는 시간, 그러므로 아무런 간섭도 받지 않을 시간에 전화를 거는 것이었다.

"어머, 아직도 그곳에 계시는군요. 혹시 거기서 기생하는 오라버니가 아닌지 모르겠지만."

그녀는 간드러지게 웃으며 말했다.

"아직도 연을 못 찾아서 힌트 좀 얻으려고……"

"하지만 내일은 찾으려고 해도 없을 거예요."

나는 잔뜩 긴장을 하고 물었다.

"아니, 직장을 그만두나 보죠?"

"내가 아니라 그 요망스러운 것이 그만두거든요. 그래서 고것 아파트로 연이 옮겨가는 거예요."

나는 도대체 알 수 없는 이야기를 힘겹게 짜 맞추며 물었다.

"왜 그만두고, 연은 또 무어기에……"

"요 몇 달 입덧을 한다고 온 동네를 떠들썩하게 하더니 이제 때가 돼가는 모양이더라고요. 왕영감탱이가 마련해준 아파트에 ……여기 있던 연이라는 커다란 부적과 같이 들어간다죠."

"그러니까 부적의 효험을 본 모양이로군요."

"이젠 마나님이 더 좋아하더라니까. 썩을 팔자 고친 거 아녜요?"

그녀는 발톱을 드러내고 누구라도 할퀼 듯했다.

같이 근무하던 여자가 그렇고 그런 대리모로 자리를 떠나며 부적도 떠난다는 것. 그제야 나는 '연'이 그 어떤 그림이라는 사실과, 그림에 예사롭지 않은 뜻이 숨어 있음을 확실히 알게 됐다. 그림은 퇴락한 그 집안을 구원하기 위하여 이제껏 걸려 있었던 모양이다. 그것이 그녀로부터 들은 마지막 힌트였다.

"고것 입덧 덕분에 그래도 봄, 여름내 온갖 과일은 실컷 먹었어요."

나는 그녀가 쏟아내는 얘기를 어쩌지 못했다. 앙칼진 시새움이 전류처럼 귓속을 파고들었기 때문이다.

"맹랑한 여자였군요."

"그게 아니라, 왕영감이 돌린 거예요. 고것한테 아이가 들어서자마자 신바람 나서 왕궁을 오가는 사람들에게 온갖 인심을 다 쓰더라고요."

그녀의 말은 제 스스로의 그림을 그리는 듯 이어졌다. 이상한 일이었다. 그 그림은 아주 익숙한 기억에 닿는 듯하다가는 사라지고 아주 구체적인 경험과 어우러지는 듯하다가는 사라졌다. 꼭 짚어 말할 수 없는 형체였다. 고집스럽게 땅바닥에 웅크리고 있던 물체의 움직임이 어른거렸다. 무엇일까. 신경이 온통 곤두섰다. 꼭 찾아낼 것만 같았다. 이곳의 연락처를 어떻게 알았느냐고 물었더니, 그녀는 신문에 끼여 들어오는 광고 전단을 보았다고 했다. 그녀가 만드는 수수께끼의 공간은, 멀지 않은 지척에 있다! 전화선을 잡아당기면 딸려올 정도의 거리이다.

"저기, 지금 속이 좋지 않아서 그런데…… 잠깐 있다가 다시 통화할까요?"

나는 속임수를 쓰기로 했다. 잠깐 전화방에서 빠져나가서 현장을 잡아내는 것이다. 충분히 승산이 있는 게임이다. 이른 시간인데도 다행히 몇몇 남자들이 대기 상태인 듯했다. 그녀는 나와 접속이 끝나도 연이어 다른 대기자와 끈끈한 대화를 나눌 것이다. 전화방을 나서서 나는 부리나케 조금 전 빠져나온 락희빌딩으로 다시 뛰었다. 전화방에서 불과 5분도 채 안 되는 거리였다. 현관은 오전의 미궁, 그맘때 모습 그대로 적요했다.

여자는 송수화기를 그러쥐고 대화에 열중하고 있었다. 옆모습 역시 역삼각형이 뚜렷한 모습의 그 데스크 주인공, 언제나 그런 바로 그 모습이었다. 누가 들어오는지 도통 무신경한 상태로 보이기까지…… 놀라운 적중이다. 아마 이런 일을 전문으로 하고 있는 박대리도 혀를 내두를 신통력이리라. 그래 봐야 언젠가 그가 현관에서 받아왔다는 광고지가 단서였지만. 그녀와 나는 기껏 무인도를 지척에 두고 숨바꼭질을 한 꼴이었다. 현관은 텅 비어 있었다. 그녀의 고개와 몸체는 비스듬히 기울어 있었다. 단순히 기울어 있는 자세가 아니었다. 나는 데스크 옆의 기도하는 소녀상 뒤에 바짝 다가갔다.

"아저씨, 군침 흘리는구나? 그럼……"

역시 누군가를 향해 이리로 오라는 유혹이었다. 연이 있는 곳이라고 했고, 떠나고 싶다고 했다. 내게 한 속삭임 그대로였다. 끈끈한 비음을 깔며 여자는 이제 환상 속으로 빠지는 듯 보였다. 아저씨, 나, 얼마나 죽여주는 줄 알아. 그런 따위보다 더, 잘 뛸 수 있어. 원하는 대로. 응, 그것도 할 줄 알고. 물론, 그건 안심해도 돼. 그렇지만, 날 이곳에서 구해줘야 된다! 자지러지는 웃음. 내일이면 연이 나가거든. 그년을 태워서 나간대. 여자는 다시 앙칼진 어조로 말했다. 그년은 드디어 여길 빠져나가는 거야. 날 영감탱이 제물로 만들고, 이렇게 만신창이로 만들어놓고…… 아저씨. 내 말 듣고 있는 거야? 지금 뭐 하자고? 뭐, 더 끈끈한? 엄마, 이 아저씨 세게 나오네. 그쪽으로 오라고? 뭐, 한번 만나자고? 아유— 아유—

여자의 더운 숨소리가 조금 더 가깝게 느껴졌다. 무릎과 무릎을 꽉 조이고 있는 여자의 뒤틀린 자태. 나는 고개 숙인 여자에게 한 걸음 더 가까이 갔다. 뽀얀 허벅지가 원래 하나인 것처럼 붙어서 움찔거렸다. 가녀린 손이 연신 자신의 목덜미를 애무했다. 기진맥진한 모습이다.

"저기……"

그녀는 게슴츠레 눈을 뜨며 고개를 돌렸다.

"어디 편찮으신가 해서요."

마음속에서 이글거리던 정염을 차마 드러내놓지 못하고 더듬거렸다. 움켜잡고 싶었던 무인도에서의 환상. 그녀는 환영처럼 흔들렸다. 아무런 저항 없이 나를 끌어들일 듯 농염한 웃음을 흘리며.

"저기, 가마 그림 밑에 써 있는 그림 제목의 한자, 는 어떻게 읽는 거죠?"

벽면에 걸린 대형 그림을 가리키며 내가 물었다.

그와 동시에 그녀는 비척거리며 일어섰다.

"드디어 찾아냈군요."

그 제목의 한자 '輦'의 독음이 바로 '연'이라고 했다.

맨 처음 빌딩에 들어서며 묻고 싶었지만 참았던 수수께끼의 한 자. 그것이 바로 임금이 타는 가마, 연을 뜻한 것이다. 지붕 위, 좌우와 앞에 붉은 주렴이 달린 그 가마는 막 떠나려는 모습으로 대기하고 있다. 빌딩에 들어서며 보았던 고리타분한 유물이 아니었다. 금방이라도 누군가를 태울 듯한 자태, 그녀가 말한 대로 내일이면 떠날 것이다. 퇴락한 왕실을 구원하기 위하여……

아득한 어지럼증이 일었다. 도망가고자 했으나 나는 결국 제자리에 돌아왔을 뿐 아닌가. 그러나 환상의 섬, 무인도에서 처리하지 못한 일을 지금 해결할 수 있을지 모른다. 여자는 온몸의 열기를 주체하지 못하는 듯 휘청거리며 데스크 상자에서 나왔다. 나는 한 걸음 한 걸음 그녀의 비척거림을 따라가기 시작했다. 주술에 걸린 듯이.

이 도심 어디엔가 환상의 원을 맴돌지 않고 빠져나갈 수 있는 통로가 있을 것이다. 그녀는 비상 엘리베이터 안으로 들어섰다. 나도 그녀의 뒤로 바짝 붙었다.

세상 밖으로 난 다리

세상 밖으로 난 다리

이제 교량의 상부 바닥 강판에는 아스팔트가 깔려가고 있었다. 한여름 폭염으로 강판 위에 얹힌 아스콘은 마치 거대한 목판 위에 쩍쩍 눌어붙어 천연스러운 엿처럼 보였다. 독일 아우토반 보수 공사에서 처음 채택한 후 뒤늦게 국내에서도 인기를 얻고 있는 구스라는 그 포장재는 콘크리트 덧칠 없이 철판에 바로 들러붙도록 고안된 소재였다. 저건, 또 얼마나 지구의 숨통을 틀어막을까. 정대리는 흡사 자신의 몸이 묶이는 듯한 통증을 느끼며 피니셔로 다림질되는 아스팔트 노면을 흘겨보았다. 섭씨 70도가 넘는 강한 열선이 만드는 어지러운 아지랑이 때문이기도 했다.

아니, 그의 의식 속에 아스팔트는 이제 종양의 혹이라든가 범의처럼 자리 잡고 있었다. 언젠가 그녀로부터 진짜, 그럴 수도 있다는 이야기를 듣고부터였다. 난, 아스팔트나 다리야말로 우리 인간이 만든 가장 큰 불행이었다고 생각해요. 그녀는 웃지도 찡그리지도 않는 역시 묘한 표정으로 말했다. 금방 이곳에 어른거린 듯하다. 아, 그건 발견이라 할까요, 아니면 발명품이라 할까요. 그리고 고개를 갸우뚱하는 이쪽을 보며 배시시 웃었다. 아무튼 지상에 아스팔트가 깔리며 우리는 꿈을 잃게 된 셈이니까요. 호롱불 밝히며 걷던 길이며, 마차가 터덜거리며 올 때 듣던 말방울 소리며, 개울을 건널 때 발목을 에우는 물살, 하얀 달빛이 뿌려진 바다로 난 길…… 아주 흔하게도, 썩 그럴듯한 감상이다. 그렇지만 아스팔트는 인간이 화석 연료를 찾아내고 자동차를 발명한, 그 훨씬 뒤에 쓰게 된 유용한 문명의 부산품이라고 반박하려다 그는 마른침만 삼켰다. 그것뿐인가요. 아스팔트는 벨트처럼 지구를 묶어가고 있는 거예요. 아마 우주선에서 지구를 보면 마치 검은 혁대를 마구 동여매 숨을 헐떡거리는 모습이 아닐까. 진짜 그럴 수도 있겠다는 생각은 마침 그 즈음 인공위성에서 잡았다는 중국 만리장성의 모습을 신문 해외 토픽난에서 보았기 때문이기도 했다. 그리고 고운 모래 가루를 날리는 아라비아 사막의 횡단 고속도로가 떠올랐다. 건설 회사에 입사하자마자 처음 내쳐진 현장이었다. 그 장대한 역사가 그녀 앞에서 한갓 인류의 불행한 족적으로 깎아내려지고 있다는 사실이 부당하다고 느꼈지만 그는 강안의 물결을 내려다보며 스스로 허황해지는 마음을 다독거렸다. 그건, 아무도 모르는 사막에서의 역사였으니까. 그렇지만 그녀의 단정은 정말 가죽 혁대로 가슴을 동여매듯 갑갑증을 불러일으켰다. 그녀는 꿈꾸는 게 아니라 아파하고 있는 게 아닐까. 그 통증이 전이된 듯했다. 뭐냐면, 나는 말이죠. 아스팔트에서 꽃이 피는 걸 보고 싶어요. 그게 가능할까? 순간 그는 그녀의 말을 심중에서 바투 고쳐 외쳤다. 아스팔트를 뚫고! 피는 꽃.

그러고도 여전히 지구를 총총 동여매고 있지 않은가, 이 세상에 가장 큰 악덕처럼. 잠깐 멀미 같던 생각을 거두며 그는 실소를 흘렸다. 트레일러에 실려온 쿠커는 불덩이처럼 이글거렸다. 인부들은 그나마 그늘이라고 15톤 덤프트럭 밑에서 웅크리고 더위를 피하고 있었다. 햇빛의 반사광도 금방 눈알을 아리게 했다. 후욱— 대번에 안면 가득 몰아친 복사열로 숨이 막히며 현기증이 일었다. 그는 가까스로 다리 난간을 잡으며 사진 기자를 흘끔 뒤돌아보았다. 안전 수칙이라며 억지로 씌워준 헬멧은 이미 목 뒤로 넘어가 덜렁이고, 흔들리는 임시 발판을 딛고 잔뜩 겁에 질린 채 땀을 뻘뻘 흘리며 올라오는 그의 모습은 희극적이기만 했다.

"하— 과연 높기는 높구먼요. 완전 유격 훈련이네."

하긴 임시 가설 계단을 오르내리며 자신도 가끔 공포감을 느끼곤 했다. 발판과 발판 사이의 간격이 너무 벌어진 데다 조금이라도 균형을 잃으면 휘청거리기 일쑤인데 언뜻 발밑을 보면 아파트 10층 아래는 족히 될 만했다.

"그래도 그림 한번 시원하지 않습니까?"

그는 몇 걸음 비켜서며 재빨리 사진 기자의 눈길을 강 저편에서 교각 맞은편으로, 그리고 다시 아래로 돌려주었다. 그들은 그렇게 해줘야 저 아래 세상에서 벗어나 다리 위에 올라와 있음을 실감한다는 걸, 몇 차례 현장을 찾는 기자들을 안내하며 깨달은 바였다. 그들은 오로지 한강에 새로운 다리가 건설된다는, 그것도 더블 데크double deck라고 우리나라 최초의 복층 교량이 들어선다는 사실에만 관심이 있는 듯했다. 교량 아래층은 지하철이 통과하며 위층으로는 도시고속도로와 동부간선도로가 연결된다는 사실 하나만으로도 충분한 기삿거리며, 기대되는 물건이라는 것이다. 이 다리가 한 세기의 마지막, 새로운 세기의 벽두에 열리는 첫 다리라는 그것까지는 아니라도…… 다리 위에 올라서서 무언가 새로운 느낌이나 생각을 말하는 기자를 만나지 못했다는 사실은, 사진 기자에게도 역시 물건의 외양만 안내하고 말아야 한다는 의무감으로 되새겨졌다. 그들은 그냥 그렇게 다리를 구경하다 갈 것이고, 다리가 완성된 후 다리를 건널 것이다! 그것도 시속 100킬로미터를 넘는 탈것에 실려 눈 두서너 번 깜빡할 새. 아무려나 이제는 만성이 되어버린 업무이건만 정대리는 가끔, 자신이 엔지니어로서 쓸데없는 망념에 빠져 있는 것이 아닌가 흠칫 놀라곤 했다. 때로는 쓸개 빠진 감상이며 이미 자신도 자각할 수 없는 뭔가 위험한 지경에 놓여 있는 것이 아닌가 자문했다. 너무 지쳤는지 모른다. 다리 위에서 길을 잃은 것일까. 모두가 그냥 스쳐 지나가는 다리이건만. 사진 기자는 당장 뜨거운 강판이며 아스콘 포장 위가 견디기 어려운 듯 경중경중 뛰며 셔터를 눌러대기 시작했다. 정대리는 그가 원하는 장면을 마음껏 잡도록 멀찌감치 떨어졌다.

언제 봐도 시원한 정경이다. 강 상류 쪽으로는 잠실대교가, 아래쪽으로는 영동대교가 굽어보이고 웬만한 강변의 아파트 군상이며 빌딩들은 어깨를 스칠 듯하다. 바로 맞은편으로는 계단 식의 무역회관 빌딩과 이제 막 완공되는 아셈센터가 웅자를 드러내고 있다. 그게 2000년 아시아 유럽 정상 회의용 빌딩이라는 것도 최근에야 안 사실이지만, 이곳에서 보는 강남은 찬연했다. 종합운동장 옆으로 몇 개의 다리가 원근을 달리하며 걸쳐져 있고, 멀리 수서동의 아파트군이 준비된 도시의 또 다른 역량처럼 대기하고 있다. 그리

고 다리 아래는 바로 뚝섬 유원지의 야외 수영장이 새파랗게 도색
한 파도형 외벽을 배경으로 물고기 대신 일부러 사람들을 풀어 넣
은 수조처럼 한눈에 들어온다. 그는 양팔을 엇걸어 난간에 올리고
그 위에 턱을 받친 채 싱그러운 열대 인류의 움직임을 좇기 시작
했다.

　모든 것이 분명해져 있다. 다리가 완공돼가듯, 아니 완공돼감으
로써…… 그녀와의 만남이 우연이 아니었듯 헤어짐도 우연이 아
니었다는, 어쩌면 통속적인 대중 가요의 한줄기를 흘리며 태연한
체 그녀를 보내야 한다는 사실을. 입때 그 사실을 인정하지 않고
오로지 자신의 생각에만 그녀를 꽂아놓은 게 잘못이었다. 이젠, 물
마른 병에서 꽃을 뽑듯 그녀를 뽑아, 강물에 던질 일이 아닌가. 그
것이야말로 벌써 오래전부터 그녀가 바라온 주문이 아니었을까.
그렇게 생각하니 다시 가슴이 싸아하게 저렸다. 애써 외면해온 마
음의 기원이 아무런 효험 없이 끝나고 이젠 재처럼 남은 기억의 잔
해를 쓸어버려야 한다. 그 빗질마저 힘겹고 꽃 한 송이 던질 마음
없어 는적대는 시간 속에 모든 절차를 맡기고 싶다. 그녀가 다시
나를 부르는 것일까. 그런 막다른 곳에서 걸어나오는 음험한 상상
이 더 두려웠다.
　그녀를 이곳에 왔던 그대로 돌려줄 수는 없을까. 아무것도 걸쳐
지지 않은 강변에 서서 바람을 맞던 그녀는 얼마나 무념해 보였던
가. 오로지 꿈꾸고 있던 것이다. 지금 돌아보면, 그 꿈이야말로 자
신이 헤집고 들어가서는 안 됐을 구원의 손길이 아니었을까.
　"다 큰 처자가 이런 데 혼자 다니다니…… 겁이 없으시군요."

　그는 그녀를 안심시키기 위해 호기롭게 말을 건넸다. 회사 패찰이 붙은 현장 근무복이 그 어떤 무장한 인상으로 전해지길 바랄 정도였다.

　“……”

　그녀는 여러 갈래로 이랑이 진 생머리를 한쪽으로 쓸어 내리며 긴 한숨을 내뿜었다. 혼비백산한 모습이란 바로 그런 것일까, 일순 공포와 미안함과 안도감이 뒤섞여 그를 압도했다. 흐트러진 기색이 역력했지만 애써 자세를 고치려 하는 모습, 그녀는 태연을 가장하며 어깨를 움찔거렸다. 그러나 그는 그것이 입동 추위의 떨림이 아니라 불명확한 흐느적임이라는 느낌을 받았다. 그는 마침 부재를 싣던 바지선에 그녀를 태워 강을 건네주었다. 어떻게 강 이편에 와 서 있었는지 그때는 물어볼 경황도 아니었다.

　“여기, 다리가 세워질 모양이죠?”

　그녀는 예인선에 달린 고철 덩어리에서 내리며 물었다.

　“예. 이제 막 현장 조사를 끝내고 장비가 반입될 겁니다만……”

　“……그런 줄도 모르고……”

　뭔가 마음에 켕기는 것을 감추며 혼잣말을 하고 그녀는 마치 깊은 물속을 헤집고 나온 새처럼 몸을 떨었다. 올림픽대로의 가로등이며 강변 아파트의 불빛이 겨울의 추위처럼 뼛속을 파고들었다. 아스팔트를 가는 차 바퀴의 마찰음이 새되게 바람을 갈랐다. 그녀는 기진한 상태로 휘청거리며 분명치 않게 그의 부축을 받았다. 그때에야 그는 뭔가 께름칙한 일에 끼어들었음을 직감했다. 목덜미 털끝이 쭈뼛 섰다.

　“어디 이 근처 사시는가 보죠?”

그녀는 가수 상태에 빠져들며 대답했다.

"예, 저기 언덕 위 상아아파트 703호……"

그것은 병원이 아닌 집으로 가고 싶다는 명백한 의사 표시에 다름아니었다. 부랴부랴 그녀를 업고 올림픽대로로 올라서서 그가 잡아탄 것은 레커차였다. 그는 갑자기 접촉 사고를 당해 파손된 차처럼 끌려가며 그녀의 영혼을 깊이 끌어안았다.

만약 그때 그녀를 언덕 위 그 아파트로 데려갔다면 어찌 됐을까. 그는 가끔 그런 상상 속에 빠지곤 했다. 그럴 수도 있는 일이다. 왜냐하면 그녀가 정녕 바라고 기대했던 안식이 그렇지 않았던가. 그조요한 삶의 마지막 한구석에 가서 그녀를 붙들 수 있었다면, 자신역시 이 지상에서 바랄 수 있는 가장 아름다운 꿈이 아니었을까. 출렁이며 다가오는 강물이며 불빛을 창 안 가득 품고 그녀는 아직이루지 못한 남은 잠을 완성하는 것이다. 강변을 내다보는 숱한 사연이며 자잘한 일상이 제 안으로 굽어 들어 꼬물거리는 행복의 양태. 그러므로 나는 그녀의 영원한 훼방꾼이 아니었을까. 아니라면도마뱀 꼬리마냥 잘려진 그녀의 몸 한 조각을 붙들고 이때껏 허덕인 것이 아니었던가. 그는 스스로 부끄러운 회한으로 빈 어금니를딱딱거렸다.

"왜 그렇게 사람들은 서로 만나야만 하는 걸까요? 꼭 그 굴레를벗어나지 못하는 쳇바퀴 속의 다람쥐처럼……"

그것은 마치 자신과의 만남을 가볍게 원망하는 듯한 물음이었다. 만나야만 한 경우는 분명 아니었다. 구태여 말한다면, 만나게된 경우였고 그러므로 우연 같은 운명이었다. 결코 가볍게 스쳐 지나갈 인연이 아니라 실타래처럼 둘둘 말려 던져진 관계가 아닐까.

"뭐든 만나야 일이 되는 게 아냐?"

그는 변명조로 그녀를 흘겨보았다.

"꼭 만나지 않아도 이뤄질 수 있는, 만들 수 있는 일들이 많을 텐데."

"어떻게?"

"내가 이쪽으로 와서 강을 건너는 것도 그런 이유 때문이에요."

그녀는 잠실 쪽으로든지 영동대교를 건너 이편으로 왔고 감쪽같이 공사장에서 사라지곤 했다. 아무리 뚝섬 유원지와 붙어 있어도 현장 사무소가 들어선 후부터는 그녀와 강변에 서 있기가 여간 조심스러운 일이 아니었다. 눈치 빠른 기사 몇이 농조를 흘리며 기웃거렸지만 그는 끝내 그녀를 공사장으로 끌어들이지 않았다. 그녀는 아무 예고 없이 나타났다가 그를 만나게 되면 투정하듯 요즘 기분이나 생각을 풀어놓았고 어느 틈엔가 사라졌다. 그런 뜻이라면 과연, 아무도 몰래 강을 건너는 특별한 재주가 있을지도 모른다.

"그림을 그리는 것도 아닌데 꼭 이쪽에서 저길 바라보면서 뭘 한다는 거야?"

처음 그녀의 출현을 지켜보았을 때 느낌 그대로 풀리지 않는 의문이었다. 물론 나중에야 자신을 만나러 일부러 이쪽으로 온다고 착각 아닌 착각을 한 적도 있었다. 그리고 그런 시간이나 물리적 번거로움이 머잖아 하소되리라고, 자신이 만들어가는 역사를 다소 과장되게 말하며 실제 그런 날을 손꼽아 기다리는 마음도 넉넉한 것이었다.

"……"

"차라리 아파트에서 건너다보는 이쪽 풍경이 제격일 텐데."

그러자 그녀는 오랫동안 머릿속에서 삭인 생각을 털어놓듯 말했다.

"저기, 혼자 있는 나를 상상하는, 그런 일……"

아아, 그것이었던가. 그녀가 만들어가는 역사란! 참으로 앙증맞을 정도의 재치로 여기면서 그는 그녀의 말에 기대어 잊었던 자신의 내면을 뒤적였다. 한때 시인이라 놀림받을 정도로 그는 공사판에 어울리지 못하는 감성을 지녔고 그것으로 무척이나 괴로워하지 않았던가. 설계도에 나와 있는 것과 달리 콘크리트 배합 비율이며 철근 중량을 속이는 따위의 구조적인 문제에 대한 여린 생각에서가 아니라, 현장의 환경이며 상황에 따라 견디기 어렵게 찾아드는 절연감이며 저주스런 망상 때문이었다. 자신은 끝내 지상에 어떤 구조물도 완전하게 세울 수 없다는…… 일종의 패배 의식이기도 했다. 우선 자신의 뼈대며 심줄조차 제대로 가누지 못하는 나약한 기술자가 아닌가. 무엇이 잘못된 것이었을까. 처음 내게 주어진 이 길이란 어디서부터 분기됐고, 부실을 자초했던 것일까. 그렇게 돌아봄은 기사 자격증을 따고 최단 기간에 누구나 선망하는 기술사 자격증을 거머쥔 엔지니어로서는 모순된 자세였다. 공식만 딸딸 외우고 연습 문제만 잘 푼 탓이 아닌가. 그것도 잘못된 공식을 삶의 방식으로 부려먹고 있는 건 아닐지. 차라리 시멘트 가루를 뒤집어쓰며 비바람을 맞다 보면 진짜 노가다가 되지 않을까. 그렇게 풀기 없이 버려진 자신이었다. 그런, 자신에게로 돌아가기를, 아니 돌아보기를 그녀는 주문하는 듯했다.

그때 언덕 위의 상아아파트는 성곽처럼 딴딴하고 한층 높게 발을 돋운 듯해 보였다. 어쩌다 늦은 밤, 환하게 불이 들어온 아파트 7층 까맣게 비어 있는 그녀의 거처는 이곳을 바라보는 움푹 팬 눈처럼 여겨졌다. 그녀는 말했다. 지금 저기에 누가 있을까요? 참으로 수수께끼 같은 물음이고 저 혼자 수수께끼를 푸는 웅얼거림이었다.

"그 친구가 말했어요. 누군가 가장 간절하게, 빠르게 만날 수 있는 법을."

계속 그 얘기인 듯싶었다.

"그들은 너무너무 사랑하다 어쩔 수 없이 헤어지게 된 불행한 연인이었대요. 10년이 지난 어느 때, 시내 어디서 만나기로 한 그날…… 차를 몰고 고속도로를 달려가던 남자에게 문제가 생겼던 거예요. 갑자기 눈이 내리며 차들이 거북이 걸음을 하니, 도저히 제 시간에 가기가 힘들어진 거죠. 아마 여의도에서 만나기로 했는데 올림픽대로를 거슬러 올라가던 차라고 생각하면 틀림없을 거예요. 너무너무 사랑한 여자와 다시 영원히 헤어질지 모른다는 생각으로 남자는 발을 동동 구르며 액셀을 밟았다 뗐다 하다가…… 어떻게 했는지 알아요?"

"바보처럼…… 그 정도 사랑했으면, 여자가 언제까지든 기다릴 텐데."

그는 이야기의 허구를 짚었다. 그녀가 핀잔했듯 기술자로서 당연한 공식이었다.

"것 봐요. 그러니까 세상에 다리가 필요한 거지."

"갑자기 무슨 엉뚱한……"

"그런 식이니까 강을 건너는 데 꼭 다리가 필요하다고 생각한다는 말이죠."

그녀는 여전히 자기만의 방식으로 강을 건너려는 듯했다.

"그 남자는 갑자기 핸들을 틀어 낭떠러지 아래 강 속으로 빠져버렸대요."

그때도 그는 고개를 갸우뚱했다. 물속으로 차가 잠수를 해서 달려가는 줄 알았더니, 주인공이 자살을 했다는 것이다.

"영혼이 돼서 가장 빨리 그녀를 만나고 싶었던 거래요."

영혼이 되어…… 간다는…… 그 독백은 고막을 후벼 파듯 명징하게 울렸다.

그렇게 그녀는 영혼의 게임을 하고 있었단 말인가. 강을 건너, 또 다른 자신에게로 달려가는 사술을 시험하고 있었단 말인가. 그는 눈꺼풀 속에 파르르 떨리는 그녀의 눈망울을 똑바로 꿰어보았다.

"걔가 물었어요. '너 필요하다면 그렇게 나를 만나줄 수 있니?'…… 그때는 섬뜩해서 아무 소리 못 했거든요. 왜 그런 얘기를 해야 했는지."

정말 사랑스러운 여자였다. 으스스 떨릴 만큼, 충분히 애틋한 친구를 가졌고 어쩌면 그와 헤어진 아픔을 갖고 자기에게 사랑의 방정식을 설파하는…… 그는 바람에 날려 흐트러진 그녀의 목도리를 여며주고 가녀린 손을 꼭 잡았다. 그녀가 다시 그 어떤 시험에 빠져 있다는, 떨리는 짐작이었다.

"나도, 윤하씨에게 묻고 싶어요."

"뭘……"

"그렇게 언젠가 이 강을 건너올 수 있겠어요?"

그는 피식 웃었다. 그녀가 정말 자신을 시험하고 있지 않은가.

"이거 봐. 우린…… 정말 눈 깜빡할 새 만날 수 있어. 내가 만든 대교에서, 2000년에! 하긴, 천 년 뒤의 일이지만……"

그러나 그녀는 웃지 않았다. 그녀는 가슴 깊은 바닥까지 침전됐던 생각을 드러낸 듯 후회의 빛이 역력했다.

이상하게도 다리가 점점 그 형체를 드러냄에 따라 거꾸로 점점 불안해지던 세월이었다. 처음 강바닥에 우물통을 설치하고 중굴 말뚝이며 대구경 현장 타설 말뚝을 박을 때에만 해도 얼마나 가슴 두근거리며 기대에 부풀었던 공사였던가. 국내 초유의 복층 교량이란 점도 그렇거니와 조감도에 나타난 대로라면, 이 대교는 강 π 형 라멘교임에도 아래 철교에서 위의 차도를 V자로 만들어 미려한 조형미를 추구해 새로운 한강의 명물로 등장할 게 틀림없었다. 한껏 멋을 드러내는 아치교라든가 사장교와는 또 다른 안정되고 우아한 느낌을 줄 수 있는, 그것이 단지 인도 겸용교가 아니라는 점이 마음에 걸릴 뿐이었다. 여러 가지 신공법이 도입된 점도 교량 건설 전문가로 길을 닦아가는 데 도움이 될 듯싶었다. 우물통 기초 공사를 위한 재래식 축도 시공을 폰툰이라는 스틸 박스를 이용한 것도 특별한 대목이었다. 폰툰은 우물통 시공이 끝난 뒤 자잘한 부재 운반용 바지선으로 유용하게 쓰였다. 언젠가 그녀도 그곳에 실렸던 작은 부재였다. 처음 그녀를 만났을 때, 두려움에 떨며 바지선을 타던 모습과 달리 일부러 깡통을 타는 재미를 즐기려는 듯했다. 모처럼 시내를 나갔다가 그를 위문하러 왔다는 표정 또한 밝았다. 그는 동료들의 부러운 시샘과 응원을 받아 근무 시간에 처음으로 그녀와 함께 뚝섬 유원지에 가서 즐거운 한때를 보냈다. 그 즈음 그녀는 확실한 그의 애인으로 인정받고 있던 셈이었다. 아무리 그녀가 자신의 일을 하찮게 여겨도 그 한때가 대교에 대한 기대를 저버리지 않은 마지막 기억으로 살아 있다.

돌아보면 성수대교가 붕괴되고 당초 착공 계획이 연기되며 얼마나 노심초사하며 보냈던가. 그는 당시 중앙고속도로의 교량 공사에서 이곳으로 전보될 예정이었다. 어쩌면 그때의 심적 부담과 불안이 제멋대로 파동치고 있는 것은 아닐까. 해외 근무를 포함해 현장에 몇 년 있다고 해서 이미 교량 전문 기술자로 인정받았지만 실은 누구 한 사람 도움 없인 성냥개비 하나 제대로 세울 수 없는 자신의 기술력을 비웃기라도 하듯 세상의 다리가 무너졌을 때 받았던 충격…… 그럼에도 바로 그 지척에 다리를 건설하려는 무모한 시도가 이루어지고 있으며 자신 역시, 그 역사에 불투명한 조각으로 끼워져야 한다는 불안감, 그것이었다. 남들보다 앞서 이런저런 자격증을 따고도 늘 불안해하던 그 스스로의 정체가 백일하에 드러난 듯한 두려움이기도 했다. 자신뿐 아니라 아마 대부분의 건설 기술자들이 겪었을 심리적 공황이었을 것이다. 그러나 그건 오히려 공사 계획을 안전 시공 위주로 바꾸는 데에 적잖은 도움이 되었던 게 사실이었다. 이중삼중으로 선진국의 교량 설계 전문 회사의 검토를 받고 강종이며 부재 두께, 용접 방법 따위까지 보완이 이루어졌다. 실제 공사를 보더라도 말뚝 선단을 암반 3미터 이상에 박았고, 공벽은 올 케이싱으로 붕괴를 방지하고, 하부 철도교는 강 케이블로 연결해 하중을 상부 도로교로 분산토록 하는 등 완벽을 기했으며 시공 단계마다 다국적 감리 업체의 철저한 감독을 받았다. 사실 이런 일련의 과정이란 현장 소장이나 차장을 비롯한 베테랑 전문가들이 챙길 일이므로 자신이 걱정할 일도 아니었다. 다만, 최고가 되어야 한다는, 그러기 위해 이만큼 최상의 현장도 없으련만 이와는 또 다른 쪽의 자신감 결여 상태가 문제라면 문제였다.

또 한 가지, 공사가 진척되며 그로서는 전혀 상상치 못하게 현장 사무소를 위축시킨 일이 있기는 있다. 전철과 차도가 연결되는 교량 초입의 고가 램프로 인한 인근 아파트 단지의 끊임없는 민원과 항의, 그것은 자신이 가져온 일말의 보람이라든가 자부심을 송두리째 흔들고 말았다. 어쩌면 자신은 세상을 편하고 아름다운 공간으로 일구어온 게 아니라 파괴하고 어지럽혀오지 않았는가 하는, 그것을 이 즈음 부쩍 눈에 띄며 위세를 드높이는 환경론자들의 외침이나 언론이라는 괴물에 의해서가 아니라 바로 콘크리트 타설 소리로 놀라 뛰어나온 주부라든가 장차 아파트 값이 떨어질 것을 염려해 써 붙인 붉은 현수막 구호라든가, 내용 증명으로 날아든 집단 민원 서류며 소장(訴狀)으로 자각하게 되었다는 것은 분명 불행이라 할 만했다. 이전에 경험한 한적한 시골 공사 현장과는 판이한 도심 한복판에서의 일이란 게 그렇게 형편없을 줄 몰랐던 탓이기도 했다. 민원뿐 아니라 늘 안전에 신경이 곤두섰고 현장을 둘러본다고 찾아오는 성가신 인사들이며 잡일이 한둘 아니었다. 하나 그것도 사실은 별스럽지 않은 엄살이다. 작업 현장이 수많은 눈길에 그대로 노출된 상태로 하루하루 모든 것이 아무렇지도 않게, 그저 시간 흐르는 대로 이루어지고 있다는, 그렇게 어느 때인가 일이 끝나리라는 생각은 끔찍하기만 했다. 오지 협곡에서와 같이 홀연히 나타나, 어느 날 기적처럼 사람의 눈을 휘둥그레 만들어놓는 그 역사가 아닌 것이다. 땀 흘려 묵묵히 일한 대가로 일시에 주어지는 희열은 도시 기대할 수 없다. 이제 세상을 잇는 다리가 무지개가 아님이 명확해진 것이다. 미몽이었을 뿐이다! 그는 협곡에 설치된 크레인에 올라 별을 헤던 그 감격을 어른을 위한 동화쯤으로 되새겨보았다. 역시 순박했던 햇병아리였던 탓 아니었던가.

아니, 그는 강하게 도리질을 쳤다. 이런 장애래야 도대체 공사가 진척되며 점점 커지던 불안과 무슨 상관이 있단 말인가. 결국…… 그녀가 떠나려 했기 때문이라는, 차마 마주하기 싫던 생각을 떠올렸다.

그가 처음 그녀를 찾아간 건 교량의 상판을 다 올린 상량식이 있고 난 며칠 후였다. 그녀는 한 계절을 건너뛰듯 현장에 모습을 나타내지 않았고 그의 작업복 윗주머니에 혹처럼 불거져 별 필요도 없이 불편만 주던 핸드폰 한번 울려주지 않았다. 그 역시 현장의 일이 바쁘게 돌아가는 통에 그런 데 신경 쓰지 않으려 했다. 집에 돌아가기보다 일부러 현장 사무소의 좁은 골방에서 웅크리고 새우잠을 잘 때가 많았고, 그렇게 하루하루를 별 뜻 없이 보내기 바랐다. 그는 그녀의 행동 방식을 정확한 공식으로 알고 있었다. 한 걸음 다가가면 두 걸음 뒷걸음질치고, 가만있으면 반 걸음 다가오는 따위. 그리고 그 공식을 일상에 적용할 수 있는 참을성도 갖고 있었다. 한두 달이나, 한두 해에 끝나지 않는 공사가 보통이었으니 한 계절은 새벽에 잠 깨 풀숲에 오줌을 누다 흘겨본 달맞이꽃의 가녀린 시간일 정도다. 그는 엄청난 몸체의 시간이 잘잘 흐르다가 뭉뚱그려져 나타나는 때를 알고, 믿는 편이었다. 세상은 그렇게 만들어져왔다는 식의 믿음이다.

그러니 그것은 분명 보이지 않던 그녀의 부름이 아니었을까. 그는 잡아끌리듯 한 걸음 한 걸음 다리 위를 걸어 나갔다. 달빛을 받은 강판은 희뿌연 알몸처럼 현란했다. 교각을 핥는 강물 소리만 고즈넉이 들려왔다. 이렇게 세상에 처음, 강을 건너는 것이다. 아무도 몰래, 처음으로…… 그는 가슴 벅찬 떨림을 느꼈다. 그러고 보니 입때껏 다리를 건넌 적이 없었던 듯했다. 누구를 만나기 위해…… 단 한 번도 그런 적이 있던가. 하루에도 몇 번씩 현장을 오갔지만, 그건 볼트에 너트를 끼우듯 자신을 온통 작업 스케줄에 끼워 박는 일 아니었던가. 그는 마른 입술을 축이며 다리가 옮겨주는 발걸음에 몸을 내맡겼다.

"어마! 어떻게 내가 있는 줄 알고?"

인기척에 문을 연 그녀는, 마치 자주 드나든 사람을 대하듯 가벼운 감탄으로 그를 맞았다. 그가 불쑥 낯선 곳에 찾아왔다는 사실은 안중에도 없다는 태도였다.

"불이 켜져 있기에."

그는 차마 자신이 그녀에 대한 생각으로 가득 차 있었단 얘기를 할 수 없었다.

"사실…… 멀리 여행 갔다 오면서 윤하씨 많이 생각했어요."

아닌 게 아니라 금방 거실 소파에 널려 있는 가방이며 옷가지들이 눈에 띄었다. 한껏 바람을 맞은 듯한 트렌치코트며 아직도 운동량이 느껴지는 줄무늬 바지가 흰 블라우스에 치마 차림을 한 그녀와 묘한 느낌으로 대비됐다. 껍질을 벗고 나온 우윳빛 영혼 같은, 고혹적인 모습이기도 했다.

"뭘 해요. 어서 들어오지 않고."

실내에선 고소한 원두 커피 향이 풍겼다. 그녀의 가벼운 몸놀림을 따라 베란다 쪽으로 다가간 그는 저절로 벌어진 입을 다물지 못했다. 대교 건설 현장이 한눈에 잡혔고, 하얀 콘크리트 구조물이 자신의 피치 못할 행적처럼 뚜렷했다. 그녀는 어쩌면 현장에서 허리가 짤록한 개미처럼 움직이는 자신을 충분히 붙들 수 있질 않을까. 숨어서 하던 일을 들킨 듯 얼굴이 화끈거렸다. 그는 애써 마음을 진정시키고 커피 김이 피어 오르는 다탁에 앉았다.

"언젠가, 나한테 이 강을 건너오라고 하지 않았던가?"

"피…… 그 얘기 아직 기억하세요?"

물론, 기억하는 이야기의 주인공은 수중 고혼으로 오게 되어 있지만, 그는 가볍게 고개를 끄덕였다.

"며칠 전 교각이 머리를 올렸어."

"그래요? 그래서…… 그 기념으로 오셨나 보다!"

그녀는 짓궂은 표정으로 웃었다. 그러나 그 웃음은 어쩐지 보여주기 위한 억지처럼 그의 마음을 쓸쓸하게 했다. 웃음 끝에 일그러진 그늘이 스쳤다.

"왜? 좋지 않아? 이젠 우리가 쉽게 만날 수 있는……"

그러나 그 역시 형식적인 질문을 한 기분이었다. 우리가, 란 말도 콘크리트 반죽에 잘못 끼어든 잡석처럼 가슴을 울렸다. 언제 '우리가'였지. 그녀와 나는 그저 아는 사이가 아니었을까. 애인이란 남들에 의해서 불린 관계이며, 실은 친구만도 못한 어정쩡한 사이로…… 점점 벌어지고 있질 않았던가. 역시 그녀는 대뜸 말꼬리를 잡고 물었다. 그럼, 그 말도 기억하겠네요. 다리가 다 드러날 때쯤 난 이곳에 없을 거라는…… 마치 바람 든 시멘트 포대를 잘못 건드린 듯 폴폴 시멘트 가루가 날리며 골을 지끈하게 했다.

요즘은 미국에 계신 어머니 성화 때문에 집에 못 있겠어요. 그녀는 한참의 침묵 뒤에 어색한 분위기를 바꾸려는 듯 화제를 바꿨다. 일 나기 전에, 빨리 들어오라는 거예요. 후후— 엄만 그전에 내가 벌였던 소동을 알고 말았어요. 다 윤하씨 덕분이지만. 그 대목에서 그녀는 거의 화난 표정으로 말했으므로 그는 움찔 놀랐다. 그녀는 여행에서 돌아오며 그를 생각한 것이 아니라, 그를 잊으려 했던 것이 분명했다. 그는 직감적으로 그녀의 비뚤어진 입술을 느꼈다.

식— 뚝— 식— 뚝—

다 잠그지 않은 수도꼭지에서 낙숫물이 단조롭게 떨어지며 다시 침묵을 만들었다. 마치 끌로 가슴을 찍는 듯한 긴장과 고통의 순간, 그는 더 견딜 수 없는 상태로 말문을 열었다.

"이제야…… 난, 승연일 이해할 수 있을 것 같아. 그리고……"

"이해한다고요? 언젠, 날 뭐…… 이상한 여자라고 힐끔힐끔 쳐다보는 듯하더니……"

그녀는 여태 그의 마음을 의심하고 있는 것이었다. 그가 자신을 생각하는 건, 연민이나 동정일 거라는…… 기껏해야 한참 어린 동생을 생각하는 애틋함일 거라는. 그는 그것을 부정할 수 없는 자신의 입장에 당황했고, 금방 마음속에서 치민 사랑의 감정을 그대로 발설하지 못해 고개를 떨구었다. 사랑한다는, 말은 혀끝에서 흘려지자마자 그녀에게 치명적인 상처를 줄 듯했다. 사실 그는 그녀에게 가까이 가면서도 일말 두려운 환상에서 멈칫하곤 했다. 그녀는 자살 소동 이후로 끝내 누구도 사랑하지 못할 거라는. 그러면서 사랑했다면 그건 오로지 자신의 미욱함일 뿐이 아닌가.

"후후— 윤하씨 지금, 떨고 있어요? 날 떠보고 있는 거죠?"

그녀는 그 어떤 망념을 털듯 갑자기 벌떡 일어나서, 싱크대 선반 위를 뒤지기 시작했다. 그리고 뭔가를 조심스럽게 찾아내더니…… 그에게 혹시, 생각 있으면 해보라고 권했다. 그는 아주 기묘하게 일그러져 고양이처럼 바뀐 그녀의 표정을 차마 똑바로 쳐다볼 수 없었다.

"날 사랑하지 않는다는 건 당연한 거예요. 잡으려면 사라질 여자니까."

그녀는 폐부 깊은 곳에서 연소되었을 파르스름한 독초의 연기를 내뿜으며 웃었다. 세상이 거꾸로 돌며 뜨기 시작했다. 역겹고 혼란된, 그리고 우스꽝스런 모습이다. 그녀는 곧 풀린 눈동자로 그를 흔들기 시작했다. 그것은 여태 자신이 만나며 키우고, 꿈꾸던, 사랑하던 여자가 아니었다. 흐트러져 뭉그러진 처음, 그때 그 혼비백산한 여자였다. 어떻게 말릴 겨를 없이 연거푸 독초를 태운 그녀는 그의 무릎에 자지러지고 말았다.

그렇게 한순간에 드러난 풍경은 이때껏 그녀의 방황이 무엇을 의미하는지 설명하기에 충분한 것이었다. 침실엔 가구나 침대가 아닌, 온통 화판으로 어지럽혀 있었고 아무렇게나 몸을 뒹굴며 선잠을 잤음에 틀림없는 어수선한 흔적뿐이었다. 그녀는 방 한 귀퉁이에 놓인 등받이용 소파에 기대 키득키득 웃어댔다. 웃는 건지 우는 건지 모를 신음이며, 어쩌면 환각 상태의 그것이다.

원색 아크릴의 아주 투박한 붓질이 그대로 살아 있는 대형 그림은, 두 소녀가 물 저쪽을 향해 뒤로 허리를 껴안고 서 있는 모습이었다. 붉은 햇살이 바다를 끌어올리는 아침이 아니라면, 빛을 빠뜨려 너무 처연하게 보이는 저녁이다. 저녁이라면 그 뒷모습은……

죽음처럼 너무 고요한…… 그리고, 이런저런 포즈의 한 소녀의 초상이 마치 그의 출연에 놀란 듯 생생했고, 강변 풍경도 몇 점 눈에 띄었다. 언덕 위 그녀의 아파트는 그러니까, 실물이 아니라 강 저편에서 길어온 상상이 아니었던가. 화판에 점묘된 암울한 회색빛의 구조물은 병동 같기도 하고, 그 어떤 종교적 열기가 풍기는 사원 같기도 했다. 여자는 이제 한껏 환락에 빠져든 듯 입까지 헤벌리고 가볍게 몸을 떨었다. 그는 떠들쳐 보던 화판을 한쪽으로 치우고 그녀의 곁에 팔을 괴고 누웠다.

"불가에서는 교량을 건설해 중생을 편하게 만들어주는 일이 현세에서 할 수 있는 세 가지 공덕 중 하나라고 한대. 대부분 절에 가보면 다리가 있잖아."

그녀는 딴청을 부리면서 이야기를 듣는 둥 마는 둥 했다. 왜 그렇게 다리에 대해, 교량을 건설하는 데 대해 알레르기 반응을 보이는지, 수수께끼 같은 일이었다. 누구 혹시 다리에서 빠져 죽었어? 그러면 그녀는 배시시 웃으며 긍정도 부정도 하지 않았다. 얘기했잖아요. 다리나 아스팔트 길이 사람의 불행을 가져오기 시작했다고. 가뜩이나 맹꽁이처럼 더부룩해진 지구를 꽁꽁 동여매고…… 후후. 그녀는 자기 고집에 틀어박혀 말했다. 우리나라에서 교통사고로 죽는 사람이 하루에도 30명이 넘는다잖아요. 빨리 가게 되면서 죽음으로 이르는 길도 빨라진 거지 뭐예요. 딴은 그렇겠군. 그렇지만 다리는 인류가 강가를 중심으로 정착 생활을 하며 가장 실용적인 구조물이 된 지 오래고 사람을 꼬이게 하는 정서며 풍경으로만 말해도 더없는 위안거리가 아닌가. 그는 어떻게 하든 심드렁

해진 그녀의 마음을 돌려놓으려 애썼다.

"고대 이집트의 피라미드 있지. 그게 뭔지 알아?"

"무덤 아녜요?"

"아니! 그건 다리였어. 다리였대."

그는 얼마 전 토목 학회 학술 대회에 참석했다가 들은 얘기를 고쳐 옮겼다.

"다리, 라니요……?"

그녀는 허를 찔린 듯 금방 되물었다.

"내 말 잘 들어봐. 세상에 다리란 게 뭐야. 수평으로 떨어져 있는 두 점을 잇는 구조물 아냐? 장애물을 건너게 해주는 거지. 피라미드는 달라. 계단식으로 만들어졌잖아. 말하자면 그건 수직으로 된 두 점을 잇는, 이 세상에서 세상 밖으로 난 다리였던 거야. 똑같은 이치로 불국사의 청운교나 백운교의 치켜 올려진 서른세 개의 돌계단도 이곳을 떠나 영원한 환희의 세계, 서방정토에 도달한다는 의미지."

전혀 뜻밖이라는 표정이 역력했다.

"내가 무슨 말 하려는지 알겠지?"

"어쨌든 난 어떤 다리도 생각하고 싶지 않아요."

그녀는 턱을 괸 채, 그래도 이쪽의 최면에 넘어가지 않겠다는 듯 단호히 말했다.

"넌, 꼭 악마의 다리에서 도망쳐 나온 여자 같구나!"

스페인의 세고비아에 있는 다리 이름이 그래. '악마의 다리'라고. 그는 심술 부리며 보채는 아이에게 도깨비 얘기를 꺼내듯 말을 이었다. 그곳은 산언덕을 일궈 만들어진 도시지. 그래서 그곳 여자들은 평생 산 아래 개울로 물을 길러 다니는 게 일이었어. 그런데 한 아리따운 아가씨가 물을 길어 오다 너무 피곤해 그만 나무 그늘에서 낮잠이 들었지 뭐야. 그런데 악마가 나타나서 속삭이는 게 아니겠어? '나한테 시집오면…… 너뿐 아니라, 마을 사람 모두 이 고생 하지 않고 편히 물을 길어 먹게 하겠다'고. 아가씨는 비몽사몽간에 승낙을 했어. 꿈이었구나…… 했지만 해가 뉘엿뉘엇 져갈 때, 계곡 저편에 망토를 두른 누군가 열심히 돌을 나르는 게 보였어. 그 악마였지 뭐야. 악마는 정교한 손놀림으로 1층, 2층, 3층 차례차례 석조 아치를 쌓아 마을 저편 계곡을 연결하는 다리를 만들어갔던 거야. 계곡의 물을 마을로 끌어들이기 위한 수로교였어. 아가씨는 불 꺼진 창문으로 그 모습을 보며 잠을 이루지 못했지. 그런데…… 수만 개의 돌을 쌓아 이제 막 다리를 완성할 즈음, 꼬끼오— 하고 닭 우는 소리가 들렸어. 서양 귀신도 그 소리를 들으면 질겁을 한다더군. 악마는 그만 손에 들고 있던 마지막 돌 하나를 떨어뜨리고 부리나케 도망을 가고 말았대.

"지금부터 이천 년 전 세워진…… 수만 개의 돌로 된 장장 팔백 미터에 이르는 세고비아 다리의 전설이지. 학회에서, 그 다리 견학을 간 적이 있어. 다리 밑에 큰 늑대 동상이 있더군. 꼬마 둘이 늑대의 젖을 빠는 모습이야. 그 아이들이 커서 로마 제국을 만들었다지, 아마."

그럴듯한데! 악마에게 팔려갔다 살아 온 여자! 그녀는 어쩌다 가벼운 탄성을 실어 동의했다. 강변에는 거의 백수건달과 다름없이 보이는 낚시꾼들이 일렬로 띄엄띄엄 앉아 고개를 주억거리고 있고 유람선이 강 하구로 내려가며 긴 물살의 파장을 만들었다.

"그렇지만 세상에 다리를 놓는 한, 우린 항상 이별을 생각해야 할 거예요."

"만나기 위한 다리가 이별이라니……?"

"언젠가 그 다리는 무너지거나 사라질 테니까."

"그건 그렇지 않아! 지금 건설하는 다리는 세상의 하중을 다 떠받칠 수 있을 만큼 정교하게, 과학적으로 만든다고."

"세상의 하중?"

그렇지. 교량에 실리는 힘이란 거야. 교량 자체나 부속물의 무게를 사하중(死荷重)이라 하고…… 그는 잠깐 솔깃해하는 그녀에게 다른 쪽으로 접근하고자 한다. 다른 방식으로 세상을 설명하고 싶은 것이다. 그리고 활하중(活荷重)은 교량을 통행하는 차량이나 보행자에 의해 발생하는 하중으로 가속과 감속, 교면의 요철 등 여러 요인으로 적정 하중보다 큰 하중을 만들어내는 힘이지. 충격 하중을 만드는 거야. 그는 나뭇가지로 땅바닥에 설명을 위한 글자를 새기고 그림을 그린다. 현장에서 늘 해오던 버릇이다.

$$I = \frac{15}{40+L} \leq 0.3$$

(I는 충격 하중, L은 활하중이 실린 지간 부분의 길이)

도로 시방서에서는 충격 계수를 0.3이 넘지 않도록 하고 있지. 쉽게 말하자면 백 킬로그램의 사람이 주는 교량에 대한 충격은 백삼십 킬로그램이라고 계상하고 설계를 하는 거야. 수치도 그냥 구해지는 건 아니지. 그는 복잡한 머릿속을 정리하고 싶어진다.

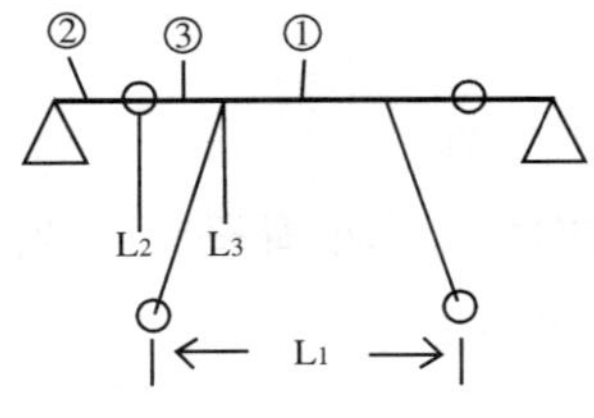

마치 코흘리개 어린 시절, 수수깡 껍질로 손을 베며 만들었던 안경이며 자전거며 의자 따위 같은 상상을 불러오는 것이다. 분모 쪽인 L을 늘려야 한다. 그녀가 안심하고 이리로 건너올 수 있도록. 그녀는 지금 충격을 두려워하고 있다. 만약 우리가 다리 위에서 만나기로 한다면 몸무게를 줄여야 한다. 42톤, 그녀의 영혼은 그 엄청난 무게로 건너온다. 거기에 더해 58톤은 꼭 1백 톤…… 곱하기 0.3, 30톤을 플러스하면 130…… 휘청거린다.

"뭐 하고 있어요?"

어느덧 나뭇가지로 실연된 도해를 보며 그녀가 물었다.

"당신을 공식에 대입시키고 있는 거야. 나는 사하중이고 당신은 활하중으로 교량에 실리는 힘이 됐을 때, 무엇일까."

그는 적당히 둘러댔다. 그가 공식으로 세상을 정리하려 했던 것과 달리 그녀는 복잡해져 있음에 틀림없다. 그는 내심 쾌재를 불렀다. 수학은 그녀를 얽어맬 수 있는 마력을 발휘한다. 그는 이제 자신의 육질이 수많은 공식과 수치와 그 조합으로 채워져 있음을 의심하지 않는다. 그렇게 되기를 얼마나 소망했던가. 다른 강재로 바꿔볼까. 파괴 강도를 네 배로 늘리고 안전율을 곱한다. 말하자면 1 제곱센티미터가 이겨낼 수 있는 것이 4천 5백 킬로그램이라면 파괴 강도를 1천 2백 킬로그램으로 산정하고, 다시 안전율을 곱해 6 백 킬로그램으로 설계하는 거야. 근 여덟 배를 이겨낼 수 있다는 얘기야. 토압, 수압, 부력, 원심 하중, 제동 하중, 풍하중, 지진 하중, 피로 강도, 이동 하중…… 촘촘히 그물처럼 동원되는 공식과 수치와 그래프, 계산…… 그래도 못 믿겠어? 그녀는 아예 귀를 틀어막고 있는 듯했다. 더 알기 쉽게 얘기해볼까? 여태까지 한 계산, 뼁이었어. 뭐냐면 다리의 하중을 계산하는 데 동원되는 건 3, 40톤 짜리 덤프트럭 따위라고. 당신 같은 무게라면 1개 사단을 불러놔도 비교가 안 될 무게야. 사람 하나 무게란 비스킷이나 검불 무게와 별다를 게 없어. 다리에 전혀 피로를 줄 성질이 못 된다고.

"당신과 난, 천년만년 이 다리를 오갈 수 있을 거야. 뭘 걱정하지?"

"날 어떻게 하려고 하지 말아요."

그녀는 불쑥 내뱉듯 말했다. 몇 차례 만남이 아무런 다음의 기약 없이 끝나고, 끝나고 하던 끝에 그는 거의 탈진한 상태였다. 아무런 거부감 없이 이층이 되었던, 그 일이 차라리 함정이었던 양 뉘우쳐지기까지 했다. 그뒤로 이상하게 마음은 더 멀어지고, 흔들거리며 거의 무너질 듯 위태위태하기만 한 관계가 지속되고 있는 것이다. 너무 큰 충격이 갔는지 모른다.

"난…… 아무런 무게 없이 살다 가고 싶은 그림자니까!"

그는 깃털처럼 바람에 실려 강을 건너는 그녀를 본다. 그는 그림자와 사랑을 했고, 깃털을 잡으려 허공을 내딛고 있다. 어떻게든 하얀 깃털을 잡아 가슴에 꽂는 일. 그것은 안정된 자신만의 울타리를 갖고 싶은 간절한 소망이기도 했다. 모두가 그렇게 아무것도 없는 곳에서 무언가 만들어간다. 무에서 유를 창조하는 역사가 토목이라고 귀가 따갑게 들었던 말처럼 그렇게 누구나 웬만한 기술자로 나름나름 결코 무시할 수 없는 무언가 만들며 살아간다. 그는 사막에서 한 떨기 이슬꽃을 만들고 협곡에서 별을 따던 기억을 떠올렸다. 이 황량한 도시에서 그녀는 마지막 꿈이 아니었나. 그러나 마음뿐이다. 그는 한 번도 꿈을 이쪽에서 저쪽으로 옮기려는 당찬 노력을 해오지 않았던 스스로를 자각했다. 너무 오랫동안 혼자였고 다시 혼자만의 길을 가야 하는 것이다. 그녀가 혼자 이곳에 왔듯 자신 역시 저 다리 끝 램프에서 갈라지는 한 길을 택해야 한다.

복층 교량의 아래쪽 전철교가 완성돼갈 무렵이었던가. 그녀는 마치 만들어지는 무엇을 방해하려는 듯, 그를 허물어뜨리려는 듯 신경질적으로 부단히 그를 거부하기 시작했다. 당신 몸에선, 콘크리트 쉰내가 난다고, 아스팔트 썩은 냄새가 난다고, 몸서리치며 피했고 울먹이며 제발 세상에 다른 일을 찾아보라고 하소연하기까지 했다. 그는 하루에도 몇 번씩 출렁이는 다리 위에서 깨어나곤 했다. 당신은 결코 이리로 못 올 것이다. 그는 입술을 깨물고 찬물에 얼굴을 담그고, 신새벽 강바람을 쐬곤 했다. 떠날 수 없기 때문이 아니라, 그녀에게 다가갈 그 어떤 방책도 실은 없었기 때문이었다. 왜 발을 디디려 하지 않는가. 왜 그 발로 세상을 건너려 하지 않는가. 그녀는 그렇게 외치는 자신을 영원히 경멸할지 모른다. 이, 공식으로 만들어진 세포 덩어리 같으니! 그녀는 발악하듯 그를 버리고 떠났다.

　더 이상 그녀는 현장에 나타나지 않았고, 전화기에서는 부재 중 신호음만 되돌려보냈다.

　'지금은 외출 중이니 뚜, 뚜, 뚜 소리가 나면 용건을 말씀해주십시오.'

　그녀는 무지개를 만나러 갔을까.

　한차례 소나기가 그친 오후, 그녀는 노란 비닐 옷을 걸치고 강 맞은편 방죽을 따라 걷고 있었다고 했다. 그녀를 알고 있던 회사 동료가 전해준 그녀의 마지막 모습이었다. 하지만 그건 그녀가 아닐지 모른다. 그녀는 늘 검정색이나 흰색의 모노크롬이었다. 아니, 그러니까 오히려 그녀였을지 모른다. 퍼뜩 그 생각이 스쳤다. 그녀는 그에게 안녕을 고하자고 회색 도시 저편에서 자신을 흔들어주었는지 모른다. 궁금증이 일었지만 끝내 참아야 했다. 어디, 이번엔 무엇을 가져오나 봐야겠다, 고 일부러 오기를 부리고 싶기까지 했다. 그녀 스스로의 문제를 정리하지 않는 한, 세상은 늘 공소한 늪으로 아무런 구조물을 필요로 하지 않을 게 뻔했다.

　그리고 한 계절을 보내고 또 한 여름 고통스럽게 그녀를 기다릴 때, 그녀가 찾아왔다. 처음 들려주었던 방식으로 알 수 없는 형체가 되어 그를 찾아왔던 것이었다. 짧은 유서와, 굳이 사인을 알고자 하는 경찰과 함께.

　사진 기자가 다녀간 오후 늦게 취재 기자가 찾아왔을 때, 그는 상당히 피로해서 일을 다른 사람에게 슬쩍 미루려 했다. 그러나 중년에 가까워 보이는 그 기자는 일차로 현장 소장에게 자세한 취재를 하고 자료도 충분히 챙겼으니 걱정 말라며 굳이 그에게 현장 안내를 부탁했다. 소장 역시 그의 등을 떠밀며 인심 쓰듯 거기서 바로 퇴근하라는 말을 잊지 않았다. 저녁 햇살은 이미 여의도 쪽의 63빌딩이며 마천루군을 황금빛으로 물들여놓고 있었다.

사내는 프로다운 능숙함으로 앞장서서 고가 작업 계단을 올랐다. 그 기세가 뭘 취재하러 왔다기보다 잠깐 바람을 쐬러 나온 가벼운 기분을 풍겼다. 그는 쉽게 사내의 이런저런 질문에 응할 수 있었다. 어쨌거나 기왕이면 새로운 다리가 온전한 형태로 지면에 드러나길 바라는, 어쩌면 마지막 기대며 그 기대를 피력하고 싶은 손님일지 모른다는 생각이 들었다. 다리 때문이 아니라 다리 위에서 보낸 시간으로 너무 지쳐 있었다. 이번 일이 끝나는 대로 그는 휴가를 떠날 참이었다. 소장은 그의 안전을 생각하는 눈치가 역력했다. 안전 사고가 아니라 여자 문제로 발을 헛디뎠다고 동정하는 것이다. 그러니 아무런 부담 없이 떠날 수 있다. 그러나 어쩌면 그 휴가는 길고 아득한, 다시 돌아오기 어려운 다른 길일지도 모른다는 불길한 예감이 일었다.

"아까 소장님 설명으론 이 교량의 피로 연한을 백 년으로 잡았다던데, 그게 무슨 뜻입니까?"

"앞으로 백 년은 아무런 문제가 없다는 일종의 보증서인 셈이죠."

"믿어도 될까요?"

"그건, 믿느냐 안 믿느냐의 문제가 아니라…… 공학적 기대치입니다만…… 사실 백 년이란 아무것도 아니죠. 이미 천 년을 건너는 다리가 아닙니까. 아주 역사적인 다리가 될 겁니다."

사내는 그의 말뜻을 알아챈 듯 기민하게 웃음을 흘렸다.

"당초 설계가 많이 바뀌었다는데, 그건 또 무슨 뜻인가요."

"얘기 들으셨겠지만…… 이 대교는 당초 93년에 계획됐거든요. 그런데 착공을 하기도 전인 이듬해 10월 성수대교 붕괴가 일어난 게 아닙니까. 당연히 설계에 대한 종합적인 검토가 필요했던 거지요. 그러고도 이런저런 일로 97년 11월에야 공사가 착공됐지만."

"그렇군요. 그 성수대교 일로……"

사내는 더 묻고 싶지 않은 듯, 말꼬리를 흐렸다.

"그때 일 기억하십니까?"

"기억이라……"

사내는 잠시 머뭇거리는 듯했다. 뭔가 피하거나 말하고 싶지 않다는 기색이 역력했다. 사내는 몇몇 알고 싶은 바를 형식적이다시피 묻고 취재를 끝내는 듯했다. 맞은편 올림픽대로의 가로등이 점점 밝아지며 강물에도 불빛이 어른거리기 시작했다. 그냥 헤어지기도 어려운 꼭 그만한 저녁때였지만, 누가 먼저랄 것도 없이 뚝섬유원지 한쪽에 불을 밝힌 포장마차로 걸음을 옮겼다.

"사실은…… 아까, 소장님한테 정대리의 아픈 얘기를 들었습니다."

사내는 술 한잔을 권하며 대뜸 운을 뗐다.

"예? 무슨 얘기를?"

"성수대교 붕괴 때 친구를 잃고, 결국 그 상처를 잊지 못하고 자살했다는 애인 말입니다."

아, 그렇게 전해졌구나! 그는 신음 소리를 내며 고개를 흔들었다.

"아니, 그게 아닙니다. 그건…… 잘못 알려진 거죠."

"그래요?"

"자살한 게 아니라……"

친구를 찾아간 거라는, 차마 그 얘기가 입에서 떨어지지 않았다. 사내는 이쪽을 위로하려는 듯 먼저 말을 돌렸다.

"그러고 보면 난, 이때껏 세상일을 아무렇게나 전하던 사이비 기자가 아니었나 생각됩니다. 얼마 전 장모씨 일도 교통사고쯤으로 다루곤…… 사실, 부끄럽습니다."

장씨라면, 성수대교 희생자 유족회장을 맡아 위령비를 세우곤 자살했다는 그 인물 아닌가. 고등학교 3학년 딸을 잃고 5년 동안을 방황하다 스스로 목숨을 끊었다는 그 기사의 말미에는 정신과 의사의 짧은 코멘트가 덧붙여 있었다. 전형적인 외상 후 스트레스성 장애 운운…… 하는. 그는 불콰해진 사내의 얼굴을 뜯어보았다. 그는 무슨 말을 하려는 것일까.

"형씬 그날 어디서, 뭐 하셨습니까?"

드디어 그가 마지막 신문을 하듯 물었다.

"또 다른 다리 공사를 하며, 넋을 놓고 말았죠."

"그만하면 다행이군요. 난, 사회부 기자면서도 부끄럽게도…… 때 아닌 이질에 걸려 침대에서 14인치 텔레비전으로 그 참상을 보았던 겁니다. 끔찍한 악몽이죠."

14인치, 그것도 흘려지지 않는 어떤 공식의 명확한 수치로 들렸다. 참상이 악몽이라는 건지 현장을 제대로 보지 못한 것이 악몽이란 건지 확실치 않았지만 사내는 충분히 고통받고 있는 표정으로 말했다. 한갓 그 현장을 보지 못한 것도 아픔일 수 있다는 게 역설적으로 여겨졌다.

"그런데…… 그 아가씨는 그 정도가 심했던 모양이군요."

"아니라니까요. 그게 뭐냐면……"

"뭐, 자살이라는 극단 저 너머엔 강한 생존의 의지가 있는 거겠죠."

"그거까지 기사로 쓸 건 아니겠죠?"

그는 자리에서 일어서며 피식 웃음을 흘렸다.

"가십 한 토막으로 써볼까 하고…… 그 아가씨가, 승연이라는 이름을 대신 써왔다고 하던데……"

승연이? 그건, 당시 사망자였던 친구의 이름이었다. 그녀가 남긴 유서는 손가락 길이만도 못하게 짧았다. 나중에야 분명해진 일이지만, 그녀는 그렇게 친구에게로 달려간 게 아닌가. 그녀는 그날, 시내 한복판 종로서적에서 친구를 만나기로 하고 기다리고 있었다고 했다. 세상에 둘도 없던 친구를 왜 그렇게 불러내야 했던 것일까. 10분, 20분, 30분…… 그리고 영원히…… 달려왔어야 할 친구가 오지 않은 시각, 그 시각은 정지된 상태로 얼어붙은 것이다. 물에 빠졌던 갈색 손가방, 아이들을 위한 학습 계획표, 자신과 함께 나눠 읽던 시집 한 권, 하얗게 웃는 얼굴들. 아이들을 가르치는 선생님이 되고 싶었던 우리의 꿈은 종이처럼 구겨졌던 거예요. 마지막 한 자 한 자가 한 마디 한 마디로 바뀌며 바람결처럼 귓가를 스쳤다. 그러므로 늘 친구에게로 다가갈 수 있는 가장 빠른 길을 꿈꾸어온 것이 아닌가. 돌아보면 처음 한강에서 그녀를 만난 그 이후 한때, 그는 그녀의 시간을 잡아두었을 뿐이었다. 이 세상에 아주 짧은 시간 동안.

"내가 알기엔…… 그녀가 말이죠. 미국으로 들어오라는 어머님

성화에 못 이겨 아마 극단적인 상태에 몰린 듯했습니다. 매우 불안해했거든요."

왜 그렇게 말을 고쳐 둘러대야 했는지 몰랐다.

"사랑하던 애인 아니었습니까?"

"남들이 그렇게 말했지만……"

사내는 뭔가 꼭 짚어내려는 듯했다. 왜 잡질 않았느냐고. 왜, 그녀를 떠나보내야 했느냐고. 그리고 아무렇지 않게 그녀의 죽음을 증거하고 있는 그를 몰아붙일 기세였다. 사내가 기자라는 사실을 상기한 그는 금방 거북한 입장이 되고 말았다.

그녀는, 단지 자신의 방식으로 다리를 건너고 싶었던 겁니다. 아주 영원한…… 그러므로 내게로 올 것이라는…… 그 말을 어떻게 설명할 수 있단 말인가. 그는 알전구를 따라 몰려드는 각다귀떼를 털어내려는 듯 머리를 흔들었다. 기자가 찾으려는 진실이 무언지 두려웠다. 성수대교 붕괴 사고로 딸을 잃은 아버지가 5년 동안 딸에 대한 그리움을 삭이다 끝내 목숨을 끊었다. 말하자면, 또 그렇게 친구를 잃고 정신적 가책을 받던 여자도 음독 자살했다는 그런 뉴스가 무슨 의미로 전달될 것인가.

사내는 열없이 일어서며 담배를 피워 물었다. 담배 타 들어가는 빨간 불이 그의 속마음처럼 비쳤다. 그는 새로운 세기의 대교가 아니라, 지금 잃어버린 다리의 그림자를 찾지 못해 섭섭한 것일까. 그 자신이 놓치고 만 엄연한 고통의 진상을 느끼지 못해 여태 동강 난 파편을 주우러 다니는가.

"아 참. 이거 사진 기자에게 전해주십쇼."

그는 종이에 둘둘 만 물건을 사내에게 전했다.

"아까, 사진 기자가 상판 사이에 흘린 볼트를 기념이라고 주워
갔거든요. 강판을 연결하는 고장력 볼트를. 마침 너트가 한 개 있
어서 마저 전해주는 겁니다. 한 쌍으로 간직하라고."

"아하, 그거 재미있군요. 뭐든 암컷 수컷이 맞아야 하는 거니
까."

사내는 패배하지 않으려는 마지막 몸부림처럼 비틀거리며 물건
을 가방에 쑤셔 넣었다.

이제 모든 게 분명해져 있었다. 그 어떤 부재나 공식을 사용하
지 않고 강을 건너는 법. 그것을 어찌 수천, 수만 년 전부터 내려
온 인간의 불운한 유전이며 똑같은 양식일 뿐이라고 얘기할 수 있
을까. 그는 사내가 건넨 불에 담뱃불을 붙이고 돌아서서 다시 강
변에 섰다.

백중기행

백중 기행

1

시내 한복판인, 불종거리라고 했던가. 거기 농협 맞은편의 전통 찻집에서 만나자고 했을 때부터 나는 계속 불종, 불종, 불종 하며 되뇌었고 시간에 꼭 맞추기 위해 허둥댔다. 그의 장인이 돌아가신 지 보름이 지났고 나는 어쩌다 뒤늦은 조문을 하게 된 셈이었다. 그나마 출장지에서 연락이 안 됐으면 그대로 서울로 올라갈 뻔한 일이었다. 누가 남의 장인까지 챙기랴 싶었고 그저 그와 술 한잔 기울일 구실로는 그럴듯했으니까. 다행히 약속 장소는 고속버스 터미널에서 그렇게 멀지 않은 곳이었으므로 택시를 타고 쉽게 찾 아갈 수 있었다.

"야, 불종이란 게 뭐야. 이런 유구한 역사를 가진 항구 도시의 중 앙로 이름이."

"불종? 글쎄. 난, 아무렇지도 않은데."

“내 얘긴, 무슨 뜻이냐 이거지. 뭔가 뻗대는 기분이 드는 게.”

“넌, 여전히 그 시답잖게 낱말 찾던 버릇 못 버렸구나.”

기왕이면 뭐, 사찰의 범종과 관련 있을 법한 이름이라고 생각해 두지. 그는 미심쩍게 추정했지만, 내겐 그 뜻만이 정답일 것으로 풀이됐다. 그리고 그 큰 종소리가 이명처럼 파고들었다. 그다지 내키지 않는 시끄러운 맥줏집과 포장마차를 두어 군데 전전한 후, 그는 아주 힘들게 작심한 듯 물었다. 그건 내가 먼저 바랐으면서 막상 예상치 못한 제안이기도 했다.

“여기까지 왔는데…… 바닷가에 나가봐야지 않겠어?”

“으응? 거, 뭐 당연한 일 갖고 뜸 들이긴.”

실상 그때까지만 해도 그와 나의 대화는 매우 일상적이고 대책 없는 남의 일에 머무르고 있었다. 걔는 무얼 하고, 걔는 어떻고, 걔는 이윽고 퇴장당할지 모른다는 따위의 한심하고, 그럼으로써 우쭐할 수 있는 얘기들 정도였다. 그는 이 도시 최고의 대학 병원 신경외과 과장이었고 나는 허우대 멀쩡한 공기관에서 봉급이며 ‘짤릴’ 걱정 없이 지낸다고 친구들로부터 부러움을 받는 터였다. 시쳇말로 동창들 중에는 아직 잘 나가는 입장이었으니까, 친구들에 대한 화제는 가볍고도 무심할 수 있었다. 그들의 모습이 설혹 고목에 달린 늦가을 이파리 같다 하더라도 그건 담 너머 세상의 풍경일 뿐이다. 어쩌면 우리는 아주 감탄스럽게 바라볼 무엇이 없어서, 또는 너무 끈질기게 붙어 있는 마지막 것을 더 바라볼 수 없어서 무료해졌는지 모른다. 나는 어떡하든 내가 왜 지방에 다니러 왔는지, 지금의 처지가 어떤지 미리 말하고 싶지 않았다. 아직까지 나 자신은 친구들에게, 더욱이 그에게 그만저만한 처지로 간주되고 싶었다.

적어도 외견상 나는 회사의 이름 값만큼 멀쩡한 처지였으니 친구
와의 별스럽지 않은 화제를 화제 이상 심각한 것으로 만들고 싶지
않았다. 이 도시에서 그를 보고 가면 된다.

가능하면 그에게 결핵성 척추염이란 게 무언지 물어보고……
아니, 그것만이 마음에 짚이는 일이긴 했다. 아마 그도 첫돌 때 와
서 보았을 딸아이, 지영이의 몹쓸 병에 대한 궁금증이었다. 결핵균
이 척추를 파고들어 뼈를 갉고 이윽고 신경을 마비시킬 정도로 진
행되기까지, 나는 아이가 고통스럽게 웃는 모습을 전혀 눈치 채지
못했던 것이다. 방 앞에는 늘 '공부 중'이라는 다람쥐 표시가 있었
고, 어쩌다 문틈으로 삐쭉 얼굴을 내밀 때면 엷은 크레용 냄새와
살짝 웃는 모습만이 전부로 전해지던 딸. 첫아들과 일곱 해 터울이
믿어지지 않을 정도로 조숙했고 제 어미를 꼭 닮은 탓인지 도통 자
기를 드러내지 않는 공주였다. 어떻게 우리 아이에게, 하는 충격은
그 다음 엄청난 수술과 수술비 걱정으로 금방 짓물러졌고 세상은
전혀 다른 모습으로 출렁이기 시작했다. 마치 여태까지 편안했던
항해에 대한 운명의 야유가 시작된 듯. 수술을 앞두고 주치의는 추
골 농양과 육아 조직을 제거하고 골수를 이식해야 할 필요성을 자
세히 설명하며 환자나 가족 모두 마음을 강건하게 갖도록 당부했
다. ……기왕에 제거한 늑골을 이용해 이식 부위에 맞게 자른 후,
같은 길이로 몇 개 늑골편을 철사로 단단히 엮어서 삽입하면 되
는…… 의사는 공작물 선생처럼 말했고 아내와 나는 병원이 아니
라 초등학교 공작실에서 벌을 받는 입장이 됐다. 우리가 만든 세상
의 가장 고귀하고 아름답던 작품이 이렇게 파괴되고 수난당하도
록, 당신과 나는 무얼 했던가. 원망과 좌절로 며칠 밤을 뜬눈으로

새워야 했고 일상은 갑자기 뒤죽박죽 질서를 잃고 말았다.

　하기야 이제 와서 다른 누구에게 그걸 되짚어 묻는다고 뭘 얻겠는가. 한편으로는 그런 회의가 머리를 쳐들었다. 신경외과라 하더라도 전문 분야가 다 다를 텐데, 더구나 지방에 있는 그에게 괜히 부담을 줄 것 같아 여태 한마디 상의하지 않은 일이건만. 뒤늦게 알고 나서 나한테 무심하다고 할까, 아니면 엄청나게 원망할지도 모르지. 차라리 그런 뒷말을 피해보자는 이유가 그를 만나고 싶은 까닭의 하나이길 바랐다. 출장의 연장인 듯이. 나는 차마 내 시계를 볼 수 없어 옆사람의 손목시계를 힐끔 보며 이 도시에서 쓸 수 있는 시간을 가늠하고 있었다. 늦더라도 마지막 우등 고속을 탈 참이었다. 자정을 넘어서까지 운행한다는, 말하자면 그전의 야간 열차 대용인 모양이다. 아직 네댓 시간은 충분했다. 그렇지만 그때까지 실상 그와 나눌 이야기란 막막한 것이었다. 이제 마지막까지 화제에 오르지 않은 친구가 누구더라, 할 즈음 그가 마치 자신을 호명하고 나선 듯했다.

　그래서 노란 영업용 택시를 잡아 해안 도로를 끼고 돌아 내린 곳은, 그 또한 전혀 상상할 수 없었던 황량한 신시가지에 우뚝 선 9층짜리 건물 앞이었다. 그만하면 인근에서는 빌딩이라고 불러도 손색이 없을 정도인데 층층이 바다 쪽으로 난 반원형의 테라스가 인상적이었다. 차에서 내리고서야 그는 그것이 자신의 작품이며, 거기에 사무실과 한 칸 임시 거처가 있노라고 소개했다. 금방 비릿한 갯내가 풍겼다. 건물 주변과 이면 도로 쪽으로 흥건히 괸 물에 불빛이 어른거렸다. 아마 최근 연이어 내린 비 탓이리라 여겨졌다. 그가 말한 바닷가와 내가 기대한 바닷가는 해안 도로를 경계로 달라진 셈이었다. 내가 가고 싶었던 바닷가라면 응당 항만을 낀 언저리였을 것이다. 그런데 그의 바닷가는 어쨌든 조금만 발돋움을 해도 웅크리고 있는 어선이 보일 만한 곳이었다. 그래도 막바로 해안에 연한 곳이 아니라는 점은 여간 실망스러운 게 아니었다. 더구나 해안 도로 안쪽으로 갯벌을 메워 조성했다는 신시가지는 어둠 속에서도 그 황량함이 드러날 정도로 불빛은 듬성했고 가로등도 삐뚤빼뚤해 보였다. 신시가지라기보다 그 반대로 뭔가 가라앉고 꺼진, 그래서 음산하기까지 한 지대였다. 만약 그가 그곳을 딱히 지정하지 않았다면 당장 다른 데로 가자고 할 기분이었다.

투투투투투― 철써억―

그때 건물을 돌아서 나오는 오토바이 한 대가 길바닥에 괸 물을 튀기며 쏜살같이 달아났다. 주인공은 한 손으로 핸들을 잡고 다른 한 손으로는 보자기로 옭아맨 꾸러미를 들고 위태롭게 곡예를 하는, 생머리를 흩날리는 여자였다. 처음 이 도시에 와서 눈이 번쩍 뜨인 풍경이 그것이었다. 생경하지만 항구 도시니까 그렇겠지, 하는 발랄하고 경쾌한 리듬. 은물결 위로 튀어 오르는 바닷새의 날갯짓. 나중에야 그것이 한참 주간지에 오르내리던 티켓 다방의 차 배달이란 걸 알았을 때 괜한 쓸쓸함 또한 이만저만 아니었지만.

"저, 저, 씨펄년!"

개흙물을 뒤집어쓴 누군가 냅다 욕지거리를 했다.

우리는 건물 안으로 들어서기 전에 근처 횟집에 들러 전어와 우럭 한 접시를 준비하고 따로 소주 세 병을 챙겼다. 전작도 만만치 않았는데 세 병씩이나, 하고 내심 놀라면서도 나는 아무 말도 못했다. 그 어떤 의식이라도 치르려는 듯한 단호함이 줄곧 나를 압도한

탓이다. 그는 당연히 내가 오늘 밤을 여기서 묵으리라 생각하고 있
는 걸까. 이쯤에서라도 아예 말하는 게 옳지 않을까. 올라간다든
지, 머무를 것이라든지. 아니다. 내 스스로 벌써 그걸 확정할 필요
는 없지 않은가. 그저 올라가리라 생각하고 있지만, 딱히 그걸 고
집할 상황은 아닌 듯싶었다. 그렇게 함으로써 시간을 구속하고, 이
루어지기 힘들었던 객지에서의 술자리를 구속하고, 그가 흘리고
싶은 말을 제한할 일이 무어란 말인가. 아무려나 나를 내맡기고 싶
었다.

2

"야아, 항구가 한눈에 들어오는 별장이구먼!"

나는 그의 초대에 기꺼워하는 감정을 그렇게 숨김없이 드러냈
다. 아닌 게 아니라 푸른 물결 무늬의 대리석으로 마감한 현관부터
금빛 찬란한 스테인리스 엘리베이터 내부하며 붉은 벽돌의 외벽
테라스에 이르기까지, 건물은 밖에서 보았던 것보다 훨씬 고급스
러운 분위기를 자아냈다. 그가 차에서 내리며 건물을 가리켜 작품
이라고 했지만, 건물은 바로 그 일컬음을 받을 만한 무게로 다가왔
다. '자식, 이런 역사를 보여주고 싶어서였군!' 일시에 궁금증이
풀리는 듯했다. 순진한 음모였다고. 나는 실소를 하며 반쯤 남은
커튼을 마저 활짝 젖혔다. '그 큰 대학 병원 실권자라 하더니 과연
대단한 성취야.' 그렇게 한 번 감탄했고, 그리고 또 어떤 기억으로
해서 외쳤다. '엄청난 처가를 두었다더니, 역시!'—그 짧은 생각

의 반전과 반전은 마치 낯선 동굴에 들어섰을 때 엄습하는 두려움과 그 두려움을 밀치고자 하는 본능이라고 할까. 테라스로 내려서서 잠깐 밤의 항만을 쭉 둘러보는 동안 그는 실내 안쪽에 뻣뻣이 서 있었다. 바다를 배경으로 서 있는 또 다른 나를 뒤에서 잡고 있을 터였다. 뒤통수가 근질거렸지만 별다른 경계심이 들지 않았다. 낯선 곳에 이끌려 왔다는.

"조문을 한다는 게 늦었다만, 그래 장인 어른은 편안히 임종하셨어?"

그저 의례적인 물음이었다. 어쨌든 묻고, 들어주는 것만이 망자에 대한 조의일 수밖에 없는 식의 그런 물음이다. 그러나 그는 아무런 대답이 없었다. 놀란 대합처럼 아래턱이 위로 딱 부딪치며 닫힌 듯했다. 그게 아니었던가. 나는 그전에 몇몇 친구들에게서 전해 들은 기억을 되살려보려 애쓰다가 흠칫 놀랐다. 뇌출혈로 사망했다고 하질 않았나. 그것도 아직은 정정한 연세였다고 했는데. 매우 난감한 실수였다. 편안히 임종하셨냐, 는 물음은 결코 해당될 수 없는 일이었다. 한 다리 건너 들었다 하더라도 변명의 여지가 없었다. 그런 식으로 내가 그에 대해 알고 있는 바도 피상적이고 무성의한 것이 아닐까. 마치 거기까지 간파당한 듯한 서늘한 기운이 등골을 타고 내렸다.

"이것 참. 뇌출혈이라고 하셨던가? 급환으로……"

미안한 마음으로 사인을 바로잡았고, 술잔을 권하며 잠깐 그의 눈치를 살폈지만 가타부타 말이 없었다. 노년에 흔히 있을 수 있는 사망이지 않은가. 그건 이제 대수가 아닌 듯싶었다. 데스마스크처럼 변한 그의 표정이 사실은 그 이전에 만들어진 그늘이었음을 알기까지는 몇 순배의 잔이 더 돌고 나서였다.

"문과에서 일등이던 아이, 너, 혹시 실패라는 거 아냐?"

그는 화제며 분위기를 바꾸려는 듯 장난스럽게 '문과에서 일등이었던 아이'를 불렀다. 고교 시절 그는 이과에서 대개 일등을 도맡아 했고 나는 문과에서 그만큼 해 전교 석차를 두고 키재기를 하던 경쟁자이기도 했다. 갑자기 나는 학창 시절로 돌아가며 몇 등 올려진 셈이었다. 그의 얼굴에 깊숙했던 그늘이 움찔 한쪽으로 쏠렸다. 느닷없는 질문에 나는 진짜 공부 잘했던 아이를 골똘히 쳐다보았다. 의대에 입학해서도 줄곧 수석을 놓치지 않았다던, 재학 중 일찍이 지방 재력가의 딸과 결혼하고, 졸업 후에는 신경외과 분야의 손꼽히는 권위자로 자리 잡아가던 그가 마흔이 넘어서 기껏 실패가 뭔지 아냐고 묻는 것이다. 눈앞에 불쑥, 끈끈한 줄을 늘어뜨린 거미가 허공에서 그네질을 하는 듯했다.

실ㅍㅍㅍ패, 라고? 나는 입술을 오물거리며 그가 말한 실패의 뜻을 조합해보려 애썼다. 그가 무슨 대답을 기대하는지는 그뒤의 문제였다.

"그런 모습이야 병원에서 얼마든 볼 게 아냐?"

"천만에, 그건 실패가 아냐. 단지 실패처럼 보이는 모습이고, 껍데기들이야. 실패는 정작 다른 데 두고 온 환자일 뿐이야. 오히려 실패와 무관한 환자가 더 많아."

언뜻 이해할 만해도 납득하기 싫은 자기만의 생각이었다.

"내가 알고 싶은 실패란, 남이 아닌 스스로 인정하고 무릎 꿇을 수밖에 없는 그런……"

그가 알고 싶은 건 그러니까 완전한 절망이며 실패의 원형인 듯 여겨졌다. 왜, 그걸 보고 싶어하고 알고 싶어하는 걸까.

"도대체 왜 그러는 거야?"

"요즈음, 슬럼프거든. 뭐든지 자신이 없어지고. 단지 그것뿐이야. 내 인생은 이미 실패의 나락으로 떨어진 듯하고."

"난, 또. 뭐 엄청난 일이라고. 금방 결딴난 사태라도 있는 줄 알았더니."

나는 태연한 척, 한숨을 몰아쉬며 그의 기분을 맞춰주는 쪽으로 마음을 돌렸다. 일면 세상의 거울에 자신을 비춰보고 싶어하지만 정작 그가 원하는 건 누군가에게 드러내놓고 싶어하는 고백일 터였다. 무언가 털어놓고자 하는 간절한 바람으로 압박받고 있음이 틀림없었다. 옆에서 거들 겨를 없이 자작으로 잔을 비운 그의 속마음이 그대로 짚였다. 창밖에서 빗금 치듯 파고든 정체 불명의 빛이 잠깐 그의 얼굴을 동강 내며 스쳐갔다.

'실패' 다음은 '사랑'에 대한 낱말 찾기였다. 무엇을 사랑이라 하느냐고. 사랑은 또 어떤 모습이냐고. 누구를 진정으로 사랑하고 아파해본 적이 있느냐고. 그런가? 꼭 아파해보았어야 진정 사랑한 것이라는 따위의 물음이었다.

"너, 그러고 보니 실연당했구나?"

영락없이 실연당한 남자의 풀 죽은 모습으로 보였다. 그는 누군가를, 아니면 무언가를 절절히 사랑했고 이제 실패의 나락에서 허우적대고 있는지 모른다. 그건 마흔을 넘어서는 우리 나이대라면 한 번쯤 치러야 하는 홍역이길 않은가. 어쩌면 지금 나이라면 오히려 늦은 편이고, 그걸 그렇게 어렵사리 말하는 그의 표정이 오히려 우스꽝스러울 지경이었다. 나는 잠깐 그의 부정 따위를 추측해보았다.

푸하하하—

갑자기 구정물을 뿌리는 듯한 거칠고 과장된 웃음 소리였다. 울울한 분위기를 깨려는 양 위악적이기만 했다.

"그게, 엉망이 된 사람의 웃음인가?"

나는 짐짓 태연한 체 물었다.

그러자 그는 남아 있던 술을 입 안에 털어 넣고 잦아든 실소를 흘리며 테라스 쪽으로 걸어 나갔다. 무의식적이라기보다 충분히 의도된 움직임이었다. 나는 그의 말없는 주문에 이끌려 테라스의 대리석 턱에 걸터앉았다. 하늘은 무거운 먹의 일렁임으로 금방이라도 비구름을 터뜨릴 기세였고 눅진한 해풍으로 날린 소금기가 살갗에 겹겹이 들러붙었다. 기상대 예보대로 또 한차례 태풍이 몰려오는 모양이다. 이번엔 어떤 제물을 내놓아야 하나, 항구는 숨죽이고 파르르 떠는 듯했다.

그가 손가락으로 가리킨 곳은 항구가 아니라 건물 왼편의 황량한 신시가지 쪽이었다. 몇몇 건물들이 어둠 속에 삐죽삐죽 솟아 있지만 아직 텅 비어 있는 공한지일 뿐, 삭막하기 이를 데 없는 지대였다. 드문드문한 가로등만이 그곳이 바다가 아니라 육지임을 확실하게 드러내놓는 표지 같았다. 그러나 그는 그것들을 똑바로 보라고 했다. 택시를 타고 이곳으로 오며 일견한 대로 약간씩 삐뚜름한 모양 그대로였다.

"저게 실패라고! 정말 저주스러운 실패의 모습인 거야."

"으응? 저게?"

그는 수수께끼와 같은 문제를 내며 이미 그 답안을 준비한 것이었다. 나는 그가 말한 가로등 행렬을 따라가며 아하, 그런 것이겠구나 내심 동의했다. 왜냐하면 불과 네댓 블록을 건너 일렬의 가로등을 따라가는 데도 몇 번씩 실패했기 때문이다. 붉은 나트륨등 빛이 간단없이 흔들리며 셈을 방해했다. 육지에 뿌리를 내린 구조물이 아니라, 떠 있는 하나의 부표 같은……

"어쩌면 저렇게 가로등 지주를 엉망으로 심어놨지? 완전히 부실 공사로구먼!"

나는 그가 말한 뜻을 알겠노라고 자신 있게 되짚어 말했다.

"그 정도로 간단한 문제가 아니야. 저건 매립한 도시 전체가 가라앉고 있다는 증거거든."

"그래? 그래서 불빛이 저렇게 몸부림치는 거군!"

"이제야 알아듣네. 일껏 조성한 신도시가 바다로 미끄러지고 있는데 매립 공사를 맡았던 건설 회사는 부도를 내고 공중 분해됐고 시에서는 수수방관이고……"

그러니까 도시 기반을 조성하고 택지며 상가지를 구획해 분양한 건설 회사가 도산한 이후 신도시 예정지는 저주받은 땅으로 방치돼 있다는 것이었다. 당연히 개인 병원을 개업하려고 부지를 매입하고 일찍 건물을 지은 그로서는 엄청난 타격을 받고 있음에 틀림없었다. 개인 병원에서 신경외과를 개설한다는 데 대해 주변에선 무모한 도전으로 말렸고 또 한편으로는 '역시 돈 많은 처가가' 운운하며 수군거리기도 했던 모양이다. 그러나 주변의 우려와 시선을 물리치고 그는 바다가 보이는 그 신시가지에 자신의 일생을 걸었던 것이다. 뒤늦게 정형외과와 일반 내과를 하는 후배들이 끼어든다고 해 더욱 용기를 냈던 일인데 이젠 그들을 볼 낯도 없다고 했다. 그가 담배 한 개비를 순식간에 다 태우고 긴 한숨을 내쉬기까지 내 짐작은 여전히 가라앉는다는, 충격적인 사태에서 벗어나지 못했다. 그의 설명이 더 필요했다.

"가로등만 아니라, 지반 아래가 갯벌이니까 이 근처에 새로 지은 건물은 다 그래. 지금 우리가 있는 이 건물도."

"이렇게 엄청난 건물이?"

"무거워서 그런지 더 빨리 갯벌로 미끄러지는데, 한눈에 보일 정도로…… 기울어버린 거야. 내 모든 걸 바쳐 만든 작품이 이렇게, 망할!"

그의 저주에 으스스 오한이 일었다. 어디에도 책임을 묻고 변상을 요구할 수 없는 지경에서 그가 얼마나 좌절하고 있을까. 그의 등이 더없이 크게 흔들리는 듯했다. 아니, 그가 등을 보인 적이 있던가. 그의 등을 본 적이 있었던가. 나는 움츠러든 어깨 너머로 흔들리는 나트륨등 부표를 쏘아보았다. 처연하기보다 가공스러운 붉은빛이었다. 밤으로 가라앉은 황량한 도시는 그대로 밤 바다였고 빛은 제멋대로 흔들리며 꽃술 같은 잔광을 뿌렸다. 더 무엇을 물을 수 있겠는가. 나는 단지 그가 할 수 있는 마지막 하소연을 듣는 처지에 불과했다. 그는 음울하게 혼잣말하듯 물었다.

"이제 상상할 수 있니?"

3

지훈이가 1년에 서너 차례 서울에 올라오는 날은 대개 주말이었고 그러므로 쉽게 장이 섰다. 간혹 화투장을 잡는 경우도 있었지만 대부분 포커판이었다. 그가 상경할 때마다 쉽게 장이 섰다는 건 그만큼 친구들이 기꺼이 나타났다는 뜻이다. 장이 섰다고 말하기보다 사실 그를 위해 친구들이 언제나 장을 벌여주었다 함이 맞을 것이다. 그는 대개 학술 회의나 세미나 참석차 오면서 행사 전날을 그렇게 보내기 원했고, 그를 맞는 친구들은 기다렸다는 듯 모임을 가졌다. 아무리 좁은 땅이라지만 남쪽 끝 도시에서 올라와 당일에 일을 본다는 건 무리일 게 뻔했다. 서울에 아무런 연고가 없는 그로서는 당연히 호텔 신세를 지게 마련이고 친구들이 그의 쉬어갈 만한 친척 역할을 한 셈이다. 모임은 주로 허름한 호텔에서 이뤄졌지만 사정이 좋으면 무궁화 네 개짜리 호텔에서 진을 친 경우도 있었다. 얼마 전까지만 해도 가락동 농수산물 시장 맞은편의 허름한 호텔이 단골집이었다가 이 마지막 번 모임은 말죽거리 안쪽에 위치한 무슨 교육 자가 들어가는 제법 번듯한 호텔이었고, 앞으로 모임은 그곳에서 이뤄질 터였다.

그 모임은, 그러나 나에게는 어디까지나 '그들의 모임'으로 비켜져 있었다. 모임이라기엔 뭣한 그런 여럿의 만남이 있다는 사실을 안 것도 불과 이태 전이었고, 처음 그곳에 갔을 때도 지훈을 만나는 것으로 만족해야 했었다. 그들은 대개 고등학교 때 이과 출신의 친구들이자 당시로는 금지된 당구나 카드, 술, 담배를 재주껏 즐기던 일종의 동지들이었기 때문이다. 공부도 잘하고 놀 줄도 알았던 패거리들, 그 중에서 빠지는 친구가 지훈이었다. 만약 그와 내가 어둠침침한 독서실에서 눈이 맞았고 서로를 벌레 보듯 했다면 그런 이유 때문일 것이다. 저건 공부밖에 모르는 벌레 같다는. 그 질시와 경원함으로 밤을 지새우다 돌연 그를 느끼고, 그 어떤 알지 못할 이끌림을 받고 사춘기의 우울에 빠졌다면 또한 그런 동질감 때문이다. 그렇게 놀 줄 모르고 공부에 대한 집착으로 전전긍긍하던 내가 낄 자리가 어디 있겠는가. 적잖은 판돈이 오가는 그들의 모임은 새삼 그런 사실을 일깨웠고, 학교에서 일등은 사회에서 열등생이라는 말을 되새기게 해주었다.

이제 내 스스로 모임에 끼지 않겠다고 다짐했던 올해 초, 지훈은 처음으로 그의 아내를 소개했다. 나는 그렇게 간주하고 싶었다. 왜냐하면 단지 내가 늦어서 정식으로 소개를 받지 못했지, 적어도 드러난 상황이란 그러했다. 그날 나는 널따란 커피숍의 한구석에 앉아서, 친구들이 진을 치고 있을 객실로 올라갈까 어쩔까 망설이고 있었다. 약속 시간보다 훨씬 늦었던 때문이었다. 그때 바로 내 등 뒤로 지훈의 목소리가 들렸다. 전혀 뜻밖의 일이었다. 그는 내 뒤편에서 한 여자와 어쩌면 말싸움으로 들릴 만한 신경전을 펴고 있었던 것이다. 얼른 돌아보니 그녀는 조금 전 공중전화 부스 앞에서 강한 인상으로 마주쳤던 그 주인공이었다. 나중에야 알았지만 그녀도 대학 동창 모임에 참석하기 위해 왔다가 먼저 이쪽으로 들렀던 모양이었다. 늘씬한 몸매에 잘 다듬어진 듯한 지적 매력이 물씬 풍기는 여자였다. 결코 어떤 남자에게도 빈틈을 보이지 않으며 스스로의 아름다움을 알고 방향같이 내뿜는. 누군지도 모르고 마주쳤던 그녀의 인상은 그러했다. 어쩌다 그런 식으로 그녀와 무언의 인사를 나눈 셈이 아닌가.

그러나 금방 일어나서 알은체를 할 계제가 아니었다. 전혀 끼어들 여지도 없었지만 누군가 꼼짝 못하게 어깨를 누르는 느낌은! 숨

도 바로 쉬지 못할 정도였다. 나는 고등학교 시절 밤늦게까지 지옥
관이라 불리던 교내 도서관에 끝까지 남았던 몇 안 되는 경쟁자로
서, 그가 무슨 공부를 하나 흘금흘금 보고 싶어하는 처지가 되고
말았다. 비겁한 기분이 든 건 잠깐뿐이었다. 일면 그의 다른 모습
을 보고 싶다는 충동이 몸통을 옥죄었다.

그들의 실랑이는 높낮이를 달리하며 갈라져 들렸다. 둘째인 지
훈이 그의 부모를 모셔야겠다는 것과 이에 끝내 반대하는 아내의
그렇고 그런 다툼의 연장이다.

"형님이야 형편도 어렵지만 부모님도 내 쪽을 편하게 생각하잖
아."

"편해요? 편하고 안 편하고 문제가 아니라……"

"이거 봐. 이젠 수족을 가누기 힘들 정도니 모시자는 거지. 그분
들이 뭐 아쉬워 우리집에 들어오겠다고 하겠어."

"당신이 언제 그렇게 부모님을 생각해왔다고, 효자 노릇 혼자 도
맡아 하려고 그래요."

여태와는 다른 그녀의 앙칼진 힐난이었다.

"자식이라면 누구라도, 도리가 아냐?"

그런 얘기 그대로 흘러가던 얘기가 어느 한순간 툭 불거진 것 같
았다. 그녀가 발딱 일어섰다. 그래도 나는 돌아볼 수 없었다. 쇄골
까지 파고든 알 수 없는 힘으로 말미암아.

"사랑하지도 않으면서, 아무런 애정도 없으면서…… 모신다는
거, 누구와 같이 산다는 거. 과연 가능할 줄 알아요?"

그리고 잘못 들었던가. 아내의 말에 즉답으로 튀어나온 그의 말
은, 전혀 색다른 반향으로 울렸다.

"그럼, 우리는 어떻게 결혼했어, 사랑 갖고? 사랑하니까? 그런 거 없어도 우린 남이 떠미는 대로 만났고, 잘만 살고 있고……"

그 다음 아무런 말이 없었다. 그녀는 그가 무슨 말을 했는지 똑똑히 들은 듯했고 당장 상처받아 떨고 있음에 틀림없었다. 사랑하지 않아도 결혼하고, 사랑과 아무런 관련 없이 같이 살 수 있다는 말은…… 아무래도 억지로 들렸다. 그는 아차 싶은지, 뒤늦게 자신이 쏟아낸 말을 주워 담으려는 신음 소리를 냈다.

"저, 내 말뜻은 누구라도, 꼭 사랑이 아니라도…… 인간에 대한 도리라든가, 책임감만으로도……"

횅한 바람이 일더니 그녀가 총총 로비를 빠져나가는 뒷모습이 보였다. 그는 미동도 없이 제자리에 앉아 담배를 피우는 모양이었다. 마치 헤어지기 위해 잠깐 만났던 연인들의 황망함이 그럴까. 나는 뒤늦게 후회를 하지 않을 수 없었다. 어째서 그들의 아픈 모습을 보고자 했단 말인가. 결국 그렇게 될 줄 몰랐단 말인가. 참으로 치졸한 위선자가 된 듯했다. 어느 한순간 그 어떤 존재를 완전하게 부정하고 싶은 악마의 속삭임이었을까. 사랑하지 않았다고, 사랑하지 않고 결혼했다는, 그의 외침은 그렇게 큰 변조로 다가왔던 것이다. 무엇인가 그 비뚤어진 호기심으로 알게 된 친구의 아픔이란, 주변의 소문대로 그는 의대를 졸업하며 역시 처가에 팔려간 처지일 뿐이라는 확인과 다름아니었다. 나는 그를 내버려두고 친구들이 기다리고 있는 객실로 올라갔다.

그곳에서는 포커판에 앞서 모처럼 질펀한 술판이 벌어지고 있었다.

"그 집이 한 채에 20억이 넘는 거야. 그쪽 장군 마을이란 데, 스무댓 집 있는 거. 맨 처음에 그쪽으로 배달을 갔거든. 그랬더니 집 보는 아줌마가 여기 주인 어른 없으니 압구정 아파트로 가보라는 거야. 그래 그쪽으로 갔더니 이번엔 불독 같은 여편네가 내쫓더라구. 다시 장군님 댁으로 가보라나. 개처럼 헐떡거리고 왔다 갔다 하다 진짜 개좃같이 됐지. 그 도둑놈이 서울에서만 집이 세 채야. 대구에도 서너 채 된다는데 어떻게 그런 놈에게 금배지를 달게 하는 건지. 도둑놈들 공화국 아냐? 우리나란 아직 멀었다구.”

양재의 화훼 단지에서 꽃 도매상을 하는 박이 한참 열을 올리고 있었다. 어쩌다 기사 대신 장군 출신의 국회의원 집으로 꽃 배달을 나갔다가 받은 수모였던 모양이다. 몇 번의 부도를 맞으며 운 좋게, 한편으로는 명 길게 버틴다는 또 다른 박이 되받아 말을 잇고 술을 돌렸다.

이과생이었던 그들은 이른바 ‘문민 정부’ 말기를 화제로 자조하고 악담을 하고 야릇한 칭송을 하고 다시 저주를 하고 떡 주무르듯 했다. 앞날이 불투명한 나라에 대한 걱정이 아니라 내일이 당장 불안한 스스로를 걱정하는, 한편으로는 어떡하든 스스로를 시험하거나 괴롭히고 싶어하는 얘기들이었다. 하나같이 서리 맞은 구렁이 꼴이다. 연일 기업들의 부도설이 나돌고 주가는 곤두박질치고 명퇴니 조퇴니 해서 직장에서 쫓겨난 퇴물들이 길거리를 배회한다는 우울한 소식이 남의 일로 들리지 않는 때였다. 박봉을 쪼개 부어왔던 적금이며 보험이며 다 털어 생활비로 충당하고 이젠 손 내밀 곳이 없어서 허공에 주먹질만 하는 처지였다. 죽일 놈들이야. 몽땅 쓸어버려야 해. 똥물에 지질 놈들 때문에…… 마지막에 ‘중포소’가 꺼이꺼이 하며 욕지거리를 퍼부었다. 문, 그 친구는 스스로를 일컬어 이른바 문민 정부의 대표적인 작품이라고 했다. 중령 되기를 포기한 소령, 그래서 군대에서 가장 무서운 계급이라고. 그는 계급 정년제에 걸려 만 20년이 돼 연금을 탈 수 있을 때까지만 하릴없이 국방부에 매여 있는 처지였다. 앞으로 3년이 남았다고 했다. 판에서는 늘 불우 장교 돕기 운동을 주장하며 엄살을 피우고 모임의 '족장'을 자처했지만, 정말 이파리가 시들한 소령이었다.

"문민이란 게 군대 개혁한답시고 문제는, 사기를 죽여놓은 거야. 군홧발보다 못한 먹물들이!"

문은 자폭하려는 문긴 시대의 마지막 소령같이 자못 비장해 보이기까지 했다. 그나마 그런 분노라도 남았기에 얼마든 멤버들을 욕할 수 있는 걸까. 어쩌면 모두가 헐떡거리면서 아직까지 지훈이를 만날 수 있는 끈끈한 동인도 그의 우격다짐에서 나오는지도 모를 일이었다.

"야, 주원건설 해빔이는 요즘 왜 코빼기도 안 내미는 거냐? 죽을 때 다 돼가는 모양이지?"

족장은 그렇게 멤버를 챙겼고 누군가 그의 안부를 대신해 말했다.

"너 요즘 주원건설 어떻게 돌아가는지 모르니? 자금 회전이 안 돼 부도날 게 뻔한데 정부에서 더 난리야. 버팅기게 하는 거. 죽어도 제 뜻대로 못 죽고 헐떡거리는 식물 기업인 셈이라구. 혈세로 부도를 막아주는 나라, 재벌들에겐 그래서 '아, 우리나라 좋은 나라'지."

"개나발, 국방부는 뭐 한가해서 이러는 줄 아는가?"

계속 술이 돌아가다, 족장은 무슨 부아가 터지는지 한쪽에서 넙

죽넙죽 잔을 받던 내게 화살을 돌렸다. 아주 이례적인 관심이었고 제 딴엔 나를 가까이 끌어들이려는 제스처였는지 모른다.

"여, 이제껏 여기 잘 나가는 문민 기관을 옆에 두고 너무 섭어댔구려! 어이구 죄송해라."

갑자기 들이켠 알코올이 안면으로 확 역류하는 느낌이었다. 그들의 장으로 끌어들이고자 하는 관심이 아니라, 내뱉고 싶어하는 비아냥거림처럼 들렸다. 그는 이미 우리 기관의 비리를 알고 있고 그걸 비웃는지 몰랐다. 아니, 분명히 문민 개혁의 허구성을 짚고, 그 부정을 힐난하고, 실패를 선언하고, 먹물 든 패거리들을 공박하고, 이윽고 내게 항복을 요구하고 있었다. 그의 눈에선 핏발이 터질 듯했고 금방 혁명을 부를 듯했다. 그가 상상하는 대로 나는 충분히 비겁했다. 왜냐하면 비루하게 살고자 했으니까. 문민 복숭아 속의 똑같은 벌레였으니까. 이 벌레 같은…… 하며 그가 권총을 빼어 들었던가. 분명 일어서며 내 가슴팍을 겨누질 않았던가.

"야 임마! 그래도 문과에선 너밖에 의리 있는 놈이 없어. 그러니까 승승장구하는 거지. 역시 공부깨나 한 놈들이 멀쩡하다니까."

폐부 깊은 곳을 헤치고 무언가 스쳐간 아린 느낌이 들었다. 다행히 그들은 뉴스를 못 본 듯했다. 현기증이 일었다. 어쩌면 나는 정녕 총을 맞고 싶었고 그렇게 처분되길 바랐는지 모른다. 그때 지훈이 나타났고, 족장은 그에게 남은 총알을 다 쏘았다.

"넌 자슥아, 아직도 처가에 목맨 강아지처럼 딸랑거리냐? 영애한테 끌려가는 폼이 꼭 비루먹은 강아지 같더구먼. 그래, 좀 뜨겁게 해주고 올라왔어?"

객실에 들러 친구들에게 인사를 하고 나간 처를 배웅하고 돌아온 지훈을 두고 하는 말이었다. 처가의 강아지? 비루먹은 강아지? 아직도 그 처가에 끌려다니는 신세이고? 정말 겁 없는 무서운 중 포소였다. 일껏 농담이고 웃자고 하는 힐난이겠다. 그래서 모두 클 클클 가래 끓는 소리로 웃어 젖혔지만, 나는 그때 지훈의 얼굴을 차마 똑바로 쳐다볼 수 없었다. 그는 무차별 총격으로 심장을 맞은 듯했다. 휘청거렸고 금방 얼굴에 사색이 감돌았다. 그래도 한통속 이 된 놈들의 느글거리는 웃음이 그치질 않았다.

"오늘 와이프가 동창 모임이 있다고 해서, 그리로 갔어. 내일은 집으로 각자 가기로 했고……"

그러니, 아무 걱정 말고 놀자는 얘기였고 그 말 속엔 밤을 새워 도 좋다는 묵계가 담겨 있었다. 아! 나는 그때 그를 경멸해야 할지, 존경해야 할지 상상할 수 없는 혼란에 빠지고 말았다. 그가 받은 모멸을 정작 모른단 말일까? 아니면, 알고도 웃어넘길 수 있었단 말인가. 그렇게 병신 같을 수 있을까! 그렇게 성자와 같을 수 있단 말인가. 갑자기 한기를 느꼈고 쿠데타의 현장에 갇힌 공포감을 느 꼈다. 그들은 시대를 저주하며 뒤집어엎으려 하는 실패자들이며 반란군이질 않은가.

"그때 왜 가만있었냐?"

나는 친구들 모두 관객이었고 지훈이 혼자 일인극을 연출해야 했던 지난봄의 모임을 떠올리며 물었다. 그들은 무대에 선 주인공 을 모독하고 끌어내릴 듯 성난 관객들이었다. 언제 실직당할지 몰 라 전전긍긍하며 반란을 꿈꾸는 무리들. 그런데 주인공은 아주 기 품 있는 귀공자에다, 무엇이든 부족함이 없어 보이는 쪽이 아니던

가. 세상을 비웃고 대리 만족을 시켜줄 주인공이기는커녕 이쪽을 우습게 여기며 힐난할 친구였다. 세상 탓을 하는 건 다 너희들이 못났기 때문이라는 양, 아무리 심각하고 속 타는 세상사에 대해서도 흘려듣는 듯했으니까. 진짜 그 수모를 잊었단 건 아니겠지.

"언제, 무얼?"

"애들이 처가를 들먹이며 비루먹은 강아지니 뭐니, 거기다 네 와이프까지 들먹거리는 꼴을 보고……"

"다 아는 사실 아냐? 내가 처가 덕을 볼 수 있고, 머지않아 유경백화점의 후계자처럼 행세할지 모른다는 거."

"어쨌든 사랑하니까 결혼한 거 아냐?"

나는 짐짓 아무것도 모르는 양 그를 옹호해보았다.

"너희들이 보는 건 껍데기일 뿐이야. 나의 껍데기를 보며 한편 부러워하고 한편 비아냥거리는 걸 테지."

그는 자신을 보는 친구들의 시선이 어떠하다는 걸 너무 잘 알고 있었고 의식해왔음에 틀림없었다. 새삼 놀라운 전율이 일었다. 친구들의 부러움과 질시를 한 몸에 받으면서 어떤 가시 돋친 농담이라도 그저 우스갯소리로 넘기질 않았던가. 그는 이제 이과의 그 무뢰한과 나를 '너희들'이라고 싸잡아 동격으로 취급하고 있었다. 억울했지만 또 한편으로는 뜨끔했다. 한 번도 내가 그 앞에서 그의 처가를 들먹거린 적이 없고, 그의 전문의로서의 성공을 의심해본 적도 없지만, 물 밑이 훤한 속을 들여다보인 기분이었다. "너희들이 날 보고 추측하는 대로 나는 아흔아홉 가지를 가졌다고 할 수 있어. 그런데…… 내게 정작 중요한 한 가지가 없었던 걸 알까?"

수수께끼 같은 그의 공격이 이어졌다.

"이제야 난 그게 뭔지 알았고, 부끄러운 거야. 더 이상 살 아무런……"

가치도 없이, 가치도 없이, 부끄러운 거야. 그의 웅얼거림이 파도 같은 바람에 잠겼다. 울고 있는 걸까. 아니다. 결코 누구에게도 눈물을 보일 친구가 아니었고, 하필이면 내 앞에서 어수룩한 감상을 보일 리도 없다. 그깟 실패 갖고 뭘, 그렇게. 나는 그의 뭉그러진 자존심을 위무해주고 싶었다. 어떡하든 도움을 주려는 처가의 과분한 관심을 따돌리고 스스로 독립해보고자 한 노력은, 그것만으로도 가상한 일 아니었던가. 아무리 그가 자력으로 피땀 흘려 병원을 개업했대도 친구들은 어차피 믿지 않을 일이질 않는가. 아무리 많은 자금이 들어갔어도 이제 그의 아내나 처가에서는 괜찮다고, 그까짓 거 훌훌 털어버리라고 하는 판이고. 무엇이 그렇게 억울하고 대단한 실패라 하겠는가.

이제껏 누구도 모르는 일이었고 앞으로도 소문날 일도 아니었다. 건물을 조용히 처분하고, 대학 병원에서 제 위세를 그대로 닦아가면 그만 아닌가. 그는 내년이면 기획실장으로 내정돼 있는 터라고 했다. 벌써 대학 뒤편의 공원 용지를 해제해 병동을 넓히는 엄청난 책무가 부여돼 있고 재단 이사회에서는 그를 기획실장 이후 부원장 재목으로 낙점한 모양이었다. 그가 잃은 것은 아무리 보아도 성냥갑 정도의 작은 건물에 불과할 것이다. 아흔아홉 가지를 가진 그였으니까. 한 가지를 실패했어도 아흔여덟 개가 받쳐주고 있질 않은가. 그저 툭툭 털고 일어날 만한 일을 갖고 무얼 그렇게 낙심하는가. 나는 그에게 백 가지 중 남아 있는 아흔여덟 개를 상기시켜주려 애썼고 부디, 우리만 못한 친구들을 둘러보라고 위로

했다.

"빗방울이 듣는 거 같은데…… 들어가자."

나는 그의 어깨를 잡고 실내로 들어가자고 강권했다. 그는 고개를 흔들었다.

"그런 실패가 아냐. 내가 부끄럽고 괴로워하는 건…… 명석아, 너 시간 있니?"

그가 내 이름을 불렀고 시간이 있느냐고 물었을 때, 나는 흠칫 놀랐다. 나는 이 도시에 와서 익명으로 있다가 익명으로 갈 처지였단 말인가. 나 스스로 내 이름이 불린 것이 생경스럽게 느껴졌다. 그리고 그는 나를 재우지 않을지 모른다. 전혀 뜻밖이었다. 속마음이 그대로 읽힌 듯했다. 언제 부주의하게 내가 시계를 보기라도 했단 말인지. 아무튼 그의 의도대로 속을 드러내놓고 싶지는 않았다. 올라가야 하겠지만, 그가 원하는 대로 자고 갈 수도 있는 것이다. 내 생각은 그가 따라온 반대쪽으로 회전하고 있었다.

"무슨 얘기야? 시간이 있다니. 얼마든 밤을 새워서라도, 모처럼 하고 싶은 얘길 다 할 수 있는걸."

그때에야 그는 안심하듯 실내의 소파로 몸을 던졌고 완전히 환자의 입장이고 싶어하는 자세를 취했다. 누군가 한없이 자신의 이야기를 들어주기 원하는 그런, 그렇지 않으면 어떻게 될지 위험스러운 환자. 두 병째 술은 그가 나발을 불었다. 환자의 처지라니! 그건 일시적인 착각일 뿐이었다. 소파에서 일어난 그의 눈길이 활활 살아나고, 나는 원래대로 그를 찾은 환자가 된 듯 두려웠다. 어느 틈엔가 그는 수술용 글러브를 끼고, 전기톱을 들고 있었다. 금방 두개골을 절개하고 들어올 모양이다. 그는 마치 수술대에 서서 수

술하듯 장인이 죽음에 이르게 된 과정을 이야기하기 시작했고 나
는 최면 상태로 빠져들었다.

4

　별스럽지 않게 생각한 뇌동맥류 파열이었어. 뇌동맥 혈관 일부
가 꽈리 모양으로 부풀어 있다가 터져 위급하게 된 상태지. 뇌혈관
촬영을 해보면 마치 머리카락이 흐트러져 있는데 꽈리가 달려 있
는 듯이 보이고, 몇 개씩 발견되는 경우도 있어. 장인도 그런 상태
에서 쓰러져 앰뷸런스에 실려왔어. 물론 심각하고 조금이라도 지
체했다가는 생명을 잃게 되기 십상이니 서둘러 손을 봐야 하는 병
이지. 과거에는 뇌동맥이 터졌다면 죽는 수밖에 없었을 거야. 뇌
단층 촬영을 해보니 우측 측두엽에 뇌내혈종을 동반한 동맥류 파
열이었어. 이어서 뇌혈관 조영술을 실시하니 우측 중대뇌동맥에
제일 크게 3센티미터나 되는 거대 동맥류가 발견됐고 앞쪽으로 한
개가 더 보였지. 그런데 내가 별스럽지 않게 생각했다는 건, 그게
내 전문 분야고 한 달에도 십여 건씩 수술을 했기 때문이었어. 운
전 경력이 몇 년쯤 되면 흔히 그러잖아? 웬만한 길은 눈 감고도 찾
아간다고. 사실 어림없는 얘기지만, 그런 경지가 어떤 정도인지 난
뇌 수술에서도 과장되게 얘기하곤 했거든.
　좀더 자세히 설명해야겠군. 두개골 내부의 상당 부분을 차지하
는 대뇌 피질은 물기가 많은 분홍빛 젤리 같은 형태로 보이는데 좌
우 쌍두로 되어 있어. 대뇌 피질은 또 앞부분의 전두엽과 위쪽의

두정엽, 뒷부분의 후두엽, 그리고 좌우 양쪽으로 붙은 측두엽으로
나눌 수 있고, 머리뼈 한 층 안쪽은 지주막이라는 얇은 막으로 뒤
덮여 있지. 전두엽과 측두엽 사이도 이 지주막이 경계를 이루고 있
고. 그래서 동맥류 출혈을 정식 의학 명칭으로는 지주막하 출혈이
라고 하거든. 동맥류가 터지면 지주막 밑으로 피가 고이니까.

　나는 늘 하던 대로 전두엽과 측두엽 사이를 점점 벌려 나갔어.
거미줄 엉킨 것 같은 지주막을 마이크로시저로 찢거나 바이폴라포
셋으로 지지면서 박리해 나가는 거지. 어떻게 살점과 다름없는 조
직을 잘라내느냐고? 잘라도 되는 조직이 있어. 뇌실질이라든가 신
경만 다치지 않으면 되거든. 이렇게 저렇게 들어가면 지뢰 같은 위
험 지대를 피해갈 수 있다든지 하는 그런 루트가 또 있어. 루트를
따라 들어가는 거지. 찢어진 조직은 걱정할 필요 없어. 얼키설키
들러붙고 아물거든. 사람의 생명력이란 신비로운 게, 그런 대수술
을 받고도 몇 달이 지나면 감쪽같이 새 사람이 되니까.

　그닥 신경 쓸 필요 없는 실핏줄에서 터진 피와 셀라인이 석션을
통해 빨려 나가고 뇌 실질을 눌러주는 브레인스푼 밑에 커트노이
드는 새빨갛게 물들고…… 늘 보던 낯익은 구조물과 첨단 마이크
로 장비들의 도움을 받으며 조금씩 조금씩 동맥류를 찾아가는 거
야. 수술은 전적으로 수술 현미경에 의지해서 하고 워낙 시야가 좁
기 때문에 옆에서 도와줄 수 있는 일이 없어. 거의 혼자서 수술하
는 셈이지. 주로 왼손으로 석션을 하면서 오른손으로 바이폴러나
마이크로시저를 사용하는 것도 그렇고. 아무튼 맨 처음 실시한 단
층 촬영하고 혈관 검사에서 확인한 대로 출혈 중인 동맥류의 위치
를 찾는 거지. 그걸 찾아서 터진 부분을 백금으로 만든 클립으로

꽉 집는 거거든. 손상된 혈관을 클립으로 집어놓으면 그대로 아물어. 그래서 이 수술을 뇌동맥류 결찰술이라고 하는 거지. 이치야 간단하고 단순한 동맥류 파열이라면 실제 간단할 수 있는 수술이지. 그렇지만 뇌 속을 헤집으며 돌어갈 땐 진땀이 나게 마련이야. 생각해보라고. 뇌 손 어디선가는 계속 출혈을 하고 있는데 잠깐이라도 지체할 시간이 있겠어? 뇌 조직을 박리하면서 동맥류를 찾아나가는 건 또 어떻고. 만약 뇌 신경을 손상시키면 끝장이니까. 수술 현미경으로 보면 전선줄 같지만 실제는 연필심보다 가늘거든. 물론 경험이라든가 감각으로 대개 신경줄이 어떤 건지는 알아. 그래도 뇌는 온몸의 신경 전선이 집중적으로 몰려 있는 데니까. 아차, 하는 순간에 끝날지 모르고 그러니까 잔뜩 긴장할 수밖에.

내가 너무 전문적인 얘기를 하고 있나? 참, 어떻게 내가 장인 어른을 맡았냐고, 그게 궁금하다고 했던가? 당연히 이상하게 여겨지겠지. 하필이면 내가 그 수술을 해야 했냐고. 물론 어느 의사든 그 부모나 친척을 맡는 것은 가능한 일이고 주변에서도 가끔 그런 수술이 벌어지곤 하지. 지금은…… 너무 후회스럽지만, 적어도 그때는 분명했거든. 나 아니면 누가 할 거냐고.

그날 오전에도 원장과 함께 뇌종양 환자에 대한 암세포 적출 수술을 하고 있었어. 물론 나는 원장의 어시스트를 하고 있었지. 그런데 아버님이 응급실에 들어오셨다고 누군가 귀띔을 하는 거야. 응? 아버님이? 난 깜짝 놀라서 어시스트를 후배 의사에게 맡기고 내려가봤어. 그만큼 다급한 심정이었어. 그렇지 않다면 실상 금방 죽어가는 환자라도 어쩔 수 없는 경우도 많아. 뇌출혈이든 뇌경색이든, 그렇고 그런 일상의 일이고 응급 처치도 거의 기계적인 일이

야. 일종의 매너리즘이랄까. 뭐, 환자가 침상에 눕자마자 무슨 주
사 줘라, 혈압 얼마야, 혈압 떨어뜨리는 거 뭐 줘. 뭐 주고 뭐 줘.
뭐, 이런 식이니까. 그런데 아버님이라니. 응급실에 내려가보니 장
인 어른이잖아. 참 묘한 기분이더라고. 아버님이 아니라 장인 어른
이라는데, 일시에 쭈뼛했던 머리털이 수그러드는 느낌. 그게 다행
이라는 기분이라면, 아마 천벌을 받겠지. 나는 의사로서 아주 냉정
해질 수 있었고, 스스로 냉정해야 한다고 다짐하는 거라. 장인 어
른은 그 전날 우리집에서 주무시고 김해 고향에 가셨거든. 그러다
쓰러지셔서 곧장 이쪽으로 실려오신 거였지.

응급실로 내려가보니 뻣뻣한 상태로 정신을 잃고 계시더라고.
장모님과 아내는 벌벌 떨고 어쩔 줄 몰라하고. 겁에 질려 나를 붙
든 장모는 한갓 환자의 보호자로 비쳐지고 그들 모두가 눈에 익숙
했던 장면의 하나를 연출하는 것으로……

"장서방, 이 일을 어쩌면 좋누. 어제 외손주들 만나고 좋아서 김
해로 내려가다 골이 좀 아프다더니, 오늘 아침에 갑자기 쓰러진 게
야. 골이 뻐개지는 것 같다고 하더니만…… 아이고 어쩌면 좋을
꼬. 일은 잔뜩 벌여놓고선."

어쩌면 그렇게 장모의 하소연이 담담하게 들렸는지 몰라. 장인
어른은 아직도 정열적으로 사업을 확장하는 데 수완을 보이며, 내
게도 종종 사업 구상이라든가 경영 마인드를 일깨워주려 애쓰신
분이었지. 언젠가 딸이라든가, 나에게 사업을 넘겨주고 싶어하는
기대가 한껏 컸지만 나는 한사코 그에게서 도망가고 싶어하는 처
지였고. 그런 장인이 쓰러졌다는 건 보통 심각한 일이 아니었어.
손아래 처남은 미국 유학 중이었고 사업을 맡기엔 한참 어린 나이

였으니 더 그렇지. 이번엔 장인이 거꾸로 내게로 찾아오신 거거든. 한편으론 장모와 아내에게 뿌듯한 마음까지 들더라고. 나는 그제야 나의 일이 있는 어엿한 전문가라는 인정을 받는 것 같았고. 참 웃기는 얘기지?

"걱정 마세요. 과로 때문일 수도 있고, 뇌 수술을 하더라도 별거 아닐 테니."

나는 냉정하면서도 늘 그래왔듯이 간단히 위로를 했고, 자신했지. 이건 내 일이니까. 내가 할 수 있는 가장 자신 있는 일이니까. 차분하게 수술을 해보자고. 사실은 대개 의사들이 질병이란 게 보통 환자들의 것이고 자기 주위의 어떤 일어날 수 있는 일이라고 생각 안 하려고 하지. 아주 자기 중심적이고 이기적인 거라. 그래서 의사들이 자기 진단이 늦어. 의사들이 암이나 간경화 따위 병이 많아. 자기는 안 걸린다고 생각하기 때문이야. 웬만한 이상이 아니고서는 검사를 안 해. 나는 장인 어른이 환자라는 사실을 믿고 싶지 않을 정도였어. 어떻게 이런 일이, 하면서도 장모와 아내를 보니 너무나 확실한 사실이었어. 나를 쳐다보고 하소연하는 눈, 그건 매달리는 눈이었으니까.

"당신, 어떻게 잘할 수 있어요? 아니면 다른 의사를 부르든지."

걱정 말라고, 나는 여느 환자의 가족에게 말하듯 단호하게 말했지.

더군다나 뇌혈관 촬영을 해보니 내가 전문으로 하고, 재미있어하는 뇌동맥류 출혈이잖아. 저 정도는, 하고 나는 내심 기회라고까지 생각했어. 그들에게 내가 해줄 수 있는 가장 좋은 일일 수 있다는. 지금 생각하면 참으로 치기 어린 바람이었던 거지. 재미있어한다는 말에 거부감이 든다고? 의사도 인간이기 때문에 그런 거야. 인간이기 때문에 뇌동맥류 파열 수술에 관심이 높고 재미도 있어 하는 거야. 예컨대 뇌종양 수술은 아주 위험스럽기도 하지만 살려도 아주 정상처럼 달라지는 게 아니니까 재미가 없지. 중풍이라고 하는 뇌출혈 같은 것도 마찬가지, 수술을 잘했다고 마비가 풀리고 정상이 되는 거 아니니까 더 그렇고. 설령 피가 좀 덜 제거됐어도 결과는 거의 비슷비슷하고 그러니까 별 흥미를 못 느껴. 그렇지만 뇌동맥류 수술은 확실하게 딱 잡을 수 있고 수술의 성공률이 높아. 환자가 정상인이 되는 거니까 굉장히 기쁜 거라. 우리도 수술하는 재미가 있어야 좋지. 환자가 일어나서 나중에 고맙다고 인사하는 게 우리도 낙이잖아? 결국 눈에 탁 나타나는 결과를 좋아하는 거. 그래 뇌동맥류 수술이 신경외과 수술의 총아로 불리는 거야. 재미 말고도 얘기하자면 그 병원에서 동맥류 관련 수술의 권위자는 단연 나였으니까. 나는 추호도 이런 권위와 자신을 누구에게도 양보하고 싶지 않았다고 할까.

너도 짐작하겠지만 의사들이란 인간들, 보통 자만심이 많은 게 아냐. 자기만 똑똑한 줄 알아. 특별히 그런 종류 있잖아. 이 병은 나 아니면 안 되는데, 해서 자기 새끼도 수술한다고. 내가 그랬어. 그렇고말고. 더 망설일 이유가 없었는걸. 나는 즉시 장인의 뇌압을 낮추고, 신경외과 팀에 오후에 수술을 할 수 있도록 준비하라고 당부했지. 그런데 수술을 마치고 나온 원장이 사정 얘기를 전해 듣곤 펄쩍 뛰면서 말리더라고.

"즈그 애비 머리에는 구멍 뚫지 말자"고 말야.

두개골을 뚫는 일, 그 작업을 할 땐 언제나 스산한 느낌이 들어.

원치 않는 남의 집에 들어가야 하는 꺼림칙함. 주인이 나간 빈집에 들어서는 그런 꺼림칙함이기도 하거든. 그전에는 구멍 뚫어 머리 뼈를 썰면서 들어갔지. 요즘은 클라니오톰이란 전기톱으로 자르니까 아주 손쉬워지긴 했지만 썰어진 두개골 뼈를 드러낼 때 기분은 옛날이나 다름없어. 안에서 꼭 잠긴 주인 없는 집의 문을 따고 들어가는 느낌. 그렇지만 일단 문을 열고 들어가면 마음이 급해지게 마련이지. 아주 냉정해지는 거야. 수박을 살 때 껍질을 절개해 속을 살펴보잖아? 잘 익지 않았으면 어떻게 하나, 하는 망설임이나 걱정이라든가 뭐 그런 거 있지. 그렇지만 일단 따고 나선 어떻든 물릴 수 없이 되는 거, 그런 이치라고나 할까.

난 원장의 간곡한 충고를 기분 나쁘지 않게 사양했어. 뇌실질을 손상시킨 뇌출혈과 뇌동맥류 파열은 근본적으로 다른 수술이거든. 그것보다, 나 역시 그 일만큼은 내가 해야 한다고 확신한 거지. 장인이 아니라 그는 단순히 내게 배당된 환자일 뿐이라고. 평상시와 별다른 기분도 들지 않았어.

"니도 독한 놈 다 됐구나. 명심하래이. 어떤 일이라도 니 책임져야 할 거구마……"

원장은 마지못해 승낙을 하며 오금을 박았지. 믿어 의심치 않지만, 만약…… 문제가 생긴다면 어쩌겠냐는 자상한 마음씀일 수도 있을 거야. 난, 그 정도 이상으로 생각하고 싶지 않았어. 수술한다는 거, 그것도 밥 먹는 일과 다름없이 일상이 된 지 오래야. 장인이 누구야? 여느 환자와 다름없는 죽어갈 인간이 아닌가. 나는 단지 죽음을 지연해주는 일을 할 뿐이라고. 늘 환자를 대할 때마다 갖곤 했던 생각 그대로를 장인에게도 덮어씌웠어.

너, 내 얘기 듣고 있는 거니? 내가 왜 이러지. 지금, 미칠 것 같
아. 술 한 잔 더 줄래. 너…… 명석아, 너 사랑이란 게 뭐라고 생각
하니. 내가 물었던 게 그거였지. 남녀 간의 사랑을 넘어선 인간의
사랑이란 거. 사람이 사람을 믿고 따뜻한 인간으로 그를 생각하고
위하는 거. 인간다운 그게 사랑이라고…… 사랑으로 의술을 베풀
어야 한다는 거. 그게 가능한 일일 거 같아? 벙벙한 가운데 병원
맞은편 커피숍으로 나를 불러낸 아내가 주문한 게 난데없이 그거
였거든.

"왜 내 연구실로 가지 않고?"

"무서워요. 당신 연구실로 간다는 게."

"무슨 소리야. 걱정 말라고. 아버님은 내가 퍼펙트하게 치료할
테니."

그렇지만 아내의 얼굴엔 자줏빛 그늘이 져 있었고 무언가 꼭 하
고 싶은 말을 꺼내지 못하는 것으로 보였어.

"당신, 아무래도 그만두는 게 낫겠어요. 차라리 원장님께 부탁드
리는 게 어떨지……"

"나를 못 믿어서 그러는 건가?"

"그게 아니라, 당신, 요 며칠 너무 좋지 않았잖아요. 게다가 어젯
밤엔……"

좋지 않았다고. 사실은 그 말이 나를 되돌아보게 했지. 아내와
나는 근 보름 동안 냉전 상태였거든. 역시 내 아버님을 모시느냐
마느냐 하는 문제였고, 내가 개인 병원을 내서 나가겠다는 데 대해
다시 옥신각신하던 참이었고…… 뭐 그런 시답잖은 얘기들……
뭐, 그런 일이야 그런 일들이고, 나는 고개를 저었어. 내가 하는 일

은, 늘 그랬어. 사람을 생각하면서 하는 작업이 아냐. 어쩌면 사람이 아닌 자연을 해부하는 일이라고 여기면서 냉정하게 수술을 하니까, 걱정할 거 없다고. 환자는 사람이 아닌 환자일 뿐이며, 수술에 들어간 환자란 이미 사람이 아닌 자연일 뿐이라고. 자연! 얼마나 좋은 말인가. 해체되는 뇌 속에서 난 이따금 흙냄새를 맡곤 하지. 언젠가 흙으로 돌아갈 자연의 일부였던 것. 난 그렇게 여겨왔고 그러므로 항상 평상심과 강건함을 유지할 수 있었지.

"절대 못 미더워서가 아니라, 어쩐지……"

아내의 눈은 가상한 매달림이었어. 처음 병원에 들어서서 어머니와 함께 내게 매달렸던 환자의 안타까운 눈망울이 아닌, 아내로서의 매달림…… 난 마음의 뇌동을 느꼈어. ……그 매달림이 어쩌면 내 영혼을 붙들고 늘어지는 듯 느껴졌을까. 그녀의 눈망울에 쏘인 영혼은, 그러나 흠칫 놀라 뒤로 물러섰지. 당신들은 나를 끝내 못 믿고 있고, 어중간한 거리에서 거래를 하고자 할 뿐이라고. 참담한 심정이었지. 송두리째 내 자신이 거부되고 있는 듯했고 그 다음은 무시당한 기분이었어.

사랑? 그녀가 정녕 그 아버님을 믿고 어떻게든 살려내려는 만큼 나를 믿고 있는 것일까. 마지막으로 그녀는 내게 물었어. 아버님을 애틋하게 생각해본 적이 있느냐고. 이북에서 내려와 갖은 고생 다해 자수성가해서 오늘날 저만한 과업을 이루시기까지, 그리고 얼마 전까지만 해도 당신의 외손녀인 진연이의 유학 문제 때문에 아이와 함께 공원에 가서 한나절을 같이 이야기를 나누다 온 걸 아느냐고. 참으로 답답한 노릇이었지. 언뜻 장인 어른의 고향이 황해도 평산이란 걸 전해 들었고, 누구보다 내 외동딸인 진연이를 아끼고

귀여워해주는 줄 알고 있지만, 그래서 어떻다는 말인지. 나는 아내
가 말하는 뜻이 무언지 도통 짐작할 수 없었어. 그저 쓰러진 아버
님에 대한 애달픈 마음의 연장이라고 생각할 수밖에. 수술을 앞둔
마당에 그런 얘기가 가당한 것인가. 이윽고 짜증이 날 정도였지 뭐
야. 나는 어디까지나 인내로 그녀의 어깨를 토닥거리며 자리에서
일어섰지.

"두고 보라고. 수술이 끝나고 깨어나자마자 아버님이 나를 찾으
시게 할 테니까."

아버님이 나를 찾도록, 이라고 나는 다소 과장되게 으쓱한 표정
을 지으며 말했고 진심으로 아내에게 용기를 주고 싶었어. 그러자
아내는 더 어쩌지 못하는 환자의 가족으로 돌아갔지. 마지막으로
아버님을 사랑하냐고, 참으로 황당한 걸 묻고 눈가에 눈물을 찍어
내더군. 나는 그 환자의 딸을 금방 눈앞에서 지우고자 했어. 아내
가 아닌, 어느 늙은 환자의 딸이 걱정스럽게 물었던 것과 안타까운
당부, 그 모습을 갖고 수술실로 들어갈 수는 없는 노릇 아닌가.

두 시간이 지나서야 뇌의 중앙까지 이르렀는데 어쩌면 그렇게
후텁지근하고 속이 뒤집어질 듯 답답했는지 모르겠더구먼. 보통
전선줄처럼 굵게 보이던 신경선들이 희미하게 보이고 마이크로시
저를 든 손도 자꾸 떨리기 시작했어. 옆에서 어시스트를 하는 후배
한테 웬일인지 자꾸 신경이 쓰이더라고. 도무지 집중이 안 되는 거
였어. 수술 현미경으로 보는 뇌 속은 또렷하질 않고 뭔가 자꾸 머
리카락 같은 것이 분홍빛 젤리 속에서 꿈틀거리는 듯하고, 바이폴
러로 뭉개진 조직이 비지처럼 흘러내리는 모습이 시야를 어지럽히

는 거였지. 누군가, 아니면 무언가의 환영이 어른거리는 듯했고 뇌 속은 늘 보아온 비어 있는 집처럼 여겨지질 않았어. 절대 그럴 리가 없지만 환자의 의식이 뇌 속에 살아 있는 듯한 이상한 느낌이었지. 심지어 환자에게 마취가 덜 된 게 아닌가 하는 엉뚱한 망상까지 일더군. 할 수 없이 현미경에서 잠깐 눈을 떼어 주위를 보니, 이건 이 세상 사람들이 아니더라고. 참으로 놀라운 환영이었지. 난, 그제야 내가 어떤 상태인지 자각하게 됐고 흠칫 놀라지 않을 수 없었어. 어젯밤 알코올 기운이 아직 내 체내에서 증발하지 않고 맴돌면서 희롱하고 있었던 탓임을. 끔찍하고 참담한 자각이었어. 어젯밤 지방 검찰청 검사와 시청 도시계획국 간부들과 마신 술로 오늘 아침 수술에서도 뒷전에 맴돌던 처지였던 것이고, 오후면 휴진을 할 참이질 않았던가. 전혀 나 스스로를 돌아볼 겨를 없던 숨 가쁜 시간이었어. 아니, 일부러 마음에 두고 싶지 않았는지도 모를 일. 그렇게 해서 갑자기 닥친 수술을 회피하고 싶지 않았는지도 몰라. 보통 뇌 수술을 직접 집도할 때는 사흘 전부터는 일체 술이나 담배까지도 끊거든. 그 정도로 아주 미세한 수술이기 때문이야. 심신의 미세한 떨림도 현미경으로는 와들와들, 엄청난 진동으로 전해지거든. 사격할 때 숨을 멈추고 느끼는 떨림보다 더하고, 정신력보다 실제 체력이 떨어지면 엄두도 못 낼 일이야. 그런데…… 이곳에 들어왔구나, 하는 참담한 자각이란 너무 때늦었고 오히려 쓸데없는 것이었어.

나는 도저히 용납할 수 없는 망념을 떨치며 마지막 루트를 개척해 나갔어. 이제 마지막 남은 막만 자르면 시신경이 나올 거 같아. 다 들어왔어. 혈관 검사의 필름으로 본 지도대로 비슷한 꽈리까지.

시신경이 있고, 동맥이 보이기 시작했어. 아, 드디어 피가 흐르는 꽈리가 보이기 시작하잖아. 나는 파열된 부위를 헤쳐보았어. 연신 피가 흘러넘치고 있는 꽈리. 그 모양에 따라 필요한 클립을 선택해 환부를 집거든. 터진 부위에 따라 처치 방법이 다른 거지. 우선 피가 계속 나오지 않도록 혈관 앞쪽을 템포러리 클립으로 물어주었어. 피를 잠시 멈추도록 하고 공사를 하는 거지. 마치 수도관 공사를 할 때 원수를 차단하는 것과 같은 이치야. 한 개의 공사를 가까스로 마치고 다음 꽈리로…… 또다시 가까운 곳으로 쉽게 찾아 클립을 넣을 자리를 살펴보고 확인한 다음 짚고 작업이 제대로 됐는가 다시 확인해보고…… 거의 완벽하게 피가 멈춘 것으로 보였지. 이제 다른 곳의 이상은 없는지 살피면서 빠져나와야 할 텐데……

그때였어. 갑자기 앞쪽에 클립을 한 곳에서 피가 솟구치는 게 아닌가! 슈웃— 마치 거꾸로 세워놓은 물총에서 솟구치는 붉은 피. 전혀 예상할 수 없는 일이 벌어진 것이었어. 아니, 그런 실수는 아니었을 거야. 그럴 리야 없지만 혹시 뇌혈관 촬영에 나타나지 않은 부위가 터졌는지. 콸콸콸 도랑을 이루며 선혈이 쏟아지는데, 온몸의 솜털이 쭈뼛 일어서는 공포감이 일었어. 템포러리 클립을 제거하면서 혈압이 올라가고 그러면서 파열된 모양이라. 한 군데가 아닌 어느 곳에선가 새로운 출혈이 시작된 징조가 보였고. 이곳저곳 헤집고 가능한 한 모든 수단을 강구해보는데 벌써 혈액 2만 cc가 넘게 수혈되고 있었어. 주인 없는 집에 들어가서 공사를 할 수 있는 한정된 시간도 다 소모하고 있었지. 무엇을 어떻게 해야 하는지 전혀 손이 움직여주지 않았어. 당장 터진 동맥류를 확인하기도 쉽지 않은데 전혀 필름의 지도에 드러나 있지 않은 방향으로부터 피가 역류하고 있는 것이니까…… 온몸에서 맥이 빠져나가고 눈이 침침해지더군. 뇌실질을 건드린 것 같기도 했고 지주막 밑으로 피가 홍수를 이루며 흘러내렸어. 무엇을 잘못 건드렸던가. 아니야, 이건 악마의 희롱이야. 이럴 수는 없어. 나는 발을 돋우며 눈자위에 다시 힘을 주며 현미경 속의 헝클어진 세계를 살폈어. 귓전으로 어시스턴트의 말이 스쳤어. 심전도의 그래프가 춤을 춘다고. 계속 쏟아지는 선혈, 그리고 붉은 물이 들며 다시 가무스름하게 흐려지는 화면.

그렇게 어떤 늙은 환자에 대한 수술은 실패로 끝나고 말았지. 칼을 잡은 의사가 진저리치며 싫어하는 테이블 다이였어. 피로 물든 화면엔 마지막으로 환자의 부인인 듯한 할머니와 딸인 듯한 여자의 처참한 얼굴이, 그리고 원장의 일그러진 표정이 어른거렸지. 환영이었던가. 그가 손가락질을 하는 거야. 그 어떤 공장의 격노한 공장장같이.

애당초 그가 말한 실패란 그러니까 지상 위의 성냥갑 같은 건물을 두고 얘기한 정도가 아니었다. 분명 그건 말을 이끌어내기 위한 구실일 뿐이었다. 그가 끄집어내 드러내 보이고 싶었던 실패는 꺼져가는 신도시의 지반과 그 위에 설계된 허망한 꿈과, 일그러진 건물 따위가 아니라 수술대에서의 실패, 아니, 그보다 더욱 기울어져 있는 그 자신이었을 터다. 그렇게 장담했던 자신의 자리가 일시에 무너졌음을, 그리하여 누구에게보다 자신에게 철두철미했고 완전하고자 했던 영혼이 비척이고 있음을…… 고백하는 것이다.

"뭐, 수술하다 보면 그런 일이야 다반사 아냐? 그렇게 위험한 뇌 수술이라며."

　나는 어떻게든 그의 기분을 달래주고 싶었다. 그가 말한 상당히 어려운 전문적 수술에 비춰보더라도 단순한 수사에 불과할 말은 아니었다. 왜 그렇게까지 세세히 수술 과정을 설명했는지 모르지만 난 그가 수술을 하는 동안 수술실에 갇힌 듯 오금을 못 폈다. 그가 전기톱으로 다름아닌 그 아버님의 두개골을 자를 때 나는 저 몹쓸 의사 같으니, 했고 그가 골을 찢고 지지며 파 들어갈 때, 제발 성공했으면 하고 바랐으며 갑자기 피가 솟구칠 때 자지러졌던 바다.

　"다들 그렇게 말했고, 그렇게 오열하고 날 원망하던 처가에서도 차츰 의사의 입장을 이해하기 시작하더라고. 아니, 이해하려고 노력한 거겠지. 원장도 몇 차례 술자리를 마련해 때론 거 보라는 식의 질책을, 때론 그게 누구에게나 주어진 운명이라고 위로했어. 심지어 내가 그 전날 밤늦게까지 술을 마셨다는 사실까지 별스럽지 않게 덮어주며, 일에 대한 나의 과욕으로 그럴듯하게 포장해주었어. 그렇지만 다 속일 수 있어도……"

　자신만은 못 속이겠더라는 고백이었다. 한껏 교만했던 자신에 대해. 아무리 되짚어보아도 기억할 수는 없지만 어느 대목에선가 명백한 실수가 있었을 것이라는 회의와 번민이며, 더구나 처가에게 무언가 자신을 내세우려 했던 치기가 아니라면 그릇된 콤플렉스가 아니었던가 하는 자탄이 목을 죄더라는 얘기.

　"나는 입때껏 환자를 보아온 게 아니라 내 자만의 거울을 보아왔을 뿐이야. 환자를 보지 않고 그들을 자연으로 본다는 그럴듯한 말은 사실, 스스로의 심약함을 감추기 위한 방편이라고나 할까. 결국 위선일 뿐이야. 인간을 인간으로 보지 않고 수술하는 것은 얼마나 위험한 교만인가. 그럼에도 죽고 사는 건 어디까지나 그들의 몫일 뿐이고 나를 비춰야 할 것은 끝까지 의연해야 하는 전문의로서의 체면이었어. 언제부턴가 나는 그 거울이 더욱 잘 반사되기를 바라 왔는지 몰라. 실패가 뻔한 뇌종양이며, 뇌출혈 수술에서 빠지기 시 작했고 결과가 거울처럼 그대로 환하게 비춰질 수 있는 뇌동맥류 수술에 매달린 것도 어쩌면…… 참, 내가 그런 보람을 재미라고 그랬나? 재미, 그나마 그것으로 버텨왔을까…… 그것으로 외롭지 않았는지도."

그의 목소리는 또다시 바람이며 파도에 휩쓸리며 잔 울림을 남 겼다. 생경한 울림이기도 했다. 그렇게 성공한 그가 아직까지도 이 도시의 이방인으로 있단 말인지.

"그때 아내의 말을 들었어야 했던 거야. 수술하러 들어가기 전, 전혀 가당찮게 물었던 말. '아버님을 사랑하냐'고. 오래전부터 난 그녀의 말에 귀를 막고 있었지. 귀를 막은 게 아니라, 실은 마음을 막고 있었던 거야. 그 사랑 타령 좀 그만 하라고. 하지만 그때 그 말은 지금 생각해보니 아버님의 혼이 물었던 것이 아닌가 섬뜩한 느낌이 들 때가 많아. 난 아무 생각 없이 그를 마취시키고 그의 빈 집으로 들어가지 않았던가, 무례하게."

지훈의 아내는 늘 그렇게 사랑을 확인하고 원했던 모양이었다. 사랑에 목말라하던 여자라니. 그는 그것이 자신들이 선택한 결혼 의 한계였노라고, 사랑이 무엇인지 몰랐고 늘 사랑을 찾던 일방은 아내였노라고, 자신은 그러므로 상대로부터 더 낯선 타인으로 남 아 있지 않았겠냐고 마치 남의 이야기를 하듯 아내와의 밍밍한 관계를 털어놓았다. 그랬구나, 그럴 수도 있는 것이구나. 그의 결혼이란. 그의 직업적 관성이란. 그의 인생이란…… 하며 나는 그를 사랑이란 희미한 그림자에 대입해보았다.

"아내가 끝내 우리 아버님을 모시지 못하겠노라고 했던 이유가, 사랑이 없기 때문이라고 했을 때도…… 난 그녀를 의심하기만 했지. 이해할 수 없는 여자라고. 마치 비타민 결핍에 걸린 환자가 비타민을 찾듯 사랑을 찾는 것으로."

그렇다면 이제 그의 실패는 너무나 자명한 것이었다. 나는 그의 고백에 고개를 끄덕일 수밖에 없었다. 그는 아무에게도 사랑받지 못했고, 그보다 사랑하지 않았다는 점이었다. 그는 홀홀 단신으로 처가에 가까운 이 낯선 도시로 내려와 너무 오랫동안 자기만의 성을 쌓아왔고 자기만의 성공을 일궈온 것이다. 아무 망설임이나 두려움이나 거리낌없이. 그렇게 이룩한 것이 무어란 말인가? 그는 쓸쓸하게 물었다.

"혹시, 친구들이 그 얘기를 듣고 싶어하지 않았어?"

그는 한숨을 몰아쉬며 물었다. 내가 찾아온 이유가 마치 그런 염탐에서는 아니냐는 듯이. 나는 술기운이 일시에 온몸의 숨구멍으로 빠져나가는 기분을 느꼈다. 아닌 게 아니라 어느 친구인가, 그런 말을 함부로 하는 경우가 없진 않았다. 이젠 유경재벌의 회장님이 되실 지훈이라고. 아마 술자리에서였던가. 그 말을 들음이 가증스럽고 더러운 기분이기도 했다. 지훈은 자신이 장인을 실수로 죽인 게 아니냐, 혹은 고의로? 그런 자괴감을 가질 만큼 도덕적으로 쫓기고 괴로워하고 있었다. 그런 의심을 받을지 모른다는 두려움까지 마음에 두고 있음이 틀림없었다.

그 점에 있어서 그는 단호히 말했다. 아무리 처가에서 무엇을 요구하더라도 병원을 떠날 수는 없다고. 제 스스로 단든 작품 속을 떠날 수는 없다고. 그리고 거세지는 파도 속에 잠기는 것이 나으리라고. 이제 남은 장모와 아내는 그를 애타게 원하고 있음이 틀림없었다.

"난 두려워. 운명이 아무런 기약 없이 불운의 덤터기를 씌우고 그건, 행운일 수도 있다는 세상 사람들의 이야기를 전하고 저만치 비껴서 있는 모습이."

그는 알 듯 모를 듯한 얘기를 하고 잠깐 눈을 감았다.

5

술기운이 혼곤한 심신을 퉁퉁 불어 터지게 만드는 듯했다. 아니라면 역시 소금기를 잔뜩 머금은 해풍 때문인가. 몸이 둥둥 떠오르며 후끈거렸다. 창밖으로 빗방울이 사선을 긋고 있었다. 드디어 무언가 가까이 다가오고 있는 모양이다. 테이블 위의 라디오를 켜고 이리저리 사이클을 맞추다 보니 기상 특보가 잡혔다.

어제 음력 7월 보름 백중절을 지나며 조고가 한층 높아져 이곳 해안은 예상치 4백 3센티미터에서 70센티미터가 넘고 있는 것으로 나타나 극심한 피해가 잇따르고 있습니다. 이번 해안 지대의 범람은 특히 1년 중 물이 가장 높은 백중 사리에다 태풍 위니의 영향이 겹친 때문으로 보이는데…… 저지대 주민 여러분의 경계가 요망되고 있습니다. 다시 한 번 말씀 드리겠습……

"그놈의 특보는 하루 종일이구먼. 꺼라 꺼. 하루 종일 백중, 백중 나발을 불고."

음력 보름과 그믐을 전후해 바닷물의 수위가 가장 높아진다는 사리 때인 모양이었다. 그것도 가장 위력적인 해일을 동반하며…… 그래서 도시가 벌벌 떨고 있었던 것이고. 갑자기 한기가 일었다. 반 병 남은 술은 내 차지가 됐다. 그에게 빼앗기고 싶지 않아 이번엔 내가 병째 틀어쥐었다. 전어의 고소한 맛은 간데없이 그저 타는 혀가 계속 술을 불렀다. 저 사람은 누구일까. 갑자기 마주 앉은 지훈이 낯설게 느껴졌다. 몇 시간의 수술을 마친 얼굴이 그러할까. 그의 얼굴엔 차갑고 푸른 기운이 감돌았다. 이따금씩 창밖을 스쳐 지나가는 정체 모를 불빛이 그로테스크한 석고상을 만들었다. 무엇에 홀린 듯 그처럼 비현실적으로 느껴질 수가 없었다. 잠깐의 정적이 아닌 무한 정적이었고 스적스적 스치는 느낌은, 거꾸로 흘러오는 시간의 흐름이며. 그러고 보니 벽면 어디에도 그 흔한 시계 하나 보이질 않았다. 비현실적인 공간에 앉은 바닥 아래를 헤아릴 길 없는 휑한 자리다. 어째서 이런 진공 속에 휩싸였단 말인가. 주인도 없는 이런 곳에 왜 와 있단 말인가. 원래 그렇게 아무렇게나 나 스스로 흘러흘러 가기를 바랐던가. 무엇 때문에? 집요하게 나를 물고 늘어지며, 몇 시쯤일까 손목을 내려다보려다 나는 흠칫 놀랐다. 그는 눈을 감고 있는 게 아니라 눈을 뜬 채 의식을 잠그고 있었던 것이었다. 어떻게 하든 내 시간을 붙잡아 매려는 눈치였다.

"어이, 술이 부족하구나. 이번엔…… 청아를 시켜볼까? 청아라고."

그는 말릴 겨를 없이 전화통을 붙들었고 몇 번 송수화기를 들었다 놓았다 했다. 저쪽이 통화 중인 모양이었다. 왜 그런 간절한 마음이 일었는지 모른다. 그가 부르고자 하는 곳이 언제까지 통화 중이길……

남은 소주 반 병을 들이키고 훌훌 그의 시선에서 벗어나려고 했지만 마음뿐이었다. 이미 그가 내게 털어놓은 만큼, 내가 내려놓고 싶은 짐이 어깨를 짓누르고 있었음을. 그렇지 않으면 빠져나가지 못할 덫에 걸린 듯했으니까. 아니, 내 스스로 누구에겐가 말하고 싶은 무엇이 있기에 여기까지 흘러온 건 아닐까. 그 누구를 찾지 못해 가슴 저며두었던 얘기를 풀어헤치고 싶어서. 하긴 다음 달이면 친구들 모두 알 만한 일이었다. 이제 말 못 할 일이 아니었다. 서너 달 지나면 동창들 사이에서 뻔한 그렇고 그런 얘기로 회자되다 끝나겠지. 그렇게 잘 나가던 놈이 어쩌다 거기까지 쫓겨가게 됐냐고, 이젠 개도 수명이 다돼가는 모양이라고 그렇게 회칠하겠지. 똑같은 탈락자 부류로. 뉴스에까지 오른 거 못 봤냐고, 그게 회사 공금을 횡령하고 간덩이가 부었지, 하며 입방아질하겠지. 누가 나를 변호해줄 것인가. 나는 그저 낙하산 조직의 이사장 요구를 그대로 따라주었을 뿐이었다. 그의 작전대로 문서에 오르는 정원을 조작해 복지 기금을 만들었고 유령 감리원으로 감리를 같게 했다. 그것이 업무상 배임이며 공금 횡령이란 건, 감사원의 감사로 들통나고 검찰의 수사가 있고 나서 씌워진 올가미일 뿐이었다. 대부분 주인 없는 공룡 조직에서 횡행하는 더러운 관행이 재수 없이 발각된 경우. 그 올가미에 걸려 희생돼야 하는 건, 그러나 조직이 아니라 개인이어야 한다. 그것도 낙하산 조직의 불문율이었다. 만약 그 역할이 싫다면, 끝까지 무능하거나 무능한 척해야 하는 것이 공조직의 생존법이었다. 그렇다고 누가 쫓아낼 것인가. 낙하산 이사장은 장관이 바뀔 때마다 철새처럼 오갔고 주인이라도 함부로 누구를 건드릴 수는 없는 철저한 공기관이었으니까. 나는 적당히 처신하는 것보다 나을 게 없는 인물로 찍혔고 그러므로 더러운 총대를 메야 했던 것이다.

그렇게 해서 부산 사무소로 발령을 내정받고, 사전에 그곳을 둘러보라는 출장으로…… 떠나온 길이었다. 이사장은 느글느글한 눈빛으로 며칠 쉬다 오라고 꽤나 인심 쓰는 듯 휴가를 덧붙여주었지만, 이미 나는 상당한 마음의 정리를 끝낸 상태였다. 더 이상 무엇이 부끄러울 수 있는가. 모두가 떨어지고 있질 않는가. 모두가 떠나고 있질 않는가. 오히려 남아 있는 자들이야말로 자신을 더럽히고 있는 것과 싸워야 하며, 부끄러워해야 할 일 아닌가. 망설일 것이 무엇인가. 어찌 보면 여태 처자식 때문이라고, 또는 알량한 체면으로 실패를 질질 끌어오지 않았던가. 언제부터인가 빗나가기 시작했고 몸에 덕지덕지 붙기 시작한 지방질과 게으름의 더께. 지금 씻지 못하면, 하는 그런 절박함으로 떠나온 길이었다. 전혀 자신도 모르게 더럽혀졌고 더 이상 더럽혀질 수 없는 스스로를 돌아보며 어디 마음이나 편히 눕혔다 오자고. 그러나 아무리 나 자신을 설득하려 해도 막막한 앞날까지 담보할 수는 없는 노릇이었다. 몇 푼 안 되는 퇴직금을 받아 아이의 수술비를 대고, 그 다음은…… 무엇으로 시작할 것인가. 아니다. 아이를 완전하게 고칠 수만 있다

면, 무슨 일인들 못 하겠는가. 아이의 척추를 철사로 얼기설기 꿰
매지 않고도 바로 세울 수 있다면. 아아! 그럴 수 있다면 차라리 내
것을 드러내도 좋으련만……

그가 내게 처음으로 자신의 두려움을 얘기했듯 나 역시 그에게
로 다가가고 싶은 충동이 일었다. 그렇지 않다면 어디 가서 누구에
게 이런 쓰라린 방황의 시간을 내비칠 수 있단 말인가.

"어어, 그년 되게 튕겨대네. 태풍이 온다나 어쨌다나……"

소파에서 비척거리며 일어선 그가 내뱉었다.

"무슨 얘기야? 이 늦은 밤에 술 배달하는 데가 어디 있겠어?"

테라스에 버린 꽁초를 주우려는 모양이었다. 재떨이엔 필터만
남은 꽁초가 수북했다. 무엇을 그렇게 태워야 했던지. 나 역시 입
안에 불을 댕기고 싶어 눈에 띄는 대로 벽면 구석에 놓인 휴지통을
열어보았다. 그런데 뜻밖에 똬리를 틀고 들어앉은 물뱀은…… 움
찔 놀라서 눈발에 힘을 주고 보니 등산용 자일이었다. 웬 밧줄이
들어앉아 있을까? 잠깐 고개가 갸우뚱했고, 그 속을 뒤진다는 게
왠지 께름해 손을 털었다.

"젠장! 또 시작이야. 바닷물은 불도저로 미는 것처럼 밀려오고
하수구는 콸콸 갯물을 게워내고."

열어젖힌 테라스 쪽의 문으로 후드득, 비바람이 들이쳤다. 그는
잠깐 새 흠씬 젖어 있었다. 아무것도 못 건진 모양이었다. 담배도
없이 서로를 마주 보아야 하는 상황이 서로 두려웠기에 그렇게 기
를 쓰고 무언가 찾았는지 모른다. 그런데, 저 쓰레기통에, 웬 밧줄
이냐. 나는 못 볼 것을 본 떨떠름한 기분을 떨치지 못하고 물었다.
으응? 뭐라고? 아, 그거. 건물이 얼마나 기울었나 옥상 모서리에서

추를 달아서 내려뜨려보느라고. 그는 대수롭지 않게 말했을 거다. 얼마나 기울었기에? 얼마 전엔 매스컴에까지 등장할 정도로 명물이 됐다네. 그는 그것 참, 대단하다는 식으로 건물에 대해 희떠운 찬사를 보냈다.

"아 참, 너 아까 환자의 죽음에 대해 물었냐? 언제 죽는 걸 아느냐고?"

바람을 쐰 탓인지 그는 다시 정신을 차리고 아직 남겨두었던 말을 털어버리려는 듯했다.

"내가 자만한 건 어디까지나 환자를 대하고 수술을 할 때까지야. 그렇지만 죽음에 대해서만큼은, 나도 알아. 인간이 얼마나 나약한 존재인가 하고. 무슨 얘기냐면, 레지던트 때부터 난 저승 사자는 분명히 있다고 여겨왔거든. 참 이상하고 묘한 일이야. 중환자실에 보통 열댓 명 환자가 있잖아? 요 환자가 좋지 않아. 요 환자가 오늘 고비일 것 같아. 힘들 것 같아, 그러면 보호자를 부르지. 보호자한테 환자 옆에 꼭 붙어 있으라고 하는 거야. 우리나라 사람들은 꼭 임종을 지켜보길 원하잖아. 아니면 집에 데려가고 싶어하거나. 그렇게 당부하면 틀림없더라고. 그래서 그 환자가 결국 죽잖아. 아, 그런데 분명히 멀쩡했던 옆의 환자까지 문제가 생기는 거야. 전혀 위태롭지 않던 사람이 헐떡거리며…… 그러다 그 사람도 죽어. 저승 사자가 올 때 차비가 아까워선지, 아니면 먼 길 온 김에 귀찮아선지 꼭 둘씩 데려가더란 말이지. 환자가 열댓 명 있는데, 어떤 한 사람이 위험하다 싶으면 그날 비상이야. 나머지 환자들 챙긴다고. 별로 예상하지 않았던 환자가 꼭 같이 가기 때문에. 그러니 분명 저승 사자가 있는 게 아니겠어? 꼭 짝수로 데려간다는 거.

뭐 여태 아무 일 없다가도 한 사람이 죽으면 이상하게 연달아 사망자가 나오는 거야. 결국은 의사의 치료라는 건, 아주 조금일 뿐이야. 왜 그런 말 들어봤겠지? 의사는 치료를 하지만 낫는 건 그 사람이라고……, 그게 우리의 한계야."

그런데 도저히 자신의 장인의 죽음에 대해서만은 그런 한계를 둘러댈 수 없었던 거라고 했다. 명백한 자신의 실수이며, 저승 사자의 실수라는 것이었다. 죽음이란 것이 어쩔 수 없는 일이라 하곤, 왜 자신을 그렇게 몰아붙이는가. 조금은 횡설수설하는 것으로 들렸다. 어쩌면 그는 가장 강하고자 했으나, 어느 곳엔가 가장 의지하고 싶어했음에 비틀거리는 처지인지 모른다. 그는 장인의 사망을 어쩔 수 없던 운명으로 돌리고 싶어하면서도, 그럴 수 없는 이유를 이미 너무 확실하게 얘기한 뒤였다. 그는 스스로 만든 악몽과 죄의식에서 단 한 걸음도 나아가지 못할 게 틀림없다. 그렇게 밤을 새워 주절거리며 까부라질 것인가. 나는 그렇게 또 흘러가고 있었다. 그를 내버려두듯, 또한 나를 내버려두고 싶었다.

딩동—

그가 부른 누군가가 사무실의 벨을 누르고 대답을 기다릴 틈이 없이 들어섰을 때, 나는 또 한 번 놀라지 않을 수 없었다. 흰 비닐 우비를 둘러쓴 아주 앙증맞은 꽃이었으니까. 우비는 비에 젖어 은비늘로 수놓은 듯했고 까만 눈망울은 여느 어린아이의 공책에 그려졌음 직한 바로, 그렇게 크고 사슴을 닮은 눈이었다. 어떻게 저런 꽃이!

"얘가 오늘 밤, 널 모실 청아야."

그녀는 보자기에서 푼 커피잔에 원두 커피를 가득 부으며, 그를 흘겨보았다.

"아직도 안 들어가고? 도대체 무슨 청승이람. 이 손님은 누구시고."

장인이 돌아가시고 잠시 별거 중이라던 말은, 그러니까 농담이 아니었다. 저 여자와? 나는 아찔한 현기증을 느꼈다. 저런 꽃과 함께, 꿈꾸며 바다를 내다보며…… 아니다. 저런 꽃과 함께 추락하며.

"야, 오늘 이 친구 잘못 모시면, 넌 끼익, 이거야."

그는 한 손으로 목을 자르는 시늉을 하며 호기를 부렸다. 그답지 않은 얕은 공갈이 사뭇 희화적으로 비쳤다.

"어떻게 모셔야 하는데 응? 응? 이렇게? 이렇게?"

그녀는 그의 무릎에 앉더니 한 손으로 어깨에 매달리며 또 한 손으로는 가슴팍을 더듬었다. 그가 얼른 그녀의 손을 움켜쥐어 밑으로 쑤셔 넣을 때도 그녀는 아이, 아이, 아이, 하며 비음을 흘렸다. 꽃은 뭉그러졌고 눅진한 공기 속에 독한 향기가 풍겼다. 어느새 꽃은 내게 실그러지며 바다뱀이 돼 목덜미를 간질였고, 해초처럼 미끈거렸고, 불가사리처럼 달라붙었다. 더블이라며? 그녀가 귓속으로 더운 김을 몰아넣으며 물었다. 더블이라니? 뭘 어떻게 하는데? 그녀는 웬 시치미, 하고 눈을 흘겼고 코를 깨물 듯 다시 왈왈댔다. 무슨 얘길 하는지 상관없었다. 지훈이 나를 위해 무언가 힘쓰고 있음을, 그저 받아들여야 했다. 아무런 거리낌 없이.

그때 전화 벨이 울렸고, 그는 저편에서 하는 얘기에 아무런 반응을 보이지 않다가 송수화기를 내려놓았다. 그리고 또 한 번, 연이어 벨이 울리고…… "아무것도 필요 없다니까! 제발, 날 내버려

뒤!" 그의 외마디와 함께 송수화기가 탁자 밑으로 툭 떨어지며 대롱대롱 매달렸다. 그의 아내였음을 미루어 짐작할 수 있는 외침이었다. 그는 그래도 취하지 않았다. 내 웃옷 주머니에 무언가 찔러넣어주었고, 재미 많이 보고, 내일 아침에 보자며…… 별실로 사용한다는 옆방으로 물러가기까지 아주 의도적이었으므로.

멀리 천둥 소리가 들리고 파도가 말 울음 소리처럼 가까이 달려오고 있었다. 항구의 발꿈치를 밟고 거세게 몰아치는 비바람이었다. 테라스 쪽의 미닫이문이 들썩거렸다. 한사코 문을 열려는 불길함이었다. 끝내, 여기서 머물 수는 없는 노릇이라는. 그가 옆방으로 사라지고 불이 꺼지는 것을 보며 나는 청아라는, 술 이름인지 가명인지 모를 이름을 붙들고 일어섰다. 어느새 옷을 벗은 그녀의 뽀얀 젖무덤이 불빛을 받아 더욱 육감적으로 비쳤다. 왜? 꽃은 의아한 눈빛으로 물었다. 나는 지훈이 주머니에 넣어준 돈을 꺼내 커피잔을 싼 보자기 속에 넣었다. 이렇게 날 그냥 보내시면, 안 되는데…… 사장님 아시면…… 꽃은 그 아래 받침 같은 우비를 걸치며 매우 다소곳하고 처음 들어설 때의 순백으로 바뀌었다. 사장님이 어떻게 해주시든?

"나, 여기 매장이 생기면…… 그냥 한 층을 다 주신다고 했거든요."

전혀 듣기 힘들었던 분명한 서울 말씨였다. 이곳에 언제 왔지? 얼마 안 됐지요. 어떻게 빚에 쪼들리다가. 도망 온 거라고. 언제 갈거냐고, 물었을 때 그녀는 매우 어눌한 눈빛이 돼 있었다. 무언가 말하고 있었다.

"오늘 며칠이지?"

그녀는 백중사리도 모르냐고 되물었다. 어제가 백중날이었고, 오늘은 월요일이라고 정확히. 백중사리? 1년 중 바닷물이 가장 높은 날. 라디오 기상 특보를 통해 언뜻 들었지만 처음 되새겨본 낱말이었고, 지상에서 처음 경험하는 날이었다. 나는 시계를 보았다. 자정을 넘어선 시각이다. 아직, 어디론가 떠날 수 있는 시간. 그녀에게 부탁을 한다. 나를 고속버스 터미널까지만 데려다줄 수 있겠느냐고. 하지만 사장님이…… 아니, 사장님은 그러길 바라셨거든. 나는 그녀에게 나중에 이곳에 다시 들어오라고 부탁했다.

밖으로 나서니 건물은 온통 물 위에 잠겨 있었다. 그녀의 오토바이도 정강이쯤까지 잠겨 있었고 도로는 끊겨 있었다. 아! 그가 길을 막고 있음이다. 떠나서는 안 되는 길을 떠나려 하는구나. 나는 낙담을 하며 돌아섰다.

"아니에요. 이 정도면 보통 일어나는 해일이거든요. 그냥 갈 수 있는……"

그녀는 무언가 말하려는 듯 쭈뼛쭈뼛하다가, 끝내 아무 얘기를 하지 않았다. 고향에 가고 싶지 않냐고, 그렇게 말한 그녀의 고향, 서울은 너무 아득한 곳으로 여겨졌다. 왜 그곳으로 기를 쓰고 가려고 하는지 모를.

"겁날 테니까 제 허리를 꼭 잡으세요."

투투투투투—

오토바이는 하늘과 육지와, 바다를 가르며 움직였다.

아니지. 오토바이와 함께 바다 속으로 빠져들진 못할까. 나는 그녀에게 마음속으로 터미널이 아닌 항구 저편으로 달려가보자고 말하고 있었다. 신도시의 매립지는 바다와 연해 물바다, 그대로였다.

어디부터 바다인지 어디가 도로인지 구분이 안 됐지만 그녀는 정확히 직선 도로를 달리고 있었다. 삐뚤삐뚤 서 있는 가로등의 나트륨등 빛이 그나마 이정표 구실을 하고 육지의 마지막 방어선인 듯 힘겨운 모습이었다.

6

터미널 휴게실에 설치된 텔레비전에선 자정이 넘은 시각인데도 계속 기상 특보가 전해지고 있었다. 조금 지나면 애국가가 울려 퍼지고 화면엔 멸치떼가 뜰 것이다. 날씨가 험악한 탓인지 터미널엔 손님이 거의 없었다. 보통 다섯 시간이 넘게 걸리니 새벽녘에 서울에 떨어질 것이고 대책 없이 한두 시간을 길거리에서 흘려야 집으로 들어갈 수 있으리라. 막막한 차편이다.

청아는 오토바이 위에서 한참 동안 손을 까딱거리며 손을 흔들었다. 비 맞은 흰 우비가 반짝이며 야광을 발했다. 은방울꽃같이 청초한 꽃, 도저히 태풍이 몰아치는 밤에 보일 수 없는 기적이 차창 저편으로 멀어져갈 때 나는, 가슴에 차고 오르는 바닷물의 엄청난 조고를 느꼈다. 우우 밀려와서 일시에 허파의 꽈리들을 채우는 바닷물과 잿빛 포말. 그리고 모든 세상이 눈을 감았다.

나는 끝내 그에게 아무런 얘기를 하지 못했구나. 여태 누구에게도 말하지 못하고 아내에게까지 속이며 내려온 출장이며 실패의 두려움을, 어제와 오늘이 같고 또 내일이 다르지 않은 일상이며, 이젠 어디론가 떠나야 하는 서글픈 현실에 대해. 아니, 다 그만두고 너무 아득하지만 오로지 한 가지, 공부만 하면 됐고 그것으로 가슴 미어졌던 우리 지옥관 시절을 보다 따뜻하게 되돌아볼 염도 없이. 왜 그랬던가. 그에게 마지막까지 그 어떤 상실감을 안겨주고 싶지 않았던 알량한 마음씀이었던가. 더구나 오늘 밤만큼은, 그랬어. 얘기하더라도 나중에 또는 친구를 통해 알기를, 가급적이면 친구들 중에 가장 마지막으로 내 소식을 알게 되기를…… 진정 그러길 바랐던가.

그리고 무엇인가, 목을 휘감고 갑갑하게 만드는 건. 해일을 따라 밀려온 누런 반점의 바다뱀이었다. 아니, 그가 내게 딸려 보낸 뱀이라는 생각에 깜짝 놀랐다. 어디서 보았더라. 아차! 그 쓰레기통에 숨어 있던 뱀. 그 뱀을 처치하지 못하고 떠나왔구나. 나는 금방 끔찍한 악몽을 털어내는 데 힘겨운 싸움을 벌여야 했다. 그 등산용 자일은, 이미 오랫동안 준비돼 있던 도구가 아니었을까. 아니다. 그럴 리가! 나는 고개를 흔들었다. 그는 오늘을 넘기기 힘들었던 게 아닐까. 그러기에 나를 붙들어두려고 그렇게 애썼던가? 바다뱀은 목을 물고 늘어지고 있었다. 어쩐지 그가 말한 모든 얘기들이 하나의 완전한 그림을 위해 모였고 공포감을 불러일으켰다.

……참 이상한 일이야. 저승 사자가 오면 꼭 짝수로 사람을 데려가더라고. 차비가 아까워서인지 귀찮아서인지. 누가 언제 죽을지 아무도 장담할 수 없어. 분명히 멀쩡하던 사람까지 데려가는 데는 막을 길이 없는 거야…… 너 춥니?……

푸하하하, 이런 바보 같으니. 갑자기 차창으로 얼굴을 들이민 그가 웃어 젖혔다. 그깟 일 갖고 내가 네 발목까지 잡고 늘어지겠어? 너, 겁나서 도망가는 거지? 같이 있다가 어떻게 될까 봐! 자식, 잘

가라.

어쨌든 그는 이 위기를 스스로 넘겨야 하며 아무리 죽음이 그를 유혹하더라도 능히 넘기리라 기대하고 싶었다. 아직 죽음을 연기시켜주어야 할 사람들이 내일도 기다리고 모레도 기다릴 것이다.

고속버스에 오르자마자 나는 차내의 무선 전화기를 찾았다. 그리고 나오기 전 살펴둔 대로 그의 사무실에 전화를 걸었다. 앤서링 메시지가 나왔다. 지금은 부재 중이니 삐 소리가 나면…… 미안하다. 아무래도 집에서 부르는 것 같아서 올라간다. 우리 애가 모레 수술 들어가거든. 결핵성 척추염이라던데 도저히 너한테 묻기가 어려웠어. 별스럽지 않은 모양이고……

별스럽지 않다고? 그 어린 영혼이 누워 있을 겁나는 병실, 이제 어떤 고난의 길을 떠날지 모르는데…… 하지만 그렇게 말할 수밖에 없잖은가. 갑자기 가슴속에서 치받친 바다의 짠 물기가 눈알을 아리게 했다.

"오늘도 저희 심야 우등 고속을 이용해주시는 여러분……"

이제 떠나는가. 백중, 백중, 백중, 나는 무엇인가를 되뇌었고 멀리 종소리의 반향을 들었다. 아니지, 불종이라고, 그 도시 어느 곳의 이름인가. 백중이나 불종이나. 버스는 우주의 피치 못할 인력에 빨려 들어가듯 미끄러졌다.

엉겅퀴

엉겅퀴

　전화 벨소리에 잠이 깬 혜진은, 마치 먼 `길에서 돌아온 주인에 의해서 내팽개쳐진 빈 가방처럼 소파 한쪽에 쭈그려 있던 스스로의 자태를 보고 흠칫 놀랐다. 내가 아닌 누군가에 의해 결국 제자리에 와 있는 것이다. 그만큼 긴 무료함과 무료함마저 가만두지 않으려는 듯 아주 단조롭게 움직이는, 물놀이였다. 밀려왔다가 가뭇없이 밀려가는 잠결 속에 그녀는 몇 번인가 자지러진 듯했고, 이러다 끝내 잠결에 휘말려 질식하리라…… 차라리 기대하던 터였다. 아니, 그런 부풀려진 기대에 온몸이 휘감겨 막 절정감에 사로잡혀 있었나 보다. 무릎과 무릎 사이에 땀이 흥건히 뱄다.

　"그러고 보니 누리네 본 지도 꽤 오래된 것 같네요."

　그녀의 목소리는 여전히 달뜨고 무언가 이쪽을 끌어들이려는 기색이 역력했다. 혜진은 그런 그녀의 말투에 일종의 굴욕감을 느끼곤 했다. 먼저 전화를 거는 편이며, 제안을 하는 쪽의 여유라 할까. 그러므로 일단 방어의 자세가 되고 경계를 하는 것이 대개 이런 여자에 대한 자신의 처세였다고 자위하지만 그건 궁색한 변명일 뿐이었다. 왜냐하면 통화를 하는 동안 어느새 그녀의 화술이며 감정의 기복에 따라 자신도 똑같은 여자가 되고 한 템포 늦은 수다쟁이 편일 수 있다는 자각을 하기 일쑤였으니까. 세상에 대한 그녀의 호기심과 탐구력은 분명히 열정이라 할 만했고, 그런 만큼 잔 경험과 많은 이야깃거리와 감흥을 갖고 있는 그녀란 자신이 도저히 흉내 내기 힘든 현란한 족속임을 인정해야 했던 것이다. 그러고 나서 송송 구멍 뚫린 송수화기에서 기어나온 벌레처럼 왜소해져, 진이 빠진 상태로 다시 일상으로 돌아와 느끼는 불안감이란 온전히 자신의 몫일 뿐이라는…… 그렇게 혜진은 오랫동안 그녀와 신경전을 벌여온 터였다. 자신은 결코 그녀를 꺼려하는 게 아니라 단지 그녀와 다르다는 쪽에 있고 싶었다. 혜진은 자신보다 다섯 살이나 아래인 그녀의 젊음이며 미모보다 그녀의 여성다운 감성에 더 강한 질시와 때로는 천박한 경멸감을 갖고 있는 게 아닌지 자문해보곤 했다. 그리고 소스라치게 놀라며 거울 속에 빠진 한 덩이 연민을 끄집어내야 했다. 자신 역시 아직은 누구에게나 여성으로서 매력적으로 비칠 수 있다는, 강한 거부감이기도 했다. 늘 그런 뒤끝의 만남처럼 조금은 미안함으로 그녀를 대한다는 게, 또한 남의 기분을 위해 스스로를 속이는 것임을 모르지 않으면서 혜진은 미소 띤 말투로 대꾸해야 했다.

"그러게요. 추암에 다녀온 지 벌써 몇 달이 지난 것 같아요."

"같아요가 뭐예요. 벌써 석 달이 지났는데."

석 달? 그것밖에 안 됐던가. 혜진은 깜짝 놀라서 달력을 보았다. 그녀는 석 달의 의미를 3년은 넘은 듯 전했다. 그러나 이쪽은 소서가 지났는데도 아직 달력도 넘기지 않은 채였다. 마른장마가 계속되며 수은주가 연일 30도를 오르내리는 한여름이다.

"그런데 웬일이에요? 출근 안 하셨어요?"

혜진의 말에 저쪽은 기분이 상한 듯했다.

"웬일이라니요? 전화 걸면 안 되나 보죠?"

"그게 아니라……"

"오늘 난 모처럼 쉬거든요. 문희는 학교를 갔지만."

"그래요?"

그리고 아차, 생각해보니 그네와 만난 것은 연말에서 연초를 건너며 연이어지질 않았던가. 단지 해가 바뀌어 뜸해졌고, 오늘 그 사실을 일깨워주려는 듯 오랜만에 그녀가 전화를 건 것이다. 분명 제헌절 연휴쯤 어디로 가자는 그런 제의를 하지 않을까. 혜진은 지레짐작을 하며 숨을 골랐다. 두 집은 오랫동안 왕래를 하며 연휴가 아니더라도 자주 여행을 떠났고 대개 그 계획은 그녀의 충동에 따라 이루어졌다. 충동, 바로 그것이었다. 두 집을 하나로 꿰는 바늘 같은 동인이다. 두 가족은 아무런 망설임 없이, 또한 어려움이며 불편 없이 그녀가 꿈꾸는 곳으로 향하곤 했던 것이다. 여름이면 콘도를 빌려 휴양을 했고 겨울이면 마치 유행에 뒤지지 않으려는 일군과 같이 대관령 쪽으로 스키를 타러 갔고 봄가을이면 연휴를 이용해 산이나 외딴 섬으로 여행을 떠났다. 두 집의 회합은 혜진의 남편이 그녀의 남편과 같은 직장의 동료 관계를 떠나 다른 곳으로 옮기며 오히려 잦아졌고 때론 음악회다 연극이다 생일 잔치다 하며 다채로워지기까지 했다. 그것은 어느 집이고 감히 흉내내기 힘든 삶의 축복이며 향연이었다.

그러나 혜진은 점점 불안 속으로 빠져들고 있었다. 어느 때부터
인가, 이것은 내가 바라는 삶이 아니라는, 결국 내 인생이 아니라
는 반감과 맞닥뜨렸던 탓이다. 누군가에 의해, 또는 누군가를 위해
어울려지고 있다는 생각은 끔찍했다. 그러면서 스스로 그들과의
거리를 넓혀가길 무던히 바랐다. 어떻게든 이 세월의 어름에서 벗
어나 안전한 발판에 발을 내딛고 싶은, 그런 중년이 훨씬 지난 듯
하다. 이제 그 가녀린 소망마저 놓아야 할 때. 아직은 아닌데, 아닌
데…… 하지만 그렇게 만들어지고 있다는 현실 인식 때문이다. 사
실 그녀는 버림받고 있다는 사태를 똑바로 인정하고 싶은 건지 몰
랐다.

"저기…… 혹시, 누리 아빠가…… 말 안 하던가요?"

"뭘 말씀이에요?"

그녀의 물음은 전혀 뜻밖이었다. 혜진의 그런 내색을 금방이라
도 잡아챈 듯 그녀는 다시 주저하는 모양이다. 혜진은 재우쳐 물으
려다 그만뒀다. 대신 소파에 바로 앉아 귀를 쫑긋 세웠다.

"문희가 누리 아빠한테 아주 기분 나빠한다는……"

"네? 문희가, 누리 아빠를……"

혜진은 그녀의 말을 그대로 따라, 말끝을 흐렸다.

"글쎄, 애 아빠가 그런 얘기를 누리 아빠한테 전했을 줄 알았는
데 아니군요."

무슨 말을 하는지 혜진은 순간 혼란한 상태에 빠졌다. 이제 중학
교 3학년이 된 여자애가, 뭐가 뭐 보듯 데면데면하던 아저씨에게
갑자기 전하고 싶은 말이 있다는 사실 자체가 우선 당돌하게만 여
겨졌다. 기분 나쁘다는, 그것은 결코 전하기 위한 말이 아니라 화

살촉같이 어딘가 꽂히기를 바라는 의도였다. 그들 모녀는 이미 한 패가 돼 자신을 겨냥했는지 모른다. 혜진은 그녀의 갈라진 목소리가 슬쩍 다른 화제로 건너뛰기를 바라며 송수화기에 들어간 손아귀의 악력을 풀었다.

"듣고 있어요?"

"예, 예……"

"걔가 보기보다 고집이 세서…… 여간 걱정이 아니거든요."

혜진은 고개를 흔들었다. 그렇게 자주 만났어도 한순간, 만들려고 하면 도무지 떠오르지 않는 얼굴이 있다. 그러면 그럴수록 꼭 떠올려야 할, 그 사람에 대한 마음의 빚 같아서 골을 쥐어뜯는 대상이란…… 누구인가. 혜진은 그렇게 고통스럽게 문희라는 여자를, 그리고 그로부터 손가락질당한 한 남자를 떠올리려 애쓰다 기진맥진한 상태로 다시 소파의 한쪽으로 쓰러졌다.

"아니, 누리 엄마. 어디 아파요?"

그녀는 이쪽을 훤히 보는 듯 물었다. 혜진은 그렇듯 명민한 그녀의 감각마저 두려웠다. 그녀는 마치 어느 선전에서 본 첨단 화상 전화기 앞에서 통화를 하듯 자신의 모습을 환하게 잡고 말을 건네고 있는 것이다. 그러나 혜진은 그녀의 얼굴 윤곽마저 놓친 상태였다. 혜진은 금방 대여섯으로 늘어난 한 무리를 바로 보려고 애썼다. 그러나 단지 번뜩이는 까만 눈알이며 날카로운 발톱만이 어른거렸다. 순간, 히죽거리던 무리 중 하나가 덥석 달려들었다.

"이러지 마! 제발! 이러지 말라니까!"

여자는 필사적으로 짐승의 손을 털어내려고 발버둥쳤다. 하지만 털이 북슬북슬한 손은 집요하게 여자의 앙가슴을 파고들었다. 쉑쉑거리는 혓바닥은 어느덧 목을 스쳐 귀밑때기를 핥고 있었다. 훅— 한낮의 뜨거운 열기며 짓무른 땀냄새로 숨이 막혔다. 여자는 안간힘을 쓰다 짐승의 팔뚝을 물었다. 그러나 그것은 의수처럼 딱딱했다. 짐승은 흉포한 이빨을 드러내며 이윽고 몸 위로 올라탔다. 그 순간, 이미 여자의 손에는 포크가 쥐어져 있었다. 방금 전에 손님을 위해 준비했던 과일 접시 위의 포크였다. 여자는 땀으로 전 짐승을 힘껏 끌어안으며 그 등을 찍었다. 아얏! 그러나 포크는 대번 퉁겨졌고 여자의 손모가지는 뒤틀렸다. 으응? 이건, 마네킹이 아닌가. 벌거벗은 마네킹이 나뒹굴며 투박한 플라스틱 마찰음을 냈다.

혜진은 식은땀으로 흠뻑 젖어 깨어났다. 전화를 놓고 잠깐 텔레비전을 켰다가, 또 잠이 들었던 모양이었다. 더럭 겁이 났다. 약효가 몸속 아무 데나 떠돌다가 제 필요한 때 발휘되는 듯했다. 이러단 정작 오늘 밤도 불면으로 지새울지 모른다는 두려움…… 요즈음 들어 그 불안은 자신을 막다른 곳으로 몰고 있는 듯했다. 플라스틱 섹스라…… 혜진은 실소를 흘리며 베란다로 주춤 다가갔다. 벤저민과 관음죽 사이의 조그만 화분에 심은 씨앗이 제법 큰 모습이며 덩굴을 만들어가고 있었다. 아이의 숙제가 자라가고 있는 것이다. 혜진은 몇 번이고 그 식물의 이름을 알아내려다 포기했다. 요즘 들어 집 안에서조차 누리를 본 지도 꽤 오래인 듯 헷갈렸다. 아이는 학원에 갔다가 스포츠 센터를 들러 집에 오면 제 방에 처박히기 일쑤였고 도통 말이 없었다. 아이 역시 자기 때문에 점점 작아지고 있다는 생각을 하니 가슴이 미어졌다. 자꾸 회피하려고 하지 말고, 정면으로 다가가보세요. 신부가 소개한 정신과 의사는 말했다. 당신을 그렇게 만들고 있는 사람보다, 문제는 바로 당신 자신일 수 있는 것이니까.

자외선은 주름과 탄력을 관장하는 콜라겐과 엘라스틴을 파괴해서 피부의 탄력을 잃게 만들고 각질을 두껍게 만들죠. 또 멜라닌 색소를 증가시켜 기미나 주근깨를 만들고…… 텔레비전에서는 이제 과일이나 채소를 이용한 천연 팩을 만드는 방법을 소개하고 있다. 여러 가지 과일의 껍질을 벗기고 강판에 가는 모습이 이어졌다. 여기에 이렇게 밀가루와 베이비 오일을 조금 섞고, 아니면 물 한 잔에 해초 가루 반 찻술을 타서 섞으면 아주 훌륭한 팩이 되는 건데……

그 여자가 뭐라 했던가. 혜진은 그녀를 만나야 한다는 부담에서 아직 놓여 있지를 못했다. 왜 만나자고 했는지, 잠결에 깜박 잊고 말았다. 약은 그렇게 한 시간 전의 기억마저 날려 보내는 듯했다. 그것은 불면보다 더한 고통이었다. 왜 먼 과거의 기억은 멀쩡히 남겨두고 불과 몇십 분 전의 일은 분말처럼 만들어 흩어지게 하는 걸까.

의사의 말과 그 여자의 말은 뒤죽박죽 혼란스럽게 바뀌었다. 아니, 그들은 뭔가 자신에게 상담을 해줄 듯 기다리고 있는 것이다. 혜진은 막 실내로 쏟아지는 햇살을 막으려 베란다의 블라인드를 내렸다. 그 의사의 말이 맞을까? 이 상태로 가다간, 무슨 일이 벌어질지 모른다. 혜진은 어제 정리하다 만 앨범을 꺼냈다. 사진을 덮은 셀로판지들이 누렇게 변색돼 너덜거리는 앨범이었다. 무조건 정리하거나 버려라. 그렇게 해야만 치유될 듯한, 그것도 의사의 처방이었다. 혜진은 그때의 사진을 쫙쫙 찢어가는 일로 아직 잠들지 못하는 과거의 망령을 떨어버리고 있었다.

과연 저수지에서의 사진은 곳곳에 숨어 있었다. 앨범 이곳저곳이며 심지어 일기장 한쪽에서도 나왔다. 어찌 그렇게 태연스러울 수 있을까. 혜진은 그 불가사의한 기록에 몸서리쳤다.

사람들이 말하는 대로 그곳은 누워 있는 소 형상을 닮았다는 와우산의 외눈이었다. 그래서 와우목이라고도 부르고 와우지라고도 부르는 저수지였다. 어떤 이는 이런 말과 전혀 달리 와우란 달팽이의 와우(蝸牛)를 일컫는다고 했고, 와우지란 달팽이 눈깔을 말한다고 했다. 낚시를 하러 간다며 이곳으로 혜진을 부른 남자는 마을의 오랜 전설을 들려주었다. 이곳에 바닥이 드러나면 객지로 나간 누군가 횡액을 당했다는 그렇고 그런 얘기. 그리고 남자는 말했다. 자기로서는 소의 눈에서 낚시를 하는 것보다, 달팽이의 눈깔에서 낚시를 하는 편이 더 재미있을 거라고. 재미뿐 아니라, 그래야 한 마리라도 더 고기를 많이 잡을 듯하다는 그의 객쩍은 소리는 혜진의 마음을 금방 누그러뜨렸다. 그와 세번째 만남이었던 때, 전혀 지척을 알 수 없는 낯선 곳으로의 동행이란 그만큼 모험이었던 것이다. 평일이라 그런지 다른 낚시꾼도 없었지만, 음험한 어떤 눈길인가 그들을 내려보고 있는 듯했다. 혜진은 연신 저수지 주변을 두리번거렸다. 그러나 남자는 낚싯대를 걸치자마자 강술을 들이켰고 한눈을 파는 듯했다. 그가 챙겨온 노란 비닐의 물고기 통에서는 뜻밖에 카메라가 나왔다. 혜진은 그가 무모한 일을 벌이려 한다고 생각했다. 방죽을 따라 도망가던 여자가 돌아서며 손사래를 친다. 반쯤 어그러지며 이쪽을 흘기는 표정. 혜진은 몇 번 망설이다 그 사진을 잡았다. 어쩌면 그것은…… 그 남자가 가장 아끼는 여자의 첫인상일지 모른다.

"사실, 낚시보다는 사진에 더 취미가 있는 편이라……"

"이제 보니, 그게 아닌 것 같아요. 고기를 낚으려는 게 아니라……"

여자는 까르르 웃었다. 남자는 더부룩한 머리털을 긁적이는 포즈였다. 여자가 잡은 그의 첫인상이며 가장 좋아하는 모습이다.

"물론, 오늘은 진짜 대어를 잡아야겠다고 작정했죠."

남자는 연신 카메라 셔터를 눌러댔다. 저수지 맞은편으로는 울창한 숲이 그늘 그림자를 드리우고 어느 결엔가 뭉게구름이 피어올랐다. 꼬리를 틀어 문 잠자리 쌍이 물을 차며 더위를 식히는 한여름의 저수지…… 그건 평화며 영원의 한 자락이었다. 여자는 그 남자가 만들어준 고요 속으로 파묻히고 싶었다. 산새의 울음 소리며 비릿한 물냄새 풍기는 무대, 그리고 짙푸른 계절의 장막 속으로 한 걸음 한 걸음 옮겨가며 여자는 연출자의 지시대로 움직이고자 했던 것이다.

그러나 어느 순간이었던가, 그것은 산속에서 뛰어나온 짐승이었다. 그의 우악스런 손길은 여자를 순식간에 나락으로 밀어뜨렸다. 도저히 예기치 못한 사태였다. 여자는 연신 그를 밀치며 비명을 질렀다. 자신의 몸속에 숨어 있던 또 다른 여자가 아닌가. 짓이겨지는 풀 냄새며 짐승의 땀내로 숨을 쉴 수 없었다. 풀어헤쳐진 어깻죽지로 가시가 배겼고 잠복해 있던 벌레들이 살점을 파먹을 듯 기어올랐다. 뭉게구름은 누런 고름 덩이처럼 쏟아지고 있었다. 그리고 물끄러미 이쪽을 내다보던 그림자. 여자는 자지러졌다. 잠깐 빗방울이 듣지 않았다면 금방 독초라도 됐을까. 지독한 샴푸 냄새가 풍겼고 끈끈한 점액질로 눈이 쓰렸다. "진짜…… 처음이었어?"

남자는 믿을 수 없다는, 아예 사기라도 당한 듯한 표정이며 그 허탈감을 어떻든 채우려는 비굴한 말투로 물었다. 그런 줄 알았다면…… 어떻게 하든 간직했어야 할 물건을 깨버리기라도 한 양, 꼭 그런 어린아이의 표정이기도 했다.

"……"

여자는 아무 말 않고 손수건으로 가랑이 사이로 흘러내리는 선혈을 그가 눈치 채지 않게 찍어냈다. 그 손수건은 남자가 두번째 만날 때 전해주었던 선물이었다. 남자는 미술관 앞 아스팔트 바닥에 털썩 주저앉으면서 자신에게는 그 흰 손수건을 내주었었다. 여자는 손수건이 그렇게 쓰인 것에 진저리를 쳤다. 세번째지만, 이제 끝난 것이라고 생각했으므로……

"미안해."

남자가 돌아와 있었다. 처음 만났을 때 쇤베르크의「첫 발자국」을 들려줬고, 그 다음엔 테두리에 금박이를 한 손수건을 건넸고, 마지막으로 낚시터를 구경시킨 그 남자였다. 그의 의도는 그렇게 치밀했을까. 그러나 여자는 그의 얼굴을 바로 볼 수 없었다. 세상은 붉게 물들어 있었다.

"……"

아무 말 하지 않기를, 여자는 침묵으로 항변했다. 그러나 남자는 흥분된 상태 그대로인 듯했다. 미안해. 나도 모르게 그만…… 사랑해. 그의 뜨거운 입김이며 술냄새가 귓불을 스치며 역겨움을 자아냈다. 이번이 처음이 아닌 듯 여겨졌다. 사랑이라고 했던가. 여

자는 그가 어느 나뭇가지를 잡고 훑어내린 나뭇잎 같은 그 말뜻을
되뇌었다. 후드득후드득— 드디어 장대비가 쏟아지기 시작했다.
남자는 여자를 부축해 일으켰다. 그때, 눈앞에 무언가 어른거리기
시작했다. 저수지 한복판으로 주름진 물결이 이는 모습. 낚싯대가
돌아다니고 있는 것이다.

이번엔 감초 팩을 만들어볼까요. 물 반 잔에 레모나 반 포를 넣
어 녹인 후 감초 가루 한 찻술에 밀가루 한 큰 술을 넣어 섞습니다.
그리고 감초 달인 물을 거즈에 적셔 팩을 하면 되는데……

혜진은 텔레비전을 껐다. 늘 그렇게 켜 있는 텔레비전으로 혜진
은 잡생각을 피할 수 있었다. 아니, 금방 피하 조직에 통증을 불러
일으킬 망상으로 빠지지 않을 수 있었다. 그러나 이제 의사의 주술
대로 혜진은 그 깊은 곳, 와우지로 다가가고 있는 것이다. 어떻게
살아왔는지 모를 심연으로……

돌아오는 길에 남자는 힐끔 혜진을 보고 혼잣말을 우물거렸다.
그리고 아직 여미지 못한 여자의 가슴 옷섶에서 무언가를 끄집어
냈다. 담홍색 꽃에 가시 받침을 이고 끈끈한 점액이 벌레처럼 들러
붙던, 엉겅퀴였다. 허공을 할퀴던 여자가 잡아챈 야생의 증거. 꽃
봉오리 가득 독침이라도 물고 있는 형상이 맵살스러워 보이는……

혜진은 눈을 파고들던 그 점액의 쓰라린 느낌으로 자꾸 눈을 비
볐다.

그리고 사랑이란 걸 했던가. 아니, 체념이겠지. 혜진은 물끄러미
사진 속, 남자의 뒤로 흘러가는 저수지의 풍경을 본다. 모두가 그
러하듯이, 그러하리라고 믿으며 결혼을 하기까지…… 어떤 일이
있었던가. 도무지 아무런 기억도 떠오르지 않았다. 단지 결혼을 했

단 말인가. 믿을 수 없는 과거, 그 여자가 다시 이쪽으로 다가오고 있었다. 제방을 따라…… 혜진은 그 여자의 첫인상을 똑바로 보고 싶었다. 깊게 그늘진 얼굴…… 아니면 무엇을 꿈꾸고 있는가.

주저주저하며 혜진이 병원을 찾았을 때 의사는 남편의 변태 행위를 호기심 있게 파고드는 듯했다.

"그렇게 목을 조르면서…… 행위가 가능했단 말인가요?"

"모르겠어요…… 그냥…… 엎어진 상태로……"

"그리고 저쪽에선 끝내 사정을 하지 못하고……"

혜진은 눈살을 찌푸렸다. 그는 의사가 아니라 남자의 입장으로 자신에게 육박해오고 있다. 산부인과에서 밑을 훤히 보이던 때와 또 다른 수치스러움이었다. 허연 회백질의 골을 드러내야 하는, 그 것을 툭툭 쳐보는 의사에게 전존재를 내맡김으로써 이는 공포감과 다름아니었다.

"행위를 하려는 게 아니라, 시위를 하려는 태도 같았어요."

"시위라면…… 가정에서라든가 부인에게서는 아니고 필시 직장에서의 스트레스 때문일 텐데……"

의사는 돌아서며 뭔가 짚이는 게 없냐고 재우쳐 물었다. 이때는 금방이라도 범인을 찾아내려는 듯한 코맹맹이 형사 콜롬보의 모습이었다. 그러나 그의 추정은 금방 혜진의 기대를 비껴갔다.

"혹시…… 부인이 은연중 그런 상태에 동조하거나…… 말하자면, 거기서 자학과 도피적 심리의 엑스터시를 느끼진 않았는지 잘 생각해보세요. 단순히 남편이 폭력에 기대지는 않았을 테니까요."

혜진은 당장 상담을 그만두고 뛰쳐나가고 싶었다. 그 치한이 어떻게 했는지 알아? 올라타서 머리채를 바짝 끌어 올리며, 야이 씨팔년아, 니가 원하는 건 이것뿐이야. 이걸 못 해서 안달이 난 거야. 어쭈 이 개씹 같은 년이……, 가만있지 못해…… 그렇게 개에다 박는 거였다고. 개 밑구멍이 푸르르 경련을 일으킬 때까지…… 그런데…… 엑스터시라고? 너도 그렇게 막대기를 휘두르고 싶겠지. 혜진은 의사의 충혈된 눈을 바라보았다. 그는 정도 이상 많은 환자들을 보고 감염돼 있는지 모른다. 또 다른 변태를 감추고 있을 뿐 아닐까. 그러나 혜진은 입을 닫았다. 벌써 한참 후회를 하고 있었다. 차라리 약국에 들르거나 산부인과에 들러 아랫배를 무직하게 하는 상처를 살폈어야 할 일을…… 상담이란 결국, 상대가 하고 싶은 말을 끄집어내게 하고 들어주는 일이라고 하지 않던가. 어디에고 하소연할 길 없는 속마음을 길거리 여자처럼 질질 흘리는 게 아니라면, 값싼 처방을 믿고 상처를 헤집어본 꼴이 아닌가. 단지 신경 안정제 몇 알을 얻으면 그만일 일을 갖고.

혜진은 고개를 흔들었다. 사실, 이곳에 와야 할 사람은 내가 아니라…… 그 남자라는 사실을 확연히 일깨워주고 싶었다. 그런데 의사는 자신을 꼭 어느 곳엔가 몰아가고 싶어하는 것이다. 아무래도 좋아요. 그가 어떤 짓을 하든. 난, 단지 잠을 못 이루고 있을 뿐이에요. 혜진은 목구멍까지 치받는 설움을 꾹 눌러야 했다.

남편에게 들씌울 만한 혐의란 무엇인가. 그는 직장을 옮긴 후 부쩍 후회를 하곤 했다. 장래성이 있어 보였던 그곳은 그전의 문희 아빠와 같이 호형호제하며 지내던 곳과는 생판 다른, 정글이었다. 위세며 유명세만큼 악어들의 싸움도 거칠고 중간에 들어온 놈에 대한 텃세도 만만치 않았을 터다. 그는 이내 원치 않는 총무 부서의 교육 훈련 팀장을 맡았고 매일 목구멍에 센 파줄기를 집어넣은 듯 칼칼거리며 집에 돌아오곤 했다. 근래 들어서는 시내 각 지점을 대상으로 한 대대적인 교육 프로그램을 한다며 초죽음이 돼 있었다. 그러나 그 때문은 아니다. 교육 훈련이란 실적을 요하는 게 아니었고 언제나 그에게 일은 무더기로 몰려다녔으니까.

단지 여자가 많은 직장이므로 가끔 불편을 얘기했고, 기껏 반사적으로 쏟아내던 불만 아니었던가. 요즘 직장 여자들 살판났어. 젠장, 고평법이다 남녀 차별 금지법이다 성폭력 권리 헌장이다 뭐다…… 이건 남자들을 완전히 짐승 취급하는 판이니…… 더러워서 직장 다니겠나 원…… 그때만 해도 혜진은 일복 많은 그의 투정으로 흘려들었다. 실상 그가 그런 기구들에 대해 야유를 보낸 건 딱 한 번, 술에 취한 채 자정 무렵 회사 동료들을 집으로 불러들였을 때였다. 그 성폭력 권리 장전이란 거…… 아주 대단해. 어떤 피해자도 피해 입기를 원했거나, 피해를 당할 만했거나, 피해를 유발하지 않았으며, 폭력으로부터 살아 나온 모든 성폭력 피해자에게는 인간으로서의 존엄성을 지닌 인격체로 존중받을 권리가 있음을 알아야 한다. 그는 마치 초등학교 때 달달 외워야 했던 국민교육헌장을 풀어내듯 또박또박 헌장을 토해냈다. 과일을 썰고 있던 혜진은 정도 이상 커진 그의 목소리를 끝내 외면할 수 없었다.

"이거 봐. 그 권리에 말야…… 재판 과정에서의 권리니 진료에서의 권리니 다 좋다 이거야. 그런데 일상적인 권리란 게 뭔지 알아? 읊어볼까? 순결을 상실한 것으로 간주되지 않을 권리, 불면, 불안, 악몽, 두려움, 초조함, 뭐 이런 걸 표현할 권리, 피해에 대해 주위에 말할 권리 또한 말하지 않을 권리…… 또 뭐냐면, 두려움에서 벗어나 스스로 삶에 대한 자신감을 되찾을 권리…… 이만하면 대단하잖아?"

혜진은 남편이 필요 이상 톤을 높였고 이쪽을 힐끔 쳐다보았음을 놓치지 않았다. 키위를 자른 칼날의 푸른빛이 서늘하게 가슴 한쪽을 스쳤다. 그는 자신을 감추고 있었던 것이 아닌가! 오랜 세월, 아무 말 없이, 잊은 듯 감추며 살아온 무언가가 술기운에 삐쭉였다 사라진 순간, 혜진은 소스라치게 놀랐다. 그는 도마뱀처럼 자신의 꼬리를 자르고 금방 도망가버린 것이다. 그의 동료들은 와아— 소리를 지르며 그를 몸속으로 감추는 듯했다. 혜진은 보아서는 안 될 것을 본 듯 아이의 방으로 몸을 피했다. 그러고도 잠든 아이를 차마 볼 수 없어 그냥 침대 아래 무너졌다. 언젠가 그는 말했다. 저건 저수지에서 건진 거야. 저수지에서 건진 도마뱀이야. 혜진은 그가 자기 연민에 빠져 있다고 단정했다.

그러나 그것도 그를 변하게 만든 진짜 이유로 보이지 않았다. 말하자면, 그 어떤 짐승으로서의 열등감을 드러내고 있다고 믿을 만한 아무런 조짐 없이 그는 늘 바쁘게 출근했고, 누리에게 많은 시간을 내주지 못했을 뿐 웬만한 아빠로 여겨지고 있었다.

아무튼 그는 삶을 오로지 자기 것으로 사랑하고 있지 않은가. 결코 자기의 가정을 버릴 남자가 아니다. 한 여자에 대한 사랑이 바람처럼 지나갔다 하더라도, 여자가 속한 세상을 사랑하고 있는 것이다. 그런 사랑의 몸부림이며 고통스러워함이 아닌가. 아니, 그는 무언가에게 쫓기며 허우적대고 있는 것이다! 그가 많은 남녀 직원들에게 그 공부를 시키고 있으므로, 고통받고 있다는 엄살이란…… 변명일 뿐 아닌가. 그는 분명 생을 저주하며 제 분을 못 참고 있다. 그 어미의 자궁에서 빠져나오며 뒤집어썼던 개흙물을 기억하고 있는 듯…… 아무것도 사랑하지 않고 있다.

혜진은 의사에게 말했다.

"그래요. 사실은 가끔…… 쾌감을 느꼈어요."

의사는 복잡한 의학 용어를 동원했지만 결국 그 남자를 이해하고 그럴 때일수록 따뜻이 배려해야 한다는 식의 처방을 내렸다. 그렇게 잘못 받아들였을 수도 있다. 또한 그가 스트레스를 받는 건, 엄연한 현실이라고. 문제는 당신에게 있는 것, 떨쳐내버리지 못하는 망상 때문이라고 했다. 그게 과연 무엇인가 돌아보고 정면으로 마주쳐보라고 권했던 것이다.

문희 엄마는 레이스 소재의 곱고 화사한 하늘색 재킷에 가슴의 반은 드러낸 듯한 흰색 블라우스 차림으로 나타났다. 자신을 만나기 위해서가 아니라 이곳에 잠깐 들렀다가 누군가를 만나러 가려는 행색이 틀림없었다. 혜진은 그럼으로 자신이 또 가볍게 여김받았다는 생각보다 어쩌면 그녀가 보자던 용무가 생각보다 가벼운 것이리라고 안도했다. 그러나 그녀는 앉자마자 인사를 하는 둥 마는 둥 하고 말을 꺼냈다.

"나도 애가 이 정도로 심각하게 바뀔지는 전혀 몰랐어요."

"애 아빠가 뭐라는데요?"

그런 둔감한 표정이 그녀의 감정을 돋운 모양이다.

"애를…… 건드렸다는 거예요."

혜진은 그녀가 뭐라 했나, 반사적으로 되물었다.

"애 말로는…… 누리 아빠가 애 가슴을 만졌다는 거예요. 그러니까…… 그 아저씨한테 …… 그 뭐 요즘 하는 말로 성폭력을 당했다는…… 그런 얘기죠. 그런데 정말 모르셨단 말예요?"

"폭, 폭력이라고요?"

혜진은 일순, 까무룩하게 꺼지는 의식을 가까스로 붙들었다.

"누가 아니래요. 도무지 내 입으로 꺼내기도 싫지만…… 아예 공부를 않겠다고 나자빠졌으니 이 일을 어떻게 해요. 누리 엄마도 얘기 들어 알겠지만 중학교 들어갈 때만 해도 전교 1, 2등을 다투던 애였잖아요."

혜진은 믿을 수 없는 사실만큼 그녀가 거침없이 드러내놓는 감정에 고개를 흔들었다. 그러나 그건 어디까지나 마음뿐이었다. 그녀가 뭐라 하든 자신은 조용히 들어야 하는 처지였다.

"언제…… 어디서…… 그런 일이 있었답니까?"

"작년 연말이었잖아요. 집들이를 한다고 우리집에 초대했을 때……"

그때 남자는 방에서 튀어나오며 인사를 하던 문희를 끌어안았다는 것이다. 늘 있는 듯 없는 듯하다 어느덧 아이 티를 벗고 보송보송한 몸매를 갖춰가던 소녀에 대한…… 감탄이었겠지. 그 남잔 꼭 너 같은 딸 하나를 갖고 싶다고 했으니. 아니라면 주책없는 오버센스였겠지. 혜진은 그 집에 대한 그의 태도가 자상함을 넘어 심지어 구접스러움이라고 생각하곤 했다. 무언가 꿀리는 듯한 자세며 쓸데없이 헤픈 웃음이며 감정을 흘리는…… 때론 그 이유가 그 여자의 성적 매력 때문은 아닐까 하는 불결한 상상에 빠지기도 했다. 그러나 아니라는 얘기였다. 소녀는 그때 질겁했다는 것이다. 남자가 가슴을 만졌다고 했다. 어쩌다 건드린 거겠지. 아니라, 분명히 만졌다는 얘기였다. 만져졌다는 거겠지. 혜진은 그래도 물러서고 싶지가 않았다. 도대체 식구들이 왁자지껄 떠들며 만나던 거실에서 무슨 생각으로 아이를 만질 수 있으며 그럴 계제가 된단 말인가. 그것도 여자라고…… 그렇게 의심을 품고 반문을 하는 표정까지 그 여자는 놓치지 않는 듯했다. 점점 취조를 하는 식이었다. 아이가 그러더군요. 언젠가 누리 아빠가 쓸데없이 아이의 방에 가서 아이의 의자에 앉아 있었다고. 아이 책상이며 방은 결국 제 고집대로 바꿔줬어요. 혜진의 묵묵부답에 그녀는 더욱 비위가 상했는지 모른다. 내가 생각하기엔 누리 아빠의…… 그게 닿은 게 아닌가…… 생각되더라고요. 여자는 이제 힘들이지 않고 말했다. 혜진은 물었다. 아이가 그렇게 말했냐. 그러자 여자는 설혹 그랬다 하더라도 그걸 아이가 말했겠느냐, 고 쏘아붙이다시피 했다. 그렇다면 그건 문희 엄마의 일방적 추측 아니냐. 아니, 중상모략 아니냐. 혜진은 그러나 그녀가 몇 잔째 물을 비우고 담배를 피워 물도록 아무 대꾸도 할 수 없었다. 식구들의 모임에서 볼 수 없던 그녀의 흡연은, 혜진으로서는 이미 눈치 채고 있던 사실이지만, 이쪽의 기를 꺾으려는 계산된 의도로 보였다.

"역시 끝까지 믿지 않는 기색이지만…… 어쩌겠어요, 사실인데."

그리고 작년 크리스마스에 두 집 식구가 노래방에 갔을 때 사건을 덧붙였다. 그때 누리 아빠가 좀 이상했어요. 뭔가 불만이 가득하던 표정 말예요. 아니, 그때 남편은 회사를 옮기고 힘들어하던 때였죠. 그런데 왜 아이한테 그렇게 키스를 하려 했는지, 이상하잖아요. 키스가 아니라 귀여워하는 제스처 아니었을까요. 아이가 얼마 전에 또 그러길, 그 사람이 자기 입 속으로 혀를 들이밀려고 했다고요. 그렇게 상상하기 시작했나 보죠. 걔가 원래 좀 이상한 아이 아니었던가요? 아, 기억난다. 어린것한테 이상한 결벽증이 있는 거 같다고…… 혜진은 여자의 말에 마음속으로 조목조목 반박을 하고 있었다. 이봐요. 아무리 그 사람을 모독해도 정도가 있지. 그 사람이 치한이라도 되는 듯 몰아붙이는군요. 혜진은 그녀를 싸늘하게 쳐다보았다. 그러나 그녀는 그보다 더 격앙돼 있었다.

"그런데…… 벌써 반년이 넘은 지금에 와서야…… 왜 그런……"

혜진은 그녀가 아닌, 아이에게 따지고 싶었다.

"미래성이라는 청소년과 부모를 위한 성교육 프로그램 있죠. 거기 그 유명한 강사가 그랬다더군요. 이성 간의 어떤 접촉이든 불쾌감을 주는 것은 성폭력이라고. 아이는 이제야 깨달았다는 거였어요. 늘 불안스럽게 마음을 짓누르던 병을……"

아! 그 미친년 얘기를 잘못 들었나 보군요. 혜진은 부르짖었다. 어쩌다 그 텔레비전 프로그램을 보던 혜진이 받은 고통이란, 그것이었다. 저 사교의 목소리…… 도무지 경험이라곤 어떤 것도 가져보지 못했을 당신이 무얼 알고 떠든단 말인가. 폭력이 정말 무언지, 정작 잊고 싶어하는 상처의 아픔이 무언지. 교주는 기어코 잠자던 혜진의 영혼을 뒤흔들지 않았던가.

"그래…… 내가 어떻게 해야 하죠?"

"분명한 건…… 아이가 고통을 받고 있다는 사실이에요. 어떻게 하든 저 상태를 해결해줘야 할 텐데…… 난 애 아빠가 누리 아빠에게 벌써 뭔가 말한 줄 알았거든요."

미안해요. 그러나 혜진의 사과는 입 속에서 되삼켜졌다. 그 건…… 남자의 문제가 아니라 아이의 문제일 수 있겠네요. 그 정 도를 이기지 못한다면……

그런 한참의 침묵이 흐른 뒤 혜진은 떠밀리듯 말했다.

"어쨌든, 미안하네요."

"그간 정분도 있고 차마 할 말씀은 아니지만…… 사과로 끝날 일이 아닐 것 같아요. 애 때문에……"

여자는 오금을 박으며 일어섰다.

기진맥진한 상태로 여자를 보내고 혜진은 솟구치는 슬픔과 고통 을 어쩌지 못했다.

누가 누구를 위한 변호를 했던가. 짐승을 위한 변명이며 변호가 아니라 제 스스로를 지키기에 급급했던 싸움 아니었던가. 혜진은 타다 남은 담배꽁초에서 흩어지는 희뿌연 연기를 보며 넋을 잃고 말았다.

— 알렐루야.

— 나를 떠나지 말아라. 나도 너희를 떠나지 않으리니. 나를 떠 나지 않는 사람은 많은 열매를 맺으리라.

— 알렐루야.

혜진은 스테인드 글래스에 새겨진 수태 고지 장면을 흩뜨러뜨렸 다 모으고 다시 흩뜨러뜨렸다 모으며 복음 환호성을 올렸다.

— 마태오가 전한 거룩한 복음입니다. 예수께서 제자들에게 말 씀하셨습니다. '거짓 예언자들을 조심하여라. 그들은 양의 탈을 쓰 고 너희에게 나타나지만 속에는 사나운 이리가 들어 있다. 너희는

행위를 보고 그들을 알게 될 것이다. 가시나무에서 어떻게 포도를 딸 수 있으며 엉겅퀴에서 어떻게 무화과를 딸 수 있겠느냐? 이와 같이 좋은 나무는 좋은 열매를 맺고 나쁜 나무는 나쁜 열매를 맺게 마련이다. 좋은 나무가 나쁜 열매를 맺을 수 없고 나쁜 나무가 좋은 열매를 맺을 수 없다. 좋은 열매를 맺지 못하는 나무는 모두 찍혀 불에 던져지는 것이다.' 주님의 말씀입니다. 그리스도님을 찬미합니다.

강론 후 잠시 묵상이 이어질 때, 혜진은 이미 제정신을 잃고 허우적대고 있었다. 요즘 들어 한 번도 그 고요와 평안의 축복을 받지 못하고 망념 속에서 깨어나기 일쑤였다. 마귀는 혜진의 패배를 예감하고 마지막 숨통을 물고 늘어지는 게 아닌가. 혜진은 고통으로 비명을 지르며 가슴을 쥐어뜯었다. 저리 비켜! 비키라고! 그러나 여자는 요사스런 표정으로 다시 나타났다. 그날, 백화점에서 남자에게 넥타이를 매주다 혜진을 보고 기겁을 하던 여자였다.

"누리 엄마, 절대 오해하지 마세요. 그 남잔 우리 부서 실장님이었어요."

훨씬 뒤에 아무렇지도 않은 듯, 그러나 짐짓 이쪽의 눈치를 살피며 여자가 변명을 해왔을 때 혜진은 자못 여태까지의 굴욕감을 만회한 듯 넉넉한 여유를 부릴 수 있었다.

"글쎄, 전 문희 엄마 애인인 줄 알았지 뭐예요."

오히려 노골적으로 자신을 위장하며 혜진은 고소함까지 느끼지 않았던가. 그렇게 감쪽같이 세상을 속이고 아무렇지도 않게 가정으로 돌아가며, 또 다른 이웃과 아무렇지 않은 표정으로 뒤섞일 수 있는 여자란…… 확실히 자신과 다른 종류가 아닌가. 세상이 제

숨은 뜻대로 만들어준 것일까. 아니, 본능적으로 자신을 알고 자신의 욕구며 감정에 충실하고 자유로운 여자…… 질시하면서 부러워할 수밖에 없는 여자였다. 그녀는 직장을 다니며 인근 신문사에서 운영하는 문화 강좌를 몇 년 동안 거르지 않고 받으며 볼링이다 스쿼시다 에어로빅이다 해서 줄기차게 몸매를 관리하며 휴가 때마다 해외 여행을 다녀오곤 했다. 그녀가 두 집 식구들을 동원해 즐기는 여행이란, 자투리 여가 선용에 불과한 일임을 혜진은 일찍이 눈치 챘고 그것이 일면 자존심을 상하게 한 바였다. 오로지 집 안에서 남편과 아이의 뒤치다꺼리를 한다며 자신을 죽이고 기껏 텔레비전을 통해 세상을 보는 자신은 무엇인가. 아니, 자존심이란 못난 열등감에 불과한 것이다. 자신은 그 어떤 경우에도 뭇 남자를 쳐다볼 수 없는 불구라는 사실이 새삼 가슴 저리게 되뇌어졌다. 도대체 그 연유를 알 수 없는, 그거야말로 열등한 본능이 아닐까. 세상에는 각자의 색깔과 그에 따른 역할이 있는 법이므로 그녀는 파도가 치는 한 파도타기를 하며 자기 인생을 즐기겠지.

그러므로 그녀는 무죄다! 혜진은 적어도 그녀의 불륜에 대해서만큼은 관대하고 싶었고, 한편 그렇게 해서라도 그녀에 대한 신경전을 털어내고 싶었던 것이다. 그녀는 이쪽과 다른 저쪽 부류의 완벽한 권리를 누리며 책무를 다하고 있을 뿐이다. 그러나 그것은 혜진의 빈약한 방어 심리에 불과했다. 여자는 이쪽이 방심할라 치면 뭔가 치고 들어올 기세가 아니었던가. 호시탐탐 반격의 기회를 노려왔을까. 어쩌면 이번 일도…… 그녀가 딸을 내세워 꾸민 모함일지 모른다. 여기까지 이르러 터질 듯한 생각을 일단 접어뒀던 터였다.

　도대체 그들은 누구란 말인가. 부정한 여자, 그 여자의 딸, 그 딸을 유린했다는 남자……

　자신의 인생에 들어와 잠자리를 어지럽히는 사람들. 그들은 스테인드 글래스를 투과해 들어오는 빛을 받아 환영처럼 어른거렸다. 그들은 한 치의 오차도 없이 대본에 따라 연기를 하는 게 아닌가. 자신은 아무런 역할도 없이 무대에 올라와 두리번거리고 있을 뿐.

　남편이 정말 그 아이를 건드렸을까. 그리고 문희 아빠로부터 그 어떤 얘기를 듣고 고민하는 건 아닐까. 어쩌면 그렇게 흔들리며 고통을 받고 있을지 모른다는 생각이 들었다. 자신의 입장과 똑같이 수치심이며 또는 반감을 느끼며 가족에게 차마 말은 못 하고 전전긍긍하고 있지 않을까. 차라리 그에게 진실을 들어야겠다. 혜진은 그렇게 골백번은 더 다짐했다가 슬그머니 끓어오르는 부아를 삭여야 했다. 요즘 들어 더욱 수척하고 말없는 그를 대하는 일조차 고역이었다. 그는 스스로의 내상으로 충분히 괴로워하고 있을 법하다. 젊은 날의 무모하고 불온한 첫 경험으로 인해. 그럴 수 있었던 가해와 피해의 입장이, 혹은 사랑이란 이름으로, 운명이란 엮임으로 인정될 수 있었던 것이…… 어느 때부터인가 입 밖에 낼 수 없는 폭력이란 다른 이름이었다는 사실을 깨달음으로써 느꼈을 허망함, 그것 아닐까. 그 스스로 회사원들을 위한 교육 담당자가 되어 위선의 탈을 뒤집어쓴 채 감내했어야 할 고통. 세상은 그렇게 바뀌었고 그의 과거를 끌어내 정죄하고 있질 않은가. 남편은 이제 더 이상 이런 사회에 견디기 힘든 족속으로 밀리고 있는지 모른다. 자신도 모르는 이상한 짓거리로 여자들의 시선이며 손가락질을 받으며 이윽고 폭탄처럼 터질지도 알 수 없는 일이다. 씨팔년들……
다 쓸어버려야 해. 이건 뭐 완전히 여자들 살판이라고…… 그의
욕설은 분명 위험 물질, 그 자체와 다름없었다. 그는 잔뜩 독기를
품은 두꺼비처럼 자기를 방어하고 있는 것이다. 그의 과거는 아름
답지 못했고, 결혼은 원천적으로 무효였다. 왜냐하면, 그의 아내는
아직도 성교의 마지막 순간이 무언지 모르고 자주 고통으로 일그
러진 표정을 짓지 않는가. 혜진은 직장 여자들과 목하 또 다른 신
경전을 펴고 있을 남편을 생각하며 어느덧 그의 입장으로 돌아갔
다. 그 원죄가 결국은 자신에게 있지 않을까. 애당초 그 남자와 헤
어져야 했던, 인연이 잘못 꼬이고 꼬여 오늘 낮과 밤의 뒤틀린 불
면으로 이어지는 것이 아닐까.
    아니다. 혜진은 도리질쳤다. 그는 아직 아무런 위험도 직감하지
못하고 있다. 그가 짓누르고자 하는 여자들로 인해 혜진의 내부에
서 커가는 소름 끼치는 것이 무언지. 자신이 벌써 몇 주째 약으로
연명하고 있다는 사실을. 이젠 저수지로 돌아가 깊이 잠들고 싶어
함을.
    하얀 물결이 일렁이는 세상 밖에서 영성체송이 들렸다.
    ―우러러 주님을 보아라, 기꺼우리라. 너희 얼굴 부끄럼이 있을
리 없으리라.

    "이 씨팔년, 이리 와…… 속을 다 찢어발길 테니…… 어어
쭈……"
    남자는 더욱 난폭하게 머리채를 끌어당기며 날뛰었다. 어깨 위
로 땀방울이며 끈끈한 타액이 흘러넘쳤다. 으음, 으으음―

"내가 언제 아줌마하고 통화하고 싶댔어? 난 당신같이 멍청한 여자 말 듣고 싶지 않아. 당장 그 남자 좆 잘라 갖고 와. 그럼 용서할 테니……"

아이는 무섭게 소리를 질렀다. 피가 거꾸로 솟는 황당한 욕이었다. 전화를 바꿔준 여자의 농간일지 모른다. 혜진은 부르르 떨며 아이의 앙칼진 목소리를 들었다.

"하긴, 아줌마가 무슨 죄가 있담. 그런 짐승과 사는 게 불쌍하지."

"애! 문희야. 아무리 화가 나도…… 그렇게 말하면 되겠니?"

어떻게든 칼날을 피하고 싶기도 했다.

"그거 못 해요? 아까워서? 또 빨아야 하니까? 그럴 테지."

결국 돌아버린 것이다. 그 어미의 농간이 아니라, 스스로를 이기지 못하는 결벽증과 의심으로 미치고 만 것이다. 순간 온몸에서 바늘이 솟는 듯한 통증이 일었다.

"문희야. 네가 무슨 일을 당했는지 모르지만……"

"흥! 너도 똑같은 년이야. 그 새끼가 얘기 안 했어?"

"…… 내가 사과할게. 무슨 일이지 모르지만…… 내가 용서를 빌면 안 될까?"

혜진은 숨을 몰아쉬었다.

"야이 씨팔년! 왜 이래! 너…… 이 몽둥이가 싫어졌어?"

혜진이 딴생각을 하는 줄 눈치 챈 남자는 몸을 더욱 옥죄며 물건을 들이밀었다.

"미친년! 니 남편 좆이나 잘라 먹어라."

우당탕, 전화기 던지는 소리가 요란하게 들리며 또 다른 여자의 흐느낌이 배어 나왔다.

"어쩌면 좋아요. 누리 엄마…… 애가 제정신이 아니잖아요. 흐흐흑—"

"이 씨팔년! 오늘 왜 이래? 응응?"

짐승은 이제 밑구멍을 물어뜯고 있었다.

주르르— 뜨거운 것이 쏟아졌다. 창자까지 빠지는 듯한 하혈이었다. 그리고 시궁창 물내가 진동했다.

누군가 여자를 흔들었다. 누리 어머니. 누리 어머니. 간호사는 눈을 휘둥그레 뜨고 혜진을 일으켜 세웠다. 약을 아무 때나 드시나 봐요. 간호사는 혜진의 어깨를 톡톡 쳐주며 힐난했다. 그러나 의사는 아주 밝은 표정으로 혜진을 맞았다.

"그래, 효과가 있었지요?"

"무슨…… 일을요?"

"남편과 진지하게 대화를 나눠보라는 거하며…… 과거를 피하지 말고 정면으로 마주해보라는 얘기 말예요."

"상담한 대로 연애 시절, 사진은 다 정리했어요."

"과연, 그렇지 않던가요? 그곳엔 원래 아무것도 없었다는 사실 말입니다. 누리 어머니를 괴롭힌 건, 남편과 더불어 그 처녀의 망령이었던 거죠."

혜진은 의사의 득의양양한 표정을 얼른 꺼버리고 싶었다.

"저기…… 이젠, 여기 그만 와도 되겠지요?"

"아, 아닙니다. 이제야 겨우 정신을 잡으신 듯한데……"

의사는 다시 당황하며 혜진을 뚫어지게 쳐다보았다. 그렇죠. 정신을 차리니…… 세상이 겁나기만 한데…… 혜진은 속으로 우물거렸다. 세상이 더 보일까 봐 무서워요. 혜진은 비틀거리며 일어났다. 의사는 마지막 인사처럼 기꺼이 창구에 한 달 치 약을 주문해주었다.

혜진은 가속 페달을 밟아댔다. 검은 표범은 텔레비전을 박차고 나가는 광고처럼 힘차게 질주했다. 남편은 한 달에 한두 번 인심 쓰듯 차를 내주곤 했다. 무슨 일로 어디를 가야 하는지 말하지 않아도 호기 있게 넘어갈 수 있다는 투로. 혜진은 오늘도 차를 쓰기 위해 아침 일찍 전철역까지 남편을 데려다줘야 했다.
"미안해."
그는 어젯밤과 다른 아주 조용하고 머쓱하기까지 한 표정으로 미안하다고 했다. 자주, 그러나 별 무게 없이 들어온 말이었다. 때로는 길 가는 사람에게 주워들은 사과처럼 들렸다. 그러나 오늘은 그 말을, 그에게 그대로 되돌려주고 싶었다. 비둘기 뭉치를 차듯이 휘이거리며 전철역 계단을 오르는 그의 뒷모습은 쓸쓸해 보였다. 벌써 이별을 해야 했던 남자의 풍경처럼……
혜진은 백미러에 언뜻언뜻 비치다 찢기는 얼굴을 어떻게든 떨어내려 애썼다. 번갈아가며 나타나는 오누이 같던 아이들…… 그리고 무섭게 사라지는 세상을 보았다. 더 빨리, 약 기운이 몸 구석구석 퍼지기 전에 그곳으로 가야 한다. 길 위에서 깜빡 잠으로 빠질까 마음이 급했다.
그 여름처럼, 갑자기 마른하늘에서 장대비가 쏟아지고 있었다.
아직도 그곳에는 낚싯대가 빙빙 떠돌고 있지 않을까. 미늘에 아가미가 꿰인 채로 깊이 잠영하지 못하는 영혼. 그 물고기의 영혼으로 잠들지 못할 저수지. 그리고 자신의 눈을 멀게 했던 엉겅퀴……
그것은 사랑이었던가, 악마의 저주였던가. 이제 자신의 마지막 잠
을 부를 방향제일까.

혜진은 비포장의 산비탈로 차를 몰며 가쁜 숨을 몰아쉬었다. 차
창에는 겹겹이 붉은 긴이 서리며 앞길을 막았다. 마치 다시 찾아와
서는 안 될 사람의 앞길을 막으려는 듯이.

홍콩의 손거울

홍콩의 손거울

갑작스런 비로 당초 예정된 산악 행군은 강당에서의 이른바 '팀 데먼스트레이션'이라는 조별 토론으로 바뀌었다. 주어진 과제에 대해 각 조의 구성원들이 머리를 맞대고 가장 그럴듯한 답을 찾아가는 집체 훈련이었다. 말 그대로 만산홍엽이 제격인 때 가을 소풍 쯤으로 알았던 연수였건만…… 기대가 온통 무너진 거야 그렇더라도 휑한 비바람에 흔들리다 창문에 쩍쩍 달라붙는 단풍은 누구에게나 참을 수 없는 감상을 불러일으킬 만했다. 어슴푸레한 추억의 회랑을 오가는 상념이며 가슴 아림이란 차라리 상실감에 가까운 것일까. 납작 엎드린 수련원의 몇몇 목조 건물은 그 수려한 정취를 잃고 아예 변방의 군 막사같이 몰풍스럽게 바뀌어 보였다.

그런데 "당신은 지금 난파된 요트를 타고 남태평양에서 표류하고 있습니다"라는 상황이 부여된 것이다. 남태평양…… 아무래도 어울리지 않는 얘기였다. 지금 우리는 깊은 가을, 미궁의 날씨 속에 갇혀 있다. 그런데 난파된 요트를 타고 표류하고 있다니! 연수원 강사는 이 과제가 미국 해군사관학교의 워크숍 소재이며 조별로 이러한 과제를 풀어가는 것이 바로 팀 훈련의 목적이라고 힘주어 말했다. "썰렁한 날씨에 썰렁한 소리군!" 누군가가 요즘 유행하는 '썰렁한'이란 낱말을 곁들여 농을 하자 한바탕 웃음이 일었다. 강사는 그제야 자신이 준비한 단골 메뉴가 날씨에 영 맞지 않음을 깨달은 듯했으나 잠깐의 웃음과 웅성거림은 오히려 연수를 구체적인 상황으로 바꾸기에 충분한 것이었다. 분위기를 낚아챈 그는 예의 긴장된 어조로 문제를 냈다.

"그런데 설상가상으로 요트는 원인 불명의 화재로 선체의 대부분을 태우고 서서히 침몰하고 있습니다. 당신과 다른 동료들은 화재를 진화하기 위해 악전고투했지만 소용없었고 항해 장비들의 파손으로 현재의 위치는 불명 상태입니다."

서른아홉의 나이를 지나며 돌아본 지금이 꼭 그랬다. 지금의 나는 난파된 배고, 여기가 어딘지, 어디로 가야 하는지 모르고 있다. 아니라면 그렇게 위기의식을 갖고 과제에 끌려들지 못했을 것이다. 내 삶의 숙제는 한갓 강사가 내준 수수께끼에 압축돼 있는 듯했다.

이젠 거대한 대륙으로 반환될 향항(香港), 홍콩. 명주의 귀국 소식은 그 깜빡이는 홍콩의 조난 신호처럼 들렸다. 그렇지만 외면하고 싶었다. 한때는 애인이었고 남들이 말하는 동거녀였고 굳이 갖다 붙이자면 두번째 아내였을 여자. 이제 와서 어쩌자고 돌아오겠다는 건가. 관계를 지속시킬 만한 무엇이 있을까. 그녀와 함께 보낸 시간은 낮과 밤이 다른 그런 도시에서의 젊은 한때였다. 물론 지나고 나서야 홍콩이란 도시 자체가 한정된 기름을 태우는 등잔과 같은 곳이었으며, 그 등잔 불빛도 그와 다름아니었음을 깨달았던 터다. 어쩌면 젊음이고 사랑이고 일껏 내세울 만한 생의 자산 역시 그렇게 소진시켜야 하는 것인지 모른다. 남을 것도, 되돌아볼 것도 없이. 등잔불 뒤로 가물거리던 그림자가 다가오는 듯한 환상이 일었다. 하긴 그녀가 돌아온다는 데 대해 내가 외면보다 더 심한 거부감을 느낀다 하더라도 그녀가 할 말이 있을까. 그야말로 어느 날 갑자기 표변해서 그녀가 결별을 선언했을 때 내가 할 수 있는 일은 가방을 꾸리고 황망히 그곳을 떠나는 것밖에 없었으니까.

상하이에서 본사의 파산에 따라 실직자가 되고 광둥을 거쳐 홍콩에 머무는 동안 그녀는 훌륭한 피난처였고 이윽고 나는 그의 그럴듯한 남자로 구실을 잡아가고 있었다. 잠깐 스쳐가는 관광객이 아니었던 것이다. 그것이 일방적인 망상이고 착각이었던가. 주변에서 우리의 관계를 눈치 챘을 때도 나는 부정한다든가 변명하지 않았다. 망설임 없이 고국을 떠난 것이 첫번째 아내를 빨리 잊고자 한 뜻이었으니 새로운 여자를 만났대서 이상하게 비쳐질 일도 아니었다. 홍콩이 반환될 즈음 떳떳하게 같이 고국으로 돌아가리라 생각했다. 그런데 그녀의 급작스런 요구로 몸을 빼야 했던 것이다. 홍콩은 그렇게 누구의 기생이라도 허용할 숙주와 같은 도시였단 말인가. 언젠가 추방되어야 할 기생의 처지를 모르고 꿈꾸었던 것이 잘못이었던가. 배신감을 느끼기엔 낮과 밤이 너무나 다른 도시였다. 관광 가이드인 그녀의 체질은 어제 만나고 오늘 헤어질 수 있는, 그런 홍콩의 본능에 가까웠을 것이다. 그런 본능을 진작에 눈치 채지 못한 것이 실수였던가. 아무튼 전과에 대한 죄책감 때문인지 그녀는 내게 직접 전화를 걸지 않고 서울 사무소의 사람을 시켜서 귀국 소식을 알린 것 같았다.

빅토리아 만의 유람선, 향항명주(香港明珠) ─ "디 엄청난 배 임자가 누군지 아세요?" 그녀의 도발적인 유혹은 이렇게 시작됐다. 후끈한 아열대의 밤 열기를 실은 유람선은 이름 그대로 홍콩의 밝은 진주였다. 항구에서 넋을 잃고 건너편 구룡반도의 야경을 쳐다보는 동안 그녀는 연거푸 술잔을 비웠다. 관광 안내를 하는 것이 아니라 그녀 자신이 홍콩을 잠깐 들러 가는 관광객처럼 즐기는 듯했다. 무엇이고 혼자 묻고 잠깐 웃는 듯 마는 듯하다간 알아서 답했다. "이래 봬도 이 반명주, 명주의 재산이라는 거 아닙니까." 그녀는 홍콩에 현지 가이드로 진출한 후 곧바로 항구의 야경에 매료돼 자신의 이름을 처음 승선했던 유람선의 이름으로 바꾸어 행세한다고 했다. 그렇게 홍콩에 대한 사랑이 시작됐노라고. "누구나 홍콩에 며칠만 묵어도 홍콩을 사랑하지 않을 수 없다"고, 자못 감상 어린 투로 말했다. 그녀의 머리는 홍콩의 한 해변에서 촬영했던 영화「모정」의 여주인공 역인 제니퍼 존스의 퍼머를 그대로 흉내 낸 것이라고도 했다. 선상 카페의 플로어에서는 특별히 한국 관광객을 위한 공연인지「동백 아가씨」며「섬마을 선생」이며「만남」이며「사랑으로」따위 노래가 무명 가수의 어눌한 발음으로 흘렀다. 그리고 탱고, 재즈, 팝송에 일본 가요까지 잡다히 이어지며, 국적 없는 도시답게…… 타원형의 만을 따라 분탕질된 각양각색의 네온사인 불빛이 바다를 금빛으로 휘황찬란하게 수놓고…… 마천루는 밤의 스카이라인을 한껏 부풀렸다. 부채꼴의 필름 광고 전광판과 하트 모양의 풍선, 뛰어오르는 사슴, 돈이 터져 나오는 복주머니, 여의주를 품은 용…… "저것들이 반짝이면서 움직이면 더 좋았을 텐데." 그러고 보니 네온사인은 전부 정지된 것뿐이었다. 공항이 도심에 인접해 있기 때문이라는 설명과 함께 그녀는 홍콩의 야경이 다른 국제 도시와 다른 점을 애써 소개했고, '홍콩에 살게 되면 홍콩에 빠져드는' 이유를 줄줄이 이야기했다. 일어나면 그저 먹고 아무 걱정 없이 쇼핑하고 즐기고 자유롭게 사는 것, 그것을 어떻게 설명하든 간에 '움직이지 않는 네온사인'은 홍콩의 또 다른 표정을 웅변하는 듯했다. 움직이지 않으나 현란함이었고 현란함은 어떤 기다림처럼 정지해 있는 것이었다. 나는 그 밤, 그녀가 이끄는 대로 홍콩의 주술에 묶이고 있음을 느꼈다. 그녀는 신나게 춤을 추면서 열대성 꽃의 난함을 한껏 과시하는 듯했고 어느 한순간엔가 와르르 내게 무너지면서 숨을 멈췄다. 그리고 그녀가 세 들어 있다는 세계화원(世界花園)의 키를 내게 맡겼다. 30층이 넘는 고층 아파트의 28층까지 오르는 엘리베이터에서 나는 지독한 이명을 느꼈다. 서른 중반을 넘어선 그때 생은 그 어떤 의지에 의해서 이루어지는 것이 아니라 단순히 이끌림을 받고 있을 뿐이었다.

만약 한눈에 홍콩을 좋아할 수 있는 사람이라면 역시 홍콩의 체질을 갖고 있고 그런 사랑을 하고 그런 인생을 향유할 수 있는 사람이리라. 명주는 그런 여자였고 나는 더 나아갈 수 없는 장래에 기대를 걸기보다 그저 머물기로 마음먹었다. 어리석게 황량한 대륙 이곳저곳을 떠돌기보다 나를 홍콩에게 맡기자. 그 한 가지 생각만으로도 편안한 밤이었고 명주는 구명정처럼 어둠 속을 미끄러져 갔다.

상황은 급박해졌다. 침몰하는 요트를 버리고 구명 보트로 갈아 타야 하는 사태에 직면해 각 조는 생존의 지혜를 짜내야 했다. 각 분임조는 함께 외치는 구호에 따라 A 화이팅, B 지화자, C 와장창, D 따다당의 4개로 나눠져 작전에 돌입했다.

"여러 가지로 판단컨대 아마도 당신은 가장 가까운 육지로부터 남남서 방향으로 약 1,600킬로미터쯤 떨어져 있는 듯합니다. 대략 아래의 열너덧 가지 물건들이 파손되지 않고 남아 있는 것들. 당신과 동료들은 노가 달린 고무 구명 보트에 옮겨 타야 합니다. 과연 어느 물건을 먼저 챙겨야 할 것인지, 가장 필요한 것에 따라 순서를 매기십시오.

'바다에서 전체의 각도를 측량하여 위치와 경도를 측정하는 데 사용하는 측정기' '면도하는 데 쓰이는 손거울' '물 1통' '모기장' '군 야전용 식량 1상자' '태평양 지도' '물에 뜨는 방석' '소형 트랜지스터 라디오' '상어 쫓는 약' '6.6평방미터의 투명한 비닐' '푸에르토리코산의 80도짜리 술 한 병' '4.5미터 길이의 나일론 줄' '초콜릿 2상자' '윤활유와 휘발유가 혼합된 2되의 기름' '낚시 도구 상자'……"

평탄할 줄만 알았던 내 생의 항로도 그러했다. 졸업을 하자마자 대가 귀한 종가의 장손으로 부여된 책무였던 어느 여자와의 결혼. 확실히 '어느 여자'와도 상관이 없었을 그런 결합이었다. 그녀는 스스로의 말대로 '이젠 마지막이다 생각한 선'에서 나를 만났고 나는 주변의 성화에 못 이겨 '화인기획'이라는 중매 전문 업소에서 그녀를 선택했으니 그것도 피치 못할 인연이라면 인연이랄까. 결혼 훨씬 뒤에야 그것이 멀쩡한 거짓인 줄 알았으나 그때는 그 말을 곧이곧대로 믿었다. 마지막 선택과 처음의 선택이 물고 물린 그런 인연. "어떻게든 결혼을 하겠다고 나대는 남자들을 만나면…… 세상이 꼭 동물원 같다는 생각이 들어요." 그녀는 희미하게 웃었다. 맞선 자리에 골백번은 나섰을 거라고 얘기했을 때 나는 그 말을 냉소적인 농담쯤으로 흘려듣고 오히려 그녀의 장난기 어린 표정을 살피기 급급했었다.

결혼, 그녀가 포기하려 했던 일을 나는 냉큼 선택한 셈이었는지 모른다. 그때는 결혼도 공부거리 정도로 여겨졌다. 누구와 만나든 살며 사랑도 키워지고, 사는 것 자체가 그 어떤 공부겠거니 생각했다. 적어도 그때까지는 공부밖에 몰랐으니 모범생으로서 그럴듯한 답안을 생각할 수밖에 없었다. 순수함이라기보다 비아냥거리가 될 만한 순진한 생각이 아니고 무엇인가. 순수함과 또 다른 의미의 순진함, 그 두 가지 성상을 구분하기까지 사람들과의 부대낌은 간단치 않은 것이었다. 순수함이란 나이가 들어도 가질 수 있는 인간 본성의 깨끗함이지만, 순진함에는 어린아이의 유치함이 곁들여 있다, 는 식의. 그 어설프고 유치한 의무감으로 시작한 결혼 생활은 금세 삐걱거리기 시작했다. 만난 지 기껏 달 보름 만의 결혼이라니. 그러니까 잠자리를 같이하면서 사랑을 할 수 있으리란 생각은 애당초 잘못된 망상이었던 것이다. 다행인지 불행인지 갑작스런 생활과 환경의 변화를 못 참고 괴로워하기 시작한 쪽은 아내가 먼저였다. 그녀는 아무래도 고삐에 매일 여자가 아니었다. 신혼 초부터 직장에 하루에 열 번은 전화를 했고 열 번 모두 전화를 받기 바라며 밖으로의 탈출을 꿈꾸는 듯했다. 연극을 보러 간다, 쇼핑을 간다, 압구정동에 나가보겠다, 근사한 곳에서 외식을 하자든가, 회사 앞의 커피숍에서 기다린다든가…… 하는 식으로 결코 집에 있는 것을 못 참아했다.

"여우 같은 마누라를 만난 게 아니라 이건 숫제 불독이라니까요, 한번 물었다 하면 끝까지 물고 늘어지는 불독…… 끄윽 끅─" 직장으로의 잦은 전화를 의아스럽게 생각하는 직원들에게 한두 번은 술자리를 빌려 이렇게 변명할 수 있었다. 그러나 그 다음날 아침 조용한 사무실의 평화를 깨는 아내의 호출을 감추기는 어려운 일이었다. "으응, 알았어. 알았다니까. 응응. 그래그래. 알았어. 알았다고." 아내의 신음 소리가 송수화기 밖으로 새어나온 듯해 얼굴이 화끈거렸다. 점심때쯤 집에 들르라는 주문이었고 아예 조퇴를 하고 내일 연가를 신청하고 오라는 청까지 덧붙였다. 느닷없이 서산에 있는 상왕산의 개심사를 가자는 것이었다. 울창한 붉은 솔밭과, 솔바람 소리, 그리고 송진 냄새가 그만이라고 어디서 보았는지 가지 않으면 금방이라도 병이 날 듯 막무가내 하소연이었고 그것은 이내 단말마의 신음 소리처럼 변해 있었다. 누군가에 대한 열띤 관심과 기대가 없다면 그럴 수 있을까. 나는 그 하소연을 사랑이라 여기고 싶었다. 아니면 병적인 집착이란 말인가. 주변에 잠시라도 누가 없다면 안절부절못하는 여자. 오로지 자신만을 위해주고 자신과 함께 있어야 만족할 그런 아내인지 모른다. 어느 쪽이든 잠깐의 풋풋한 정서와 또 다른 의구심은 다시 걸려온 전화 벨소리에 의해 사그라지고 만다. "글쎄. 오늘은 안 된다니까. 알았어. 알았다고." 결재 서류를 뒤적이던 부장의 눈길이 뜨악하게 바뀌어 있음을 눈치 채고서 신경질적으로 전화를 끊는다. '당신! 도대체 뭘 원하는 거야.' 나는 의자를 뒤로 돌리며 묻곤 했다.

　기획실과 관리국이 주축이 된 C조의 토의는 내가 생각하는 쪽과 전혀 다르게 돌아가고 있었다. 아무려나 얼마 전 경력직 특채로 입사해 관리 3부라는 신설 총판 조직을 맡은 나는 나서서 떠들 입장도 아니었다. 대학을 졸업하자마자 다녔던 의류 관련 무역 회사나, 그후에 자영으로 광둥과 홍콩에서 벌였던 원단 가공업과 영 딴판인 교육물 총판은 순전 호구지책의 일이었다. 살아남아야 한다는 것이 절실했을 때, 가판대 구직 신문을 보고 택한 그런 일이었다. '자녀의 재능을 사고 재능을 판다'는 회사의 구호와 달리 학습 자료나 주부 사원을 동원한 가정 지도 방법은 악명 높은 피라미드 판매법과 다름없었고 온통 싸구려판이었다. 전국 각지에 판매 지국을 설립해주는 일. 이윽고 도서 벽지까지 학습지 과외가 '뿌리를 내리도록' 하는 일. 그것이 아무리 값싼 일이고 비난받을 일이며 앞날이 없어도 그냥 움직일 수 있게 하는 일이라면 고마울 그런 때였다. 아무런 의지나 의욕도 없고 살아온 날만큼 살아갈 날이 막막한 때, 나는 스스로에게 내리고 싶다고 말했다. 달리는 지구에서. 다운되고 싶다고도 했던가. 컴퓨터의 전원이 나가듯이. 어느 땐 버리고 싶다고도 했었다. 다 쓴 볼펜 껍질이나 건전지를 버리듯 내 영혼을. 홍콩에서 대책 없이 귀국한 한때 우울증은 나를 벼랑으로 몰았다.

　어디인가. 도대체 내가 어느 곳에서 표류하고 있는 것일까. 어느 곳으로 가고 있다 이 지경인가. 어디로 가야 하는 것인가. 내 생의 지도와 내가 지금 위치한 곳이 몹시 궁금했다. 내가 존재하는 시간과 장소를 알 길 없다. 사방을 둘러봐도 무엇 하나 없는 망망대해……

　나는 '태평양 지도'를 1순위에 올렸다. 어느 경우에든 자신의 존재가 위치한 곳을 알아야 한다. 나는 어디서 와서 지금 어디에 있고 어디로 가는 것인가. 그러니 '바다에서 전체의 각도를 측량해 위치와 경도를 측정하는 데 사용하는 측정기'가 두번째 요긴한 물건이었다. 그 다음 '소형 트랜지스터 라디오'는 어떤 소리로든 위치를 파악하는 데 도움을 줄 듯했다. 정보도 필요하고 아무리 동료들과 같이 있어도 음악이 필요할지 모른다는 막연한 기대까지 실어서…… 그 다음은 당장 '물 1통'이 있어야겠고, 하면서 순서를 매겨보니 '푸에르토리코산의 독한 술'이 끝에서 두번째 '면도하는 데 쓰이는 손거울'이 마지막이었다.

　"아니, 중요한 건 버팅기는 거 아냐. 그러니 먹고 봐야 하고 그것도 아주 자력으로 버틸 준비도 해야지." 조장은 다수의 의견을 모아 '물 1통' '군 야전용 식량 1상자' '낚시 도구 상자' '초콜릿 2상자' 등 먹는 것을 우선 순위로 배치하고 그 다음은 구조 요청 도구로 '측정기' '태평양 지도' '윤활유와 휘발유가 혼합된 기름' 등을 꼽았다. 기름은 솜방망이를 만들어 구조 신호를 보내기 위한 수단이란 것이었다. 그리고 후순위로는 방어 수단인 '상어 쫓는 약,' 어디다 써야 할지 잘 모르지만 꼭 필요할 듯한 '나일론 줄' 따위를 열거했다. '군 야전용 식량 1상자'와 '초콜릿 2상자' 중 어느 것을 먼저 칠 것이냐에는 상당한 설전이 오간 끝에 야전 식량을 선택했을 정도로 토론은 진지했다. 누군가는 제일 먼저 독한 술을 마시고 간을 키워야 한다고 해서 폭소를 자아냈고 웃음 끝에 기발한 아이디어라는 탄성도 일었다.

한참 뜨거워진 열기에서 슬머시 빠져나와 강변에 서니 어쩌면 현실과 비현실감이 이렇게 공존할 수 있을까 하는 가벼운 혼동이 일었다. 강당을 떠들썩하게 만든 남태평양인가 하면…… 비록 연수동의 처마 밑에서 비를 긋고 있지만 강변에서 휘몰아쳐 오는 비바람은 뼛속까지 시리게 했다. 우리 삶의 무대는 그 바닥에 두툼한 절연체를 깔고 있는 것은 아닌지. 땅을 딛고 사는데 도대체 현실감이 없는 일들이 어떻게 그렇게 자주 일어난단 말인가. 저쪽과 이쪽이 지척에서 완전히 다른 모습으로 있고 어제와 오늘이 아무런 연관 없이 연이어지고 추억은 그렇게 썩은 계절의 한구석에서 들썽거린다.

찬비로 흔들리던 그 가을의 신열처럼, 아내는 돌아온 한 계절을 넘기지 못했다. 의부증으로 의심받을 만큼 걸려오던 숱한 전화 공세를 피해 내가 지방의 생산 현장 근무를 자청하고 내려간 지 채 1년도 안 된 때였다. 처음엔 주말 부부를 기꺼워하는 듯하더니 여름을 지나면서부터는 구태여 지방에서 올라올 필요가 없다며 말렸다. 그녀에게 결혼 전의 일이 다시 연결되기 시작한 것이었다. 그렇게 잦던 전화는커녕 오히려 이쪽에서 전화를 해도 없는 날이 더 많았다. 비현실적인 일이란 그런 것이었다. "댁이 이유미씨의……기둥서방인지 뭔지 만나서 따져봐야겠다." 만약 비척거리는 그 비현실적인 일이 찾아오지 않았다면 아내보다 더 무서운 현실에 까마득히 속고 말았을 것이다. 다급히 현장으로 내려온 중년의 사내는 자신은 어느 관청의 공직자이고, 재혼을 부탁하러 '화인기획'에 찾아간 적이 있다고 소개한 뒤, 대뜸 으름장을 놓았다. "같이 농간치는 거 아니냐." "그렇게 몰랐냐." "진짜 결혼한 게 맞냐." "아무튼, 당장 손해 배상을 하지 않으면 경찰에 고발하고 말겠다"는 등 등. 그리고 상담소에서 건네주었다는 그녀의 처녀 적 사진을 흔들어 보였다. 그러곤 마치 차량 접촉 사고를 당한 사람처럼 한 발 빼며 몇 푼의 돈을 요구하고, 공직자의 체통 어쩌고저쩌고 하다가 사라지기까지…… 세상에 일어나는 하고많은 희극은 그런 것이었다. 베일에 가렸던 아내의 전직은 그렇게 무참히 드러났다. 그녀는 '화인'에 전속된 일종의 바람잡이 여자였던 것이다. 그것도 직업이라 할 수 있을지. 결혼을 원하는 숱한 남자들의 앞에서 얼쩡거리다 적당한 때 몸을 빼는 일이 그녀의 역할이었던 셈이다.

그러니까 처음 그녀를 만났을 때 선보기를 골백번은 했을 거라는 그녀의 말은 농담이 아니었다. 농담 속에 자신의 과거를 감쪽같이 감추었을 뿐 아닌가.

서둘러 하숙집의 짐을 꾸려 상경한 그날 오후에도 아내는 막 외출을 준비하고 있었다. 작은 손거울을 연신 앞뒤로 돌려가며 새로 한 머리를 매만지고 있는 모습은 생경하게만 보였다. "이렇게 늦게 어딜 가는 거야. 기왕이면 같이 나가지 않고." 조심스럽게 묻자 아내는 배시시 웃으며 말했다. "그전 일하던 데 나가고 있어요." "그전에 무슨 일?" "어머, 내가 얘기 안 했어요? 영화 촬영에 엑스트라로 나가는 일 말예요." "무슨 영화기에?" "시키는 대로 그저 심부름하듯 하면…… 하루에도 10만원은 거뜬히 손에 쥘 수 있는 일이니까." 여자는 정말 눈썹 하나 까딱하지 않고 자신의 과거를 위장했다. 그리고 보면 나는 그때까지도 그녀의 과거에 관한 한 백지 상태였길 않았나. 사뭇 그럴듯한 구실이었다. 인생이란 무대 위에서 그녀에게는 그런 연기가 주어진 것이다. 더 이상 무엇을 다그치거나 물을 용기가 나지 않았다. 상상할 수 없는 황당무계함이 독사의 혀처럼 날름거렸다. 자칫 잘못했다간 목덜미를 물릴 형국이었다. 나는 기어들어가는 목소리로 그저, 잘 다녀오라고 말해야 했다.

업무를 핑계로 어정쩡하게 서울서 보낸 며칠 동안 아내는 오히려 병적인 발작증을 감추지 않았다. "날 얼마 주고 샀었지?" 우리 결혼은 시장판에서의 값싼 거래였을 뿐이라고 했다. "그래, 다른 여자가 차려주는 저녁은 달라?" 지방에 내려가 있던 나를 의심한 지 오래였고 자기 스스로의 자학적인 망상에 가슴을 쥐어뜯었다. 급기야 나는 자초지종을 따지지 않을 수 없었다. "뭐, 내가 매춘을 하러 다닌다고, 미친놈!" 그녀는 만취된 상태에서 술병을 내던지며 비명을 질렀다. "그래! 난 뚜쟁이집 출신, 야바위꾼이었어. 이제 네 마음대로 꺼지든 말든, 병신 같은…… 흐흐흑……"

그 하루하루는 지옥의 시간이었다. 그러면서 마음의 짐을 꾸리고 있었는지도 모른다. 도망갈 궁리를 하며 변명거리를 찾고, 한껏 오그라들어 스스로의 부박함을 탓할 수밖에 없었다. 잘못된 시작이지만 돌아가야 했다. 아무 일도 없었던 듯 한순간 얼굴을 돌리고 떠나야 한다. 어디로 돌아갈 것인가. 흔적 없이 홀연 사라지고 싶었다. 나의 시작이 실패인지 어떤 것인지 알지 못할 때 나는 다시 시작할 것이다.

"나, 북경 지사로 발령받았어."

회사로 달려간 나는 곧장 중국에 진출해 있는 현장 근무를 상신했다. 워낙 현지 생활이 어려워 지원자가 없던 터라 발령은 쉽게 이뤄졌다. 아무리 척박한 곳이라도 풀씨처럼 옮겨갈 수만 있다면 더 바랄 일이 무엇인가. 아내에 대해, 그리고 잘못된 신혼에 대해 어찌해보겠다고 다짐하다간 이내 포기한다. 어쨌거나 다시 시작할 수 있는 일은 없었다. 그녀를 떠나는 일이 버겁게 느껴지지 않을 때 떠나면 그만이다. 우리가 목적한 항구는 알 수 없고 항해는 항로를 크게 벗어나 있다. 자칫하면 곤두박질치며 끝날지 모르는 지경에서 무언가 결정을 내려야 했다. 조금도 앞을 내다볼 수 없는 선상에서 아내와 나는 옥신각신 싸웠다. 갑자기 몰아치는 폭풍우와 높아지는 파고. 두려움보다 더 두려운 일은 아무런 믿음이 없다는 것이었다. 상대에 대한 믿음은커녕 이 고비를 넘겨야 하는 이유도 뚜렷치 않다. 애당초 막막한 항해, 그리고 예기치 않은 좌초. 인생은 그러한 모습으로 이빨을 드러냈다. 삼켜지면 고요하고, 평화롭고, 그만일 듯했다. 몸부림치면 칠수록 고통의 너울만 뒤집어쓰지 않을까. 다만 받아들여야 한다. 성격이 안 맞는다고, 뜻이 다르다고, 서로에게 짐만 될 뿐이라고…… 그러니 사실을 회피하지 말고 받아들이자고 말했다. 누가 먼저 제안할 바가 아니었다. 피치 못할 선택인 양 받아들였던 결혼과 신혼의 어수선한 꿈은 그렇게 끝났다. 이혼, 상상할 수 없었던 파선이었다.

그런 악몽의 이튿날 가까스로 깨어나 본 대륙의 낯선 도시.

오랫동안 숨어 지내고 싶었던 베이징의 거처는 그러나 불과 몇 달 만에 작파됐다. 산둥 반도의 가까운 뱃길도 그렇지만 조선족을 끌어들이기 쉬운 이점으로 중국 진출의 교두보로 택한 공룡의 도시가 금세 유인가를 잃고 말았기 때문이었다. 하루가 다르게 올라가는 인건비며 종잡을 수 없는 세금, 일할 생각보다 어깨너머로 공짜 기술을 익히려는 기관에서 추천해 배치된 직공들. 돈을 벌 수 있는 곳이 아니라 써야 하는 사회주의 색채가 짙은 회색 도시였다. 섬유 원단을 가공하는 현지 공장 설립을 마친 후 겨우 공장이 돌아갈 무렵 일어난 화재는 어차피 베이징을 빠져나오려던 차에 오히려 적당한 구실이 됐다.

속수무책으로 떠내려간 상하이에서도 나을 것이 없었다. 직물 공장에 덧붙여 여벌로 만든 인형 공장부터 금방 돈을 잡아먹는 사업체로 전락하고 말았다. 아무리 대륙에서 가장 돈이 많은 곳이고 자본주의 냄새가 나는 곳이라 하더라도 어린아이를 상대로 꿈을 판다는 것은 시기상조였다. 애초 계획대로 역수출을 하기엔 너무 출혈이 심한 상태에서 고국의 본사는 부도를 내며 휘청거리기 시작했다. 사업 다각화라는 명분으로 사양 산업인 섬유업에서 유통업으로 사세를 확장하다가 부실 업체를 떠맡은 탓이었다. 현지 공장이 대책 없이 문을 닫는다는 얘기를 들으며 나는 상하이의 중심가인 화이하이루를 진종일 배회하곤 했다. 한때 프랑스의 조차지였다던 그 거리를 걷다 보면 서울의 번화가에 있는 듯한 착각과 향수를 불러일으켰다. 때로는 난징루로 나가 각양각색의 중국 전통 상품을 살펴보며 심란한 마음을 달래려 애썼지만, 기면증같이 눈앞을 깜깜하게 만드는 실의를 떨칠 수가 없었다. 결국 이 지경에 이르려고 허우적거려왔다니……

광둥은 난파선에서 본 별무리였다. 어두운 인생의 격랑 속에서 만났던 별 같은 도시. 광둥 광저우에서 경제 특구 선천까지는 교통망이 잘 발달돼 있고 돈이 넘치는 만큼 활기찼다. 광저우의 젖줄, 주장을 바라보노라면 이상스러운 시장기가 느껴졌다. 어떡하든 광둥 요리를 탐닉하기로 하며, 살아남아야 하겠다는 것. 나는 염색 공장을 찾아다니며 그제야 겨우 터득한 중국식 상술로 절고 전 돈을 우려내기 시작했다. 그때 명주와 나는 홍콩의 세계화원, 아파트 이름 그대로 아름다운 화원에서 동거하며 단꿈을 꾸었다. 광둥에서 한 주, 홍콩에서 한 주를 보내며 내일을 잊기로 했다. 그러나 비척거리며 다가와 정지할, 1997년 7월 1일. 영국의 유니언 잭이 내려지고 주인의 깃발인 오성홍기가 뒤덮일 것이다. 영국령 홍콩이 대륙으로 반환되는 그때까지 지나간 백 년이 그랬듯 우리가 셀 수 있는 날은 무상하기만 한 것이었다. 사랑은 그 어떤 경우에도 미래를 비추지 않는다. 홍콩을 지독히 사랑했던 한 여자. 그 짝사랑은 해가 지듯 저물고 있다. 그러나 우리 둘의 사랑은 지는 해를 쳐다보아도 외롭지 않았다. 그녀에게 고국엔 아무런 피붙이가 없다고 했다. 무슨 사연인지 그곳을 엄청나게 큰 고아원이라고 빗대기까지 했다. 가족이 있다 하더라도 나 역시 돌아갈 고국이 없다. 돌아가서 누군가 만날 수밖에 없다는 생각은 끔찍한 절망감을 불러일으켰다.

"마카오는 언제 반환되는지 알아요?" 마카오로 가는 페리에서 무연히 창밖을 내다보던 그녀가 물었다. "글쎄, 홍콩보다 훨씬 늦지 않을까?" "1999년 12월이니까…… 엄청 먼 훗날이겠네. 후훗." 불과 2년 반 정도 후였지만 그녀는 무언가 비밀을 알려준 듯 득의 양양한 투로 말했다. 그리고 한숨 쉬듯 혼잣말을 했다. "그때까지 살아 있다면, 20세기 말까지 사는 거니까." 뭐라고 했던가. 그때까지 살아 있다면? 나는 되물으려다 그만두었다. 다음 세기가 우리를 기다려준다는 무슨 기약이 있을 건가. 아예 내일이라는 배도 기다려주지 않을 것 같은 불길한 기분으로 잠자리에 들던 상하이의 밤이 금방 악몽처럼 되살아났다. 바오로 성당을 오르는 계단에 앉아 우리는 한동안 말을 잊었다. 그러다 무거운 진공을 빠져나가려는 양 갑자기 계단 위로 날렵한 걸음을 옮긴 그녀는 생긋 웃으며 가이드로 변신했다.

"마카오를 대표하는 이 유적은요, 비록 정면밖에 남아 있지 않지만 17세기 초 포르투갈 점령지인 이곳에서 이탈리아인 수도사가 설계하고 일본 나가사키에서 쫓겨온 교인들이 건축일을 거들어 중국, 포르투갈, 이탈리아, 일본의 4개국 문화가 녹아든 건물이죠." 하늘하늘한 몸매에 꽃대처럼 쳐든 목이 더없이 고혹적으로 보였다. 그녀의 안내는 포르투갈의 대시인이라는 '루이스 데 카모예스'의 이름을 딴 카모예스정원에서 계속 이어졌다. 정원 중앙에는 '대륙 여기서 끝나고 바다 시작되다'라는 시구와 함께 시인의 흉상이 서 있고 안쪽으로는 한복 두루마기에 갓을 쓴 김대건 신부의 동상이 보였다. 100년 전, 200년 전, 그리고 동양과 서양, 조선이 시공을 초월해 그렇게 존재하고 있는 것이다. 마카오의 명물이라는 리스보아호텔에서 본 세기말의 허무. 마카오의 카지노로 몰려드는 이들에게 인생은 황홀하기만 한 것이다. 뼈 빠지게 번 돈을 아무런 주저 없이 일확천금의 꿈과 바꾸는 군상. 뿌연 담배 연기 속에서 밤을 새워 칩을 사는 도박꾼들에게서는 한껏 세기말의 퇴폐적인 분위기가 풍겼다.

그 호텔에서 우린 야생의 짐승처럼 온몸을 할퀴고, 물어뜯고, 울부짖으며 환락의 밤을 보냈다. 양귀비의 알싸한 독을 품은 그녀의 혀끝이 전신을 간질이고 마비시켰다. 함포 사격이 시작됐다. 신음소리를 내던 그녀는 내게도 주사 바늘을 꽂으려 했다. 선전 포고와 다름없었다. 그렇게 거부해온 강화 조약을 맺자고? 적은 지척에서 간이라도 빼먹을 듯 이빨을 드러내고 희뜩거렸다. 공환인가. 침실 한쪽의 벽면이 거대한 스크린으로 바뀌고 하얗게 타버린 흑백 영화의 필름이 돌아가고 있었다. 영국 군함은 광둥의 후면에서부터 함포 사격을 가했다. 아편 전쟁이 벌어지는 홍콩은 불바다였다.

그리고 계절을 알 수 없던 아열대의 사랑은 전쟁과 같이 순식간에 끝나고 말았다. 결혼 예복 대여점에 가서 찍었던 결혼 기념 사진은 그러니까 관광 사진으로 남았을 뿐. 어느 때부터인가 화원은 굳게 닫힌 채 열리질 않았다. 불이 켜지길 기다리며 연신 전화 다이얼을 돌리던 밤의 홍콩. 낮과 밤이 그렇게 다를 수 있을까. "내년이면 난 어떻게 되지?" 생일 선물을 해준다고 홍콩 최대 번화가인 지엔사쥐에 갔던 것이 마지막이었던가. 그녀는 극도의 우울증에 사로잡혀 횡설수설했다. "난 돌아갈 곳도 없고, 여기 있을 수도 없잖아. 내국인 말고는 취업 비자를 내주지 않을 거라는데…… 이젠 지쳤어, 내려야 할까 봐." "어디에 내려?" "홍콩은 침몰하고 있는 배 같아. 너무 많이 싣고 달려왔어." 나는 그녀의 절망을 부정하고 싶었다. 사실이 그렇더라도 홍콩은 그녀의 모든 것이고, 양보할 수 없는 삶 그 자체였으니까. "천만에, 홍콩은 이제야 대륙에 닻을 내리는 거야." "흥, 나 같은 이방인은 이제 소용없어." 그녀는 팔불출이라도 홍콩 뒷골목의 광둥 사람을 만나 첩이 되고 싶다고 했다. 그의 아이를 가지면 영주 거주권을 얻을 수 있기 때문이라고 한숨을 쉬며 말했다. 째깍째깍째깍…… 베이징에서 보물섬을 접수하기 위해 시간을 재는 동안 홍콩의 산부인과는 임산부들로 초만원이라고 했다. 대륙에서 사업을 하는 홍콩 사람들의 부인들이 아이

236

를 낳으러 밀려들기 때문이다. 그리고 돈푼깨나 있는 작자들은 대부분 타이쿵런(太空人)이라는 '우주인'이 되고 있다. 미국이나 캐나다에 이민을 간 후 홍콩을 왔다 갔다 하며 늘 비행기 안에 있다고 해서 붙은 별명이다. 명주는 그 자신이 홍콩의 불안을 가득 담은 듯 말했다. 그리고 이별이었던 것이다. 아무런 설명이 없는 종말. 우리의 사랑도 홍콩의 시한부 조차같이 그렇게 약속된 기간이 있었고 이윽고 반환된 것이란 말인가. 그제야 나는 명주가 한숨 결에 흘린 "내리고 싶다"는 말이, 무슨 뜻인 줄 알았다. 더 이상 나아갈 곳도 없고 희망도 없는 망망대해에서 조갈증이 목을 죄었다.

그때 난 포기하기엔 이르고, 무언가 새로 시작하기엔 너무 늦은 나이였다. 고국에 돌아와 보낸 한동안 죽음의 사신은 줄곧 내 주위를 맴도는 듯했다. 그것이 아니라면 구천을 맴도는 명주의 혼령이었을까. 마지막이었을 전화를 하고 그녀가 귀국한다고 했을 때 진작 눈치 챘어야 했다. 홍콩 여행사의 서울 지사를 통해 전해 받은 그녀의 유해와 유품은 설명되지 않았던 모든 과거를 단번에 설명하고도 남았다. 그녀의 사인은 아편에 의한 자살이었고 아파트에서 사망한 지 한 달 뒤에나 발견됐다고 했다. 치사량이 넘는 아편을 후두부 혈관에 주입해 즉사한 것으로 밝혀졌다. 여행사에선 그나마 고국에 있는 연고자라고 내게 연락이 닿은 것을 다행스럽게 여겼다. 그녀의 유품은 이웃에 남긴 유서대로 처리됐고 내게 돌아온 것은 지엔사쥐와 마카오에서 선물했던 액세서리와 여성 용품 몇 가지였다. 그 중에는 테두리를 용 무늬의 자개로 수놓은 손거울도 있었다. 아! 그 손거울, 그녀의 가장 여성다운 모습을 보여주던 분신. 빅토리아 만의 유람선에서 같이 식사를 할 때면 그녀는 그 거

울을 보며 화장을 고쳤고 가뿐하게 미소 짓곤 했다. 마천루 군락을
가로지르는 강한 햇빛이 그 거울에 반사돼 이리저리 뻗치기도 했다.
　그녀는 결국 난파되는 거선, 홍콩에서 내린 것이다. 난파되고 있
다, 는 건 그녀의 망념이었을지 모른다. 그 어떤 구조의 손길도 바
라지 않고 꺼져가는 불빛들을 가슴에 끌어안고…… 그 짓을 하기
위해 진저리치며 나를 버렸던 것인가. 어디로, 왜 가야 하는지 알
수 없는 이별. 아무런 표정이 없는 그런 이별. 누군가에게 마지막
인사를 나누기가 싫었던가. 그리하여 자신만의 이별을, 홍콩과의
그런 지독한 이별 의식을 치렀을까.

　"이건 가을비가 아니라 숫제 장맛비로구먼."
　저녁 늦게 도착한 연수생 몇이 흠뻑 맞은 비를 털어내며 분임 토
의가 진행 중인 강당으로 들어서고 있었다. 굽이진 강안으로 불어
오는 바람은 좀체 잦아들 기미가 없었다. 강 건너 마을의 뜨문뜨문
떨어진 함석집들에선 희미한 불빛이 새어 나왔다. 몇 개비의 담배
연기가 빠져나간 가슴이 헛헛하고 시려왔다.
　운명이라는 내 생의 지도는 어떤 것일까. 처마 밑에서 비를 긋고
있는 지금은 어디쯤일까. 나와 같은 배를 탔던 그들은 과연 누구였
던가. 첫번째 아내는 어찌어찌 떠돌다 그 언젠가 불현듯 함께 졸랐
던 서산의 어느 사찰로 들어갔다고 했다. 항상 안절부절못하고 금
방이라도 어디론가 떠날 듯이 보채던 여자. 그녀나 나나 서로의 인
생에 잘못 선적되었던 짐이었을 뿐 아닌가. 다행히 스스로의 항로
로 떠났다. 걷잡을 수 없는 상실감과 함께 생은 기우뚱거리기 시작
했다. 멀미를 느끼며 빠져들었던 홍콩에서의 사랑과 두번째 여자.

그녀는 스스로가 침몰하는 배와 같았다. 홍콩보다 더 숨가빠하며 조난 신호를 보냈다. 그런데 내가 도와줄 수 있었던 것은 무언가. 아무것도 없었다. 나 역시 표류하고 있는 처지였을 뿐이었으니까.

내가 그녀를 위해 한 마지막 일은 연수를 떠나오기 사흘 전, 소식을 받은 대로 곱게 빻은 그녀의 육신을 황톳물 출렁이는 목포 앞 바다에 뿌린 것이었다. 죽어서나마 홍콩을 꿈꾸며 서해에서 남지나해까지 유영하길 바랐다.

"어이, 우부장. 거기서 뭔 청승이야. 다 끝나가는 것 같은데."

강당 밖의 고장난 자판기를 두드리던 관리국장이 불러서야 나는 다시 현실로 돌아올 수 있었다. 과연 침몰하는 요트에서 어떤 물건부터 건져야 할 것인가, 하는 과제에 대한 각 조별 토의가 끝나고 조장이 결과를 발표 중이었다.

A조	물, 초콜릿, 야전 식량, 낚시 도구, 지도, 측정 기구, 기름, 거울, 라디오, 나일론 줄……
B조	태평양 지도, 측정 기구, 물, 야전 식량, 초콜릿, 거울, 기름, 낚시 도구, 술, 비닐……
C조	물, 야전 식량, 낚시 도구, 초콜릿, 측정 기구, 태평양 지도, 기름, 상어 쫓는 약, 방석, 줄……
D조	손거울, 기름, 물, 야전 식량, 측정 기구, 지도, 라디오, 방석, 상어 쫓는 약, 비닐……

칠판에 적어놓은 대로라면 B조의 결론이 가장 그럴듯해 보였다. 태평양 지도와 지도를 보며 조난지가 어딘가 알아야 하지 않는가. 그 다음에야 물이나 비상 식량이나, 초콜릿 등. 이런 생존 용품이고…… 윤활유와 휘발유가 혼합된 기름도 중요하겠지…… 불을

밝혀 구원을 요청해야 하니까. 그렇다면 손거울이란 무엇에 쓰이는 걸까.

그러나 강사는 예상 밖의 총평을 통해 D조에 가장 후한 점수를 주었다.

"지금 상황은 절대적으로 구조를 받아야 합니다. 타력에 의한 구원이 없이는 어떠한 노력도 무위일 뿐이라는 것이죠."

식량 따위래야 기껏 며칠을 못 먹고 생존 도구도 우선 중요한 것이 아니다. 지도가 있어도 여기가 어딘지 파악할 길이 없다. 더구나 위치와 경도를 측정하는 기구는 소용이 없다. 알아볼 수도 없고 알아야 무슨 대책이 있겠는가. 망망대해에서 쓸데없이 에너지를 소비하는 것보다는 그냥 기다려야 한다는 것—그러니까 1순위의 물건은 낮에 햇빛을 이용해 먼 데까지 구조 요청 신호를 보낼 수 있는 손거울이라는 것이었다. 아! 그렇게 유용한 물건이었다니. 그리고 밤에 불을 밝힐 수 있는 '기름,' 그 다음은 생존을 위한 '물' '야전 식량' '불투명한 비닐' '초콜릿 2상자' '낚시 도구 상자' '나일론 줄' '물에 뜨는 방석' '상어 쫓는 약' 등등의 순서로 매겼다. 의외로 '태평양 지도'가 끝에서 두번째, '측정 기구'가 맨 마지막으로 밀려났다.

"지형 지물이나 기준이 없는데 지도가 무슨 소용 있겠습니까. 전혀 위치 판단이 안 되고 만약 알아도 망망대해에서 도움될 것이 없는 거죠."

어떻게 이런 결론으로 끝날 수 있는 것일까.

잠깐 의아함과 황당함이 일었다. 아니, 도대체 내가 어디 있는지 그걸 알지 못하고 무엇을 할 수 있단 말인가. 어디서 출발해 어디로 가는 길인지 어찌 궁금하지 않은가. 그것이야말로 절체절명의 정보일 텐데…… 무작정 구조를 기다려야 한다고? 그건 잘못된 답이야. 뭔가 잘못된 것이다. 당장의 구조보다 내가 표류하는 곳의 위치부터 알아야 하지 않는가…… 빗물이 줄줄 흘러내리는 유리창으로 조난자의 찢기고 일그러진 얼굴이 얼비쳤다.

연수가 끝난 후 강당에서 나오니 휴게실에 설치된 텔레비전에서 급박한 음성에 실린 특보가 전해졌다.

"중국으로의 반환을 앞둔 홍콩을 통한 북한인의 탈북이 줄을 잇고 있는 가운데 현재 홍콩에서 한국으로의 망명 절차를 밟고 있는 탈북자가 상당수인 것으로 알려졌습니다."

격동의 세기를 넘어 살아남은 도시, 홍콩 반환을 8개월 가량 앞둔, 마지막 선택으로, 줄을 잇고 있는 탈북자들…… 필름이 되돌아가며 빅토리아 만의 야경을 비추고 있었다.

귀를 쫑긋하고 텔레비전 앞으로 몰려든 연수생들의 뒷모습은 더없이 을씨년스럽고,

우수수, 비바람에 휩쓸린 낙엽이 로비 안으로 쏟아져 들어왔다.

방생

방생

"아니, 그 모임 때문에 순천서 부리나케 올라왔는데 취소라니…… 그게 될 말이에요?"

여자는 조금 격앙된, 그리고 잘라내고 온 자신의 일정이 못내 아쉽다는 투로 항변했다. 어쩌면 재회의 구접스러운 감상을 피하기라도 하려는 듯, 또는 여느 동인에게 대하듯 상투적인 인사마저 앞세우지 않았다.

"어디였기에 그렇게 서운하실까."

나 역시 엊그제 그녀를 만난 듯 태연히 대꾸했다. 그녀의 마음이 다가올 수 있도록. 모임이 무산돼 아쉽기는 나도 마찬가지였다. 더구나 어떻게든 내게서 빈 하루를 빼내려는 아내는 심상찮게 이쪽의 눈치를 살피는 듯했다. 일행이 계획했던 그 모임이란 돌아오는 금요일부터 사흘 간의 연휴를 엮어서 강촌으로 다녀오기로 돼 있는 누드 촬영 대회였다. 말하자면 연례적인 단합 행사인데 이번에는 경제 불황이라든가 이런저런 사정으로 건너뛴다는 얘기였다.

그러나 그녀와 나는 여전히 가면을 쓰기 바라는 기분이 아닌가. 모임이 무산됐다고 해도 우리 둘은 만나야 했고 응당 그러리라 기대하고 있음이다. 그 희미한 기대를 유난스런 말꼬리며 그 말을 비틀고자 하는 자기 방어의 제스처로 감추고 있을 뿐이다. 그녀는 잘못 빠진 삶의 허상에서 헤어나려다가 주춤주춤 되돌아오고 있는 것이다. 나야말로 적이 안심하는 처지가 아닐까. 그녀를 알고자 했고, 한편 잊고자 애썼던 지난 몇 달 간의 몸부림이 기껏 비눗방울이었던 듯 떠올랐다. 그렇다! 세상이란 철옹성에서 누군가를 저 밖으로 밀어내려는 무모함이 아니고 어찌 잊는다고 할까. 특별한 이벤트를 핑계 삼았지만 그녀와 나는 전화선을 바짝 끌어당기고 있다. 잊지 못할 기억의 누드는 우리를 향해 포즈를 취하고 있다.

"고흥의 금탑사하고, 양산의 내원사, 밀양 표충사를 들러 진양호에 갔었거든요. 윤달이라고 내가 잘 아는 비구니 스님이 주도하는 방생 법회하고 삼사 순례 행사로⋯⋯"

방생 법회? 나는 반사적으로 물었다. 방생 법회라면? 왜, 있잖아요. 치어나 거북이 따위를 물에 돌려주며 참회하고 소원을 비는 일⋯⋯ 이라면 그 어디서였던가 기억에 가물가물하게 번지고, 금방 피치 못할 의무로 다가선 명징한 일이기도 했다. 아내는 기어코 나를 그 일에 끼워 넣고자 벼르고 있었으니까. 그 어떤 행사의 중첩된 의미를 씁쓸히 되씹기도 전에 그녀는 작은 몸을 파닥이며 이쪽으로 오는 치어처럼 생기 있게 말했다. 그 왜, 있잖아요. 그녀는 늘 그렇게 말을 떼었고 이쪽의 무엇인가를 비끄러매는 화법을 즐겼다. 습관이라기보다 본능이라 할 만한 말투. 그 왜, 있잖아요. 호수에 덮여 있는 마을. 그 마을에 돌려보냈거든요. 호수에 덮여 있는, 이라고 여자가 말했을 때 왜 그런 상상이 들었는지. 호수는 하늘의 한 자락처럼 한참 위에 떠 있고 그 아래 언덕배기에 마을이 고즈넉이 자리잡고 있는 그런 그림. 심지어 그 언덕에는 호수를 뚫고 내린 햇살을 받으며 검은 뿔 달린 염소가 한가로이 풀을 뜯고 있고 어린아이의 신발 한 짝이 뒹군다. 아이는 바로 언덕 아래서 올라오기로 돼 있는 아스라한 형상이다. 그녀가 말한 곳은 오래전 댐 건설로 수몰된 어떤 마을이었고, 뒤늦게 나는 호수에 덮인 다른 무엇인가 찾으려 무던히 애썼다.

"나, 작정했어요. 이건 우리의 운명이려니…… 하고 받아들이기로."

이윽고 아내는 힘들여 말문을 열었다. 아아, 그렇게 마음을 다졌구나! 결국은 아이를 갖고 말겠다고. 나는 혼몽한 상태에서 아내의 숨소리를 거칠게 느꼈다.

"아이가 이렇게까지 나오려고 하는 걸 보면……"

혼잣말이 아닌가.

"아니, 벌을 받는 거라도 할 수 없는 일이고."

얼마나 많은 고민을 했으면, 이제 두 달도 채 안 됐을 생명의 움직임을 그려낼까. 그리고 어떤 죄를 저질렀다고 여겨서 스스로 지옥을 끌어들이려는 것인가. 그래도 나는 아무 대꾸도 할 수 없었다. 엄청난 거미줄에 떨어진, 출렁이며 옥죄이는 한 마리 먹잇감이 된 참담한 기분일 뿐. 줄곧 의식을 흔드는 또 다른 불안이 거미처럼 어른거린다. 다시 정리 해고는 강행될 모양이다. 새로운 경영진은 강경 입장으로 선회하고 있었다. 더 이상 노조와 힘겨룸을 하며

기다릴 여유가 없다고 했다. 나는 온종일 인사 관련 파일을 집었다
놨다 하며 보내야 했다. 어쩌다 내가 칼을 든 처지가 되었단 말인
가. 연이어 한숨이 새어 나왔다.

"듣고 있어요? 당신. 반대한다는 뜻인지…… 솔직히 지금 두려
운 거죠?"

"으응? 뭐, 그건 전적으로 당신 뜻을 따르기로 했던 거 아냐? 새
삼스럽게."

나는 마지못해 아내의 비위를 맞춘다. 전혀 기대와 달랐던 일이
지만 충분히 예상할 수 있던 일이니까. 단지 도망가려는 의식을 되
잡아 세우면 그뿐이다. 두려움이 아니라 뒤죽박죽 혼란 상태에 있
는 영혼, 나는 그를 불러들이며 눈을 끔적거렸다. 가까스로 아내가
보였다. 도저히 마흔 줄에 들어섰다고 믿을 수 없는, 그러나 믿도
록 강요하는 낯선 타인이다. 마치 오랜 세월의 거푸집에서 빠져나
온 듯한 귀기까지 풍겼다. 건넌방에서 아이들이 깔깔거리는 소리
만 현실감을 자아냈다. 아이들은 한참 컴퓨터에 코를 처박고 오락
에 열중하고 있는 듯했다. 영악한 녀석들은 벌써 심상찮은 집안 분
위기를 눈치 채고 이쪽의 어느 편에도 부딪치지 않으려고 애쓰는
모습이다.

참으로 답답하기 이를 데 없는 사건이다. 지난번 소파 수술로 아
직 자궁에 피도 마르지 않았을 텐데 다시 임신 증세라니. 수술 후
첫 월경이 늦어지자 아내는 초조감으로 잠까지 못 이루며 전전긍
긍했고 연신 이쪽을 노려보곤 했다. 글쎄, 아니라니까. 그렇게 실
수하지 않았다고. 기다려봐. 아마, 상상 임신일 거야. 하도 애를 끓
이고 걱정하니 신진대사가 제대로 되겠어? 나는 아내를 안심시키

고자 애쓰며 끝까지 혐의를 부인했다. 10여 년이 넘는 동안 서너 번의 실수가 있었지만 나는 정확히 아내의 몸에 들어갔다가 나왔으며 지극한 양생론자처럼 아랫도리를 꿰매지 않은 채 피임의 목적을 달성해왔다. 물론 아내는 아내대로 배란일을 피하는 오기노법 계산에 적잖은 신경을 쓰므로 이런 사고란 그야말로 교통사고의 확률로 간주할 수밖에 없던 터였다. 나는 자신 있게 말했다. 우리가 죽을 뻔했던 교통사고는 더 많잖느냐고. 그러니 자궁에서 몇 번 접촉 사고가 났대서 대수냐는 따위의 엉너리투 변명이었다. 되짚어보면 바로 이전에도 내 잘못은 아니었다. 아내는 날짜 계산을 잘못해서 나를 한껏 받아들이려 했으니까. 나는 먼저 꿀리지 않는 쪽을 택했다. 일찍 퇴근해보니 아내는 하얗게 질린 얼굴로 소파에 누워 있었다. 클로로포름 냄새가 집 안에 가득했고 욕실에서는 연신 물 떨어지는 소리가 들렸다. 주방에서는 미역국이 닳고 있었다. 그래도 어떻게든 몸을 가누려고 애쓰는 모습이란! 나는 그때에야 아내에 대한 미안한 마음과 연민으로 전전긍긍했다. 아내는 어쨌거나 내가 밀어붙이는 대로 잘못을 처리하고 있지 않은가. 내가 아내를 위해 할 수 있던 일은 그날 저녁, 아이들을 데리고 나가 패스트푸드점을 기웃거린 따위였다. 아이들 볼 낯이 없던 나는 매장 밖에서 허기를 달래야 했다. 그리고 한 달이 넘게 아내와 나는 서로가 남남처럼 지냈다.

그러나 이번에도 임신 중절을 은근히 그녀에게 미루기엔 보통 어려운 일이 아니었다. 어느 틈엔가 흘러나오기 시작한 아내의 신음은 여태껏 모른 체해온 그 수술의 고통을 떠올리게 했다. 그게 얼마나 몸을 망가뜨리는 수술인지 알아요? 그건 그래도 괜찮지.

세상에 대고 가랑이를 벌리고 있는 게 얼마나 치욕스러운 건지. 당신이나 내가 얼마나 저주스럽게 생각되는지…… 차라리 그 고통을 당하느니 아이를 몇이라도 낳는 게 더 낫지. 아내는 조개 껍데기를 까며 웅얼거렸다. 저녁을 준비하는 모양이었다. 나는 아내가 거짓말을 하고 있는 것은 아닌가, 아주 간단한 의심으로 몸을 비켜 본다. 당신, 혹시 나를 시험하려고 그러는 건 아냐? 아니면 나부터 수술을 하라고 공갈을 친다든가…… 진짜 병원에 갔다 오고 하는 소리야? 아내는 아무 말 없이 도마 위에 파를 올려놓고 또각또각 썰어간다. 알싸한 파 향이 온몸의 모공을 들쑤시며 한기까지 불러 일으켰다. 그렇게 도망갈 생각만 하지 말고 이제 진지하게 생각해 봐요. 다분히 체념 섞인 주문이었다. 나는 아내의 어깨가 들썩거리는 걸 보며 소파에서 뒤돌아 앉았다. 리모컨은 항상 그렇게 준비돼 있다. 음식을 준비한다기보다 걱정을 만드는 곳 같은 주방과 언제든 멀어질 수 있게. 화면 가득히 가수들의 요란한 댄스가 한창이고 귀퉁이에는 립싱크 표시의 테이프가 돌아가고 있다.

가슴 저리게 돌아보는 한때, 그녀와 나는 회사 근처의 한 문화 센터에서 주선한 아마추어 사진 작가들의 동인으로 가끔 야외 촬영을 나가던 처지였다. 말이 그렇지 모임은 자주 취소됐고 미뤄졌으므로 둘의 만남은 더욱 잦아졌다. 비밀의 화원은 동인들이 자주 모임을 갖는 남이섬 바로 위쪽에 위치했다. 섬을 끼고 위아래로 다른 회합이 이어진 셈이다. 그럴듯한 동인을 둘러댐으로써 겨우 탈출의 변명을 가질 수 있었고 자유롭기를 꿈꾸던, 어쩌면 그때야말로 흥청망청대던 세상과 같이 내 인생도 거품에 휩싸여 있던 시기가 아니었던가. 우리 만남은 산기슭의 한 소로에서부터 시작해 나루터로 해서 다시 강변을 끼고 접어든 수상쩍은 목조 건물에서 끝나곤 했다. 보통은 강 맞은편에서 모터 보트를 이용해 접근할 수 있는 곳으로 산길은 구불구불한 미로였다. 전해지기로 그 건물은 모 회사의 사장이 외국으로 떠나며 방치한 별장으로 관리인이 암암리에 며칠씩 임대를 주는 모양이었다. 적잖은 경비에 웃돈을 얹어주었으므로 우리는 쉽게 그곳으로 숨어들 수 있었다. 그곳에는 솟아오르는 샘물 같은 평온과 안식이 맴돌았다. 꼭 몸을 숨겼대서가 아니라 마음을 눕혔던 기억이 물씬한 곳이다. 물론 강물의 흐름을 잡아들이며 차를 마실 수 있는 다탁도 있었다. 찔레꽃으로 단장한 산울타리에서는 벌들이 잉잉거렸고 바람이 불 때마다 정원 한쪽의 연못에는 함석으로 만든 물오리 한 쌍이 연신 주둥이를 잠방댔다.

"그래, 그간 잘 있었어요? 요즘같이 태풍이 몰아치는 때."

"으음. 뭐, 남 하는 대로 웅크리고 있지."

"그만도 다행이네요."

여자는 길게 늘어뜨린 갈색 머리칼을 쓸어 올리며 방죽 아래쪽으로 걸어 내려갔다. 얼굴에 밝은 빛이 붙었고 걸음걸이는 한층 안정감 있게 보였다. 그간의 어수선했던 기억이며 의심을 말끔히 씻어주겠다는 자태가 아닌가. 햇빛에 반사되며 수제비를 뜨는 잔물결로 강은 굽이치는 커다란 용의 허리처럼 보였다. 산자락이 급경사를 이루며 내려선 곳에 서 있는 느티나무는 한 묶음 세월의 쉼표처럼 의연하다. 너는 이쪽을 알 것이다. 빗나간 사랑으로 어른거리던 이들의 불안과 그때와 다른 오늘의 풍경을. 세상에서 놓이고 싶은 이들의 마음과 마음을 무인 우체통처럼 잡아넣었다 바람결에 흘려보내던 너는. 그렇게 나는 익숙한 풍경 속으로 빠져들었고 숨을 몰아쉬었다.

"사실은, 이번이 마지막이다 싶어서 꼭 참석하고 싶었거든요."

그녀는 어떻게든 나와의 재회에 구실을 둘러대려는 듯했다.

"……"

"무영씨하고도 어쩌면……"

"언제는 그렇지 않았나. 그게 부질없는 바람이란 걸 알았을 때 우린 이렇게 돌아와 있었고."

"그 뜻이 아니고. 이번엔 어쩔 수 없이 가야 할……"

"쉬이―"

나는 그녀의 입에 손가락을 갖다 대고 말했다. 이별이란 저 세상으로 갈 때를 이르는 것일 뿐. 이 세상 밖으로 떠나가야 할 때 안녕이라 말하자고. 나는 여전히 수수께끼와 같은 그녀의 움직임이며 감정의 흐름을 따르며 머뭇거리다 와락, 그녀를 안았다. 아니, 안긴 상태로 무너졌다. 우리는 들풀에 휩싸여 정신없이 입술을 비벼 댔고, 또 다른 긴 이별을 준비한다.

돌아보면 매양 그런 식이었다. 더 깊은 관계를 나눈 적이 없이 바람에 휩쓸리는 풀잎처럼 맺어졌다 헤어졌다. 낡은 목조 건물은 창고처럼 변해 있었다. 우리의 의식을 더 이상 자유롭게 놓아주지 않는 창고. 그곳에서 시간은 정지해 있다. 어느 땐가 그녀는 마치 유폐된 공간과 시간을 반듯하게 찍은 듯한 시를 가져왔다. 제약 회사의 사보에 실린 자작나무숲을 배경으로 하얗게 파진 시구는, 구절구절, 양수에 씻긴 이미지로 살아 올랐다. 자궁 속의 아이처럼 기다린다는 것. 창고 같은 어둠 속에서. 그러나 아직 그는 오지 않고 있다는*…… 그건 절망일까, 하염없는 기다림일까. 그녀 또한 그렇게 창고에서 기다렸다. 그녀는 웅크린, 자신만의 자세를 갖고 있었다. 더 이상의 관계를 원치 않았다. 눈처럼 하얀 수피가 반짝이는 자작나무숲으로 작은 길이 빨려 들어간다. 창고에서는 차이코프스키의 장중한 음악이 흘러나온다. 시인은 그렇게 여자를 꿈꾸었을까. 발가벗은 여자는 나무처럼 하얗게 서 있었다. 출렁이는 꿈속에 취해서. 달빛이 가득 부어질 때까지. 나는 정신없이 버튼을 눌러댔다. 그때 오솔길을 따라 마차 오는 소리가 들렸다. 그러나 그 몽환의 빛이 연출한 실곽한 나신은 떠오르지 않았다. 현상 탱크에 정착액을 먼저 넣고 교반을 한 탓이었다. 그만큼 정신이 없었을까. 수피는 여자와 함께 형체가 없이 뭉그러져 있었다.

　나 또한 그녀를 위한 모델이 된 적이 있었다. 더위가 시작되며 한 계절을 그냥 보내고서였다. 그녀는 이전에 찍었던 사진에 대해 묻지 않았다. 물었다 하더라도 어물어물 넘어갔을 일이지만, 그런 식으로 나도 그녀에게 익명이 돼야 했다. 가을 햇살은 실내 깊숙한 곳까지 무수한 화살처럼 쏟아져 꽂혔다. 그녀는 흐트러지지 않았다. 나는 그녀의 렌즈 속에 갇힌 짐승처럼 울부짖었다. 그렇게 역광 속에 고통받는 실루엣을 원했을까. 잔광을 밟으며 계단을 내려섰을 때 그녀는 비명을 지르고 자지러졌다. 분명 그녀는 다른 상상에 빠졌었고 그 속을 유영하고 있었던 탓이다. 비밀의 별장은 두려운 공간으로 바뀌어 있었다. 짧은 포옹 뒤에 그녀는 부리나케 장비

---

* 조윤희의 시, 「창고에서 나는 기다린다」에서.

를 챙겼고 다탁 앞에 앉아 커피잔을 기울였다. 강물은 거꾸로 흘러오며 마치 창고를 휩쓸 듯했다. 그런 한순간, 나는 창고에서 뱉어지듯 나와야 했다. 수수께끼는 끝내 풀리지 않았다. 그저 강물에 혼잣말을 흘린다. 헛된 일이다. 비록 눈에 보이지 않는 새로운 세상을 열기 위한 작업이었다 하더라도 그것은 모험적이기보다 일종의 도박이 아니었던가. 아니, 나만의 부질없는 욕망이며 미몽이었을까. 강물을 따라 흐르다 나는 그녀와 함께 있던 미궁으로 거슬러 올라가곤 했다. 그 어떤 마음의 병이 창고의 또 다른 벽을 만들었을까. 결코 허물어서는 안 되는 장벽을. 아니라면 밀교의 어떤 습성 때문일까. 여자는 윤회설을 믿는다고 했다. 될 수 있다면, 물속으로 들어갈 수 있는 미끈한 지느러미가 되고 싶다고 했다. 그 몸뚱이 없는 단어는 기이한 망상을 불러일으켰다. 그녀가 그릇된 믿음에 사로잡혀 있다고도 여겼다. 윤회를 믿는 것이 아니라 왕왕 여자들의 신앙심이 그러하듯 꿈꾸는 대로 윤회를 그려보는. 수초와 같지만 움직일 수 있는 수초라고 했을 때 나는 그녀의 말을 순전히 받아들여야 했다.

그녀가 잊으마 하고 떠난 훨씬 뒤에 나는 그녀의 정체를 알게 됐고 몸서리쳤다. 그녀는 불면증에 시달리고 있었고 오랜 기간 병원을 들락거리고 있었던 것이다. 나는 그녀를 만나기 위해 몇 번이고 전화를 했다가 물러서야 했다. 그녀는 늘 여행 중이었다. 당분간 찾지 말라고, 어쩌다 전화 연결이 되면 그녀의 남편으로 여겨지는 사내가 마치 자동 응답기에 잠겼던 말을 풀어내듯 전했다.

다시 입덧이 시작된 듯 아내는 외식을 원했다. 그래서 어쩌면 그

것만이 내가 할 수 있는 속죄의 일인 양 강변으로 차를 모는 기분
은 말이 아니었다. 후텁지근하고 잔뜩 흐린 저녁. 거리는 날씨처럼
불안스럽게 흔들렸다. 회전 깜박이를 넣는다는 것이 윈도 브러셔
를 작동시키며 깜짝 놀라고 힐끔 백미러를 쳐다본다. 누군가에게
쫓기고 있는 것이다. 요즈음 들어서 더욱 주변을 허투루 힐끔힐끔
쳐다보는 버릇이 는 듯하다. 회사 밖에 있어도 온통 그곳에 생각을
매어둔 탓인지 모른다. 결국 회사 방침대로 중견 직원들의 인사 고
과 자료와 명퇴, 감원 명부를 내 손으로 작성해야 했다. 차장급 이
하 직원은 그래도 나았다. 이번 퇴직자에 한해 위로금이 지급되며
원하는 경우 앞으로 2년 간 무급 휴가 사원으로 고용을 유지시켜
주는 쪽으로 구조 조정안은 일단락됐다. 일부 현장에서는 풀기 없
는 파업이 계속되고 있다. 점점 남아 있을 명분도, 염치도 없을 정
도로 회사의 사정은 급박했다.
　"당신, 또 딴생각하는 거 아녜요?"
　"무슨 딴생각을?"
　"우리, 아이 갖는 거. 아무래도 자신 없어서……"
　아내는 불안하게 물었다. 나는 흔들리는 회사에 말뚝을 매고 있
었고 아내는 자신의 자궁 속에 들어 있었다. 나는 그 엇나간 생각
에 실소를 흘렸다.
　"으응, 그거야 당신 뜻대로 한다고 했지만…… 아무래도……"
　경제적인, 그리고 나는 뒷말을 잘랐다. 암담한 현실이며 앞날에
대한 불안이 바로 그 돈의 문제로 아주 구체화되고 있어도 내가 할
수 있는 방어란 무엇인가. 아내는 신혼 시절 입버릇처럼 셋은 가져
야 한다고 큰소리치곤 했다. 딸 둘에 아들 하나가 됐든, 딸 하나에

아들 둘이 됐든 셋이 어우러진 묶음을 갖고 싶다고. 아내는 현실적인 제약과 주위의 만류로 접어두었던 꿈을 이제야 펼 듯 말하고 있지 않은가. 나는 고개를 저었다. 재벌 족속이 아닌 다음에야 뉘라서 그런 여유를 부릴 수 있겠는가. 그래도 그만저만한 가장이며 샐러리맨으로 부족함 없이 남 하는 만큼은 해왔다고 자위해오질 않았나. 아이를 더 가질 만한 능력이 못 된다 해서 위축될 아무 이유가 없건만…… 그녀는 마치 취약한 내 경제력을 들춰내려는 듯했고, 망설이던 꿈을 이제 타의가 아닌 자신의 의지로 잡으려 하는 것이다.

"어쩔 수도 없는 거 아냐? 이제 와서?"

어쩔 수 없는 거라고. 그 말은 분명 실수였다. 어쩔 수 없이 아이를 가졌고 분명, 그렇다 하더라도 무슨 물건 떨어뜨리듯 아이를 낳아야 한다는 것은 내 빈약한 방어 심리를 그대로 드러낸 바에 불과했기 때문이다. 일순 아내의 숨결이 멎은 듯한 충격이 차체에 전해졌다. 속마음을 그대로 들킨 탓일까. 그러나 짧은 침묵의 순간, 내 생각은 회오리쳤고 급반전했다. 그래, 경제적인 문제만이 아니지. 창피한 일 아닌가. 뭐라 얘기할까? 부모님이며 친척이며 아직 시집도 안 간 동생에게 나는 짐승으로 보이지 않을까. 그것만도 아니다. 지금 초등학교를 막 마치는 두 아이가 어떻게 커왔는지 난 알지도 못한다. 그때는 이민 가기 전인 처가라도 있었건만…… 누가 키울 것인가. 오늘내일하는 실직 가장이 할 수 있는 일이…… 애 보는 일이라면 몰라도. 그렇다고 아내가 학교를 그만둔다는 일은 생각할 수도 없는 처지였다. 도대체 무슨 힘으로 아이를 키워가겠다는 건가. 그것도 마흔 살이나 된 여자가! 나는 소스라치게 놀란

다. 아내의 나이를 헤아린 것이 실로 몇 년 만인 듯했고 현실 이상
의 그 어떤 초월적인 벽에 맞닥뜨린 듯했다. 아직은 30대라고 내세
우는 내가 그녀의 연하 남편이란 사실이 부끄럽게까지 여겨졌다.

　"당신은 대책 없이 말하지만, 사실 난 요즈음 날이면 날마다 낮
과 밤이 뒤집어지는 악몽으로 고통받고 있어요."

　아내는 그 환상과 현실의 오르내림을 지독한 일교차에 빗댔다.
낮이면 자신감에 넘치는 상상으로 아이를 가졌다가 어둠이 내리기
시작하면 슬그머니 지워버리고 어두운 방 안에 혼자 흠칫 놀라며
아랫배를 쥐어 잡는 현실의 일교차. 나는 매일 야근에 철야로 그
딱한 사정에 둔감했고 이미 고개를 돌리고 있는 터였다. 이 어려운
때 아이가 나와서 제대로 자랄 수 있을지…… 우리가 쉰 살이 넘
어야 겨우 초등학교에 입학하고 환갑이 넘어야 대학에 갈 어린것
을 생각하면……

　"알기는 아는군. 걔가 어떤 딱한 처지일지."

　나는 그녀 스스로 내뱉는 불안감에 넌지시 쐐기를 박았다. 그렇
지만, 누가 알아요. 우리 늦둥이가 집안에 행운을 가져다줄지. 아
이들이야말로 큰 재산인데. 오히려 남들과 다른 길을 가는 것도 자
랑스러울 수 있고…… 난, 아이 이름까지 생각해봤는데…… 아무
래도 용한 작명집에 가서 알아봐야겠어요. 아내는 내 속마음을 아
는지, 모른 척하며 그러는지 훨씬 앞질러 가는 것이 아닌가. 어쩔
수 없이 나는 현실적인 문제를 던져본다.

　"그럼, 아이는 누구에게 맡기려고?"

　"왜? 어머니한테 맡길까 봐 걱정돼요? 걱정 말아요. 어머니가
질겁하실 줄 아니까."

아닌 게 아니라 어머니는 어찌 알았는지 지난번에도 펄쩍 뛰면서 말씀하셨다. 너희들 어쩌면 그렇게 등신 짓을 하냐고. 뭐? 아예 애를 가지면 어떠냐고? 지나가는 개가 다 웃겠다. 원, 동네 창피해서. 그리고 너희 아버지까지 저렇게 수족을 못 가누시는데…… 그래 니들이 생각이 있는 애들이냐. 어머니는 한껏 노기를 띠고 당장 병원에 가보라고 다그쳤던 것이다. 아내에 대한 말인지 아니면 내게 물건을 싸매라는 말인지 분명치 않았지만 단호한 주문이었다. 옆에서 통화 내용을 눈치 챈 아내는 바로 그 다음날 병원을 갔고 눈이 퉁퉁 부어서 돌아오질 않았던가. 다시 아이를 갖다니! 참으로 짐승만도 못한 짓으로 비칠 게 뻔하다. 아내는 언제까지 이 사실을 집안에 숨기려고 할까. 나 역시 암담하긴 마찬가지였다. 조만간 사실을 고백하고, 그것이 승낙을 받아야 할 일인지 어떤지 모르지만 부모님의 뜻을 받들어야 한다는 사실은 공포감까지 불러일으켰다.

끼익―

순간, 급정거하며 거꾸러질 듯한 차체 밑에서 고무 탄 내가 진동했다.

"이봐! 당신 죽으려고 환장했어!"

어딘가 거친 외침 소리가 스쳤고 푸른 제복이 급히 달려왔다. 신호를 어기고 과속으로 교차로를 건넜던 것이다.

"면허증 좀 봅시다. 큰 사고 면한 것도 다행이지만."

다행? 나는 코웃음을 치며 그가 말한 대로 '최고 행운'의 벌금 딱지를 뗐다. 아내는 잠깐 놀란 듯했지만 여태 고개를 돌리고 눈물을 찍어내는 모습이다.

"젠장, 찔찔 짜기는 뭘, 그렇게 짜대는 거야! 누가 죽어? 그까짓 거."

갑자기 속이 활활 타올랐고 가래 같은 욕이 튀어나왔다. 저도 모르게 가슴속에 웅크리고 있던 악마의 외침이다. 나는 난폭하게 가속기를 밟아댔다.

"낳으면 될 거 아냐! 누가, 낳지 말래. 다, 제 명은 타고난댔잖아. 다, 결정했다며, 뭘 그렇게 오만가지 다 생각하는 거냐고. 그러려면 누가 같이 붙어 자쟀어? 다시는 안 한다고, 죽어도 그 짓 안 한다고 하던 게 누구였는데."

그 악마는 으드등거리며 여자를 병신이라고 몰아붙이기까지 했다. 나는 차창을 열고 호텔 앞에서 급히 유턴을 했다. 가로등의 불꽃이 희뿌연 꼬리 잔형을 남기며 우르르 한쪽으로 실그러졌다. 신호등에 걸리며 급경사의 비탈길 아래 광나루 밤 풍경이 잡혔다. 풍경이라 할 바 없는 강변 불빛이 그려내는 그 지형이란, 대번에 그 또한 도시의 자궁처럼 각인됐다. 강 맞은편 불빛은 불룩한 만곡을 이루며 가쁜 숨으로 헐떡거렸다. 양쪽 호안의 불빛이 터질 듯 흔들린다. 한껏 출렁이는 검은 양수의 한쪽에 또 다른 금빛 줄무늬가 자맥질을 한다. 아마 선상의 불당에서 흘리는 촛불의 일렁임인 모양이다. 몇 차례 헛바퀴 돈 듯한 신호등을 무시하고 꼼짝 않고 있자 뒤에서 무적 같은 클랙슨 소리가 들렸다. 헛헛했다. 어쩔 수 없이 되돌아오는 기분, 삶의 곳곳에 마련된 그 어떤 반동 장치처럼 되돌아오는 열패감이며 허전함으로 말미암아 나는 몸서리쳤다.

"오늘 한주그룹은 당초 정리 해고 대상으로 삼았던 직원 4천 명 가운데 2천 6백 명 상당을 오는 31일자로 해고키로 확정하고 이를 당사자들에게 통보한 것으로 알려졌습니다. 회사 측은 나머지 직원들 가운데 최근 희망 퇴직을 신청한 사람을 빼고 9백 명에 대해서는 향후 1년 내 회사를 떠나는 조건의 조건부 고용 유지안을 밝혔습니다. 한편 회사 쪽의 정리 해고 확정 발표에 따라 이 회사 노조는 다시 무기한 전면 파업을 선언하고……"

마치 운동 중계를 하듯 시간대별로 똑같은 뉴스가 화면에 울혈을 만든다. 명패와 인원만 다를 뿐, 구조 조정이니 정리 해고니 퇴출이니 하는 단어가 며칠 동안 꼬리에 꼬리를 물며 이어지고 있다. 그저 전파 잡음처럼, 잡음처럼…… 아직까지는 남의 일이다. 그렇게 밀어젖히며 나는 벽에 걸린 차림표를 보았다. 널빤지로 만든 커다란 놀부 주걱이 그대로 달려 있었다. 신혼 때 들렀던 그 집이다. 아내는 흘깃 그 세월의 징표를 알아보고 반색하는 듯했다. 그리고 내내 아무 말도 못 하며 냉면 가락을 젓가락으로 조심스레 휘저어 삼켰다. 그토록 원했던 칡냉면이 아니라는 점이 마음에 걸렸지만 아내는 아내대로 무언가 이쪽의 눈치를 살피고 있음에 틀림없었다. 그것이 더욱 마음을 저리게 했다. 마음과 달리 텔레비전의 화면으로 눈이 갔고 윙윙거리는 이명이 그치질 않았다. 어때? 괜찮아? 건성으로 묻는 말이 스스로를 비굴하게까지 만들었다. 그러나 아내는 미간을 펴며 살며시 웃었다. 도리어 이쪽을 안심시키려 하고 있는 것이다. 차라리 아내가 두세 살만 어렸다면, 아예 철부지였다면…… 나는, 쓸쓸하지 않을 텐데. 참으로 모순된 자세에서 나는 풀풀 자리를 털고 일어났다. 음식점을 나와 모처럼 제방 위에 섰을 때 아내는 뭔가, 참을 수 없는 격정에 사로잡힌 듯 말했다.

"당신, 기억나죠? 저 방생선원 말예요."

"으응? 그게 어때서?"

"언젠가 저 아래 내려갔다가…… 돈이 없어서 못 했던 일 있잖아요."

으음. 그랬었나? 아까워서가 아니라? 순간 한 대 얻어맞은 듯한 아찔함이 일었다. 신혼 때 아내와 몇 번 왔던 이곳에서 얼마나 많은 꿈을 꾸었던가. 뼛속을 시리게 한 찬 바람에 눈보라며, 훈풍 속의 아카시아향이며, 토실토실 물오른 고기들의 비린내가 일순 앙금진 기억 속을 헤집는다.

"다음엔 꼭, 이곳에 다시 와서 숙제를 해요. 당신 일도 그렇고……"

아내는 잠깐 달뜬 기분을 주체하지 못하는 듯 말했고, 불당이 있는 곳으로 걸어 내려갔다. 나는 그 과거 속으로 내려가다 주춤했다. 아내는 결국, 아이를 가질 것이라는……

그러나 강 다리를 건너 집으로 되돌아오는 길 내내 아내는 다시 침묵으로 빠져들었다. 사장교의 긴 쇠파이프 발이 그 긴 하루의 종언처럼 어른거렸다. 기어코 차창에 빗방울이 듣기 시작했다. 집에 있는 아이들은 늘 그렇듯 라면을 끓여 먹고, 햄버거며 피자 한 조각이라도 들고 오지 않을까 눈이 빠지게 제 엄마를 기다리고 있을 것이다. 나는 평소 같지 않게 마음이 급했다. 오랫동안 창고에 처박았던 물건이 생각난 듯. 자정이 가까운 시각이다. 그러나 아내는 끝내 어디론가 실려가는 처지로 혼을 빼앗긴 듯했다. 나는 강 다리를 건너며 급히 길 어깨에 차를 내다 박았다.

"도대체 왜 그러는 거야?"

"……"

"아니, 왜 그렇게 정신을 놓고 끝까지 사람 기분을 잡쳐놓으려고 그래!"

숨어서 호시탐탐 둘 사이를 엿보던 그 변덕스러운 악마였다.

"솔직히 자신 없죠? 아이를 생각하면…… 안됐지만…… 당신, 걱정하지 않게 할 테니……"

아내는 더 이상 말을 못 이었다. 뭔가 굳게 마음을 다진 듯했고 내게 무언가 당부를 하려다 마는, 그것은 끝내 나의 자존심을 일그러뜨리기에 충분했다. 다시 위선이며 모순된 자세를 들킨 것 같았고, 패배한 듯한 굴욕감을 불러일으켰다.

"누가 뭐랬기에! 당신 맘대로 하라고. 낳든지 말든지."

아이를 갖고부터 그렇게 두렵다는 밤이었다. 내일 아침이면 또 달라지겠지. 아내는 밤새 잃어버린 아이를 다시 찾을 것이다. 이 또한 내 자신을 방어하기 위한 기대임을 알면서 나는 시동을 걸었다. 나트륨등 빛을 받은 검은 강물이 다시 상류로 역류하는 듯한 음울한 소리가 다리 밑으로부터 들려왔다.

창고의 현관문은 긴 각목을 엇걸어놓은 X자 모양으로 폐쇄돼 있었다. 어쩐 일인지 산울타리 바깥쪽으로 철조망까지 삥 둘러쳐져 있고 정원에는 잡풀이 무성했다. 가까이 다가가보니 흰 페인트칠을 한 목판에 '주의'란 붉은 자체가 섬뜩함을 자아냈다. 띄엄띄엄 손님을 받으며 건물을 돌보던 관리인은 벌써 오래전에 떠난 모양이었다.

—이 건물은 법원의 압류 판결을 받아 경매 절차를 진행 중인 바, 일절 매매할 수 없음.

"아유, 여기까지 아이엠에프 바람이 몰아친 모양이에요."

여자는 신음 같은 탄성을 지르며 뒷걸음질쳤다. 세상에 그렇게 쉽게 공개됐을 리 없는 곳에 불황의 바람이며 법의 심판이 미쳤다는 사실보다 순간적으로 나를 어리둥절하게 한 건 그녀의 입에서 튀어나온 아이엠에프라는 이물스러운 단어였다. 그것은 하얀 목판의 경고 표지보다 더 거북한 의미로 되새겨졌다. 마치 잔잔한 비현실이며 상상의 공간에 던져진 돌덩이처럼 가슴을 아리게 했다. 지나간 우리의 한때도 폐쇄됐고 그와 같이 붉은 딱지가 붙어 경매에 오를 것이라는 억측. 그 여름 우리는 알 수 없는 열병에 전염된 채 그곳에 숨어들어 숨을 헐떡이질 않았던가. 여자는 잘못 본 허상처럼 어른거렸고 끝내 제 물길 속으로 사라지곤 했다. 강어귀 어느 곳으론가 사라지는 그 아련한 형체를 따라잡으려고 얼마나 애를 태웠던가. 나신은 물결에 반사된 욕망의 잔영이었을까. 햇볕이 따가웠다. 그늘 한 점 찾을 수 없는 또 다른 여름 한낮, 지금 그녀는 현실 속에 있다.

"다, 그만두라는 얘기겠지."

잘못 붙은 벌레를 털듯 툭 내지른 말에 그녀는 시쁘둥한 표정을 지었다.

"언제 제대로 해보기나 했나요? 온통 가짜고 흉내내는 일이었지."

무슨 얘기냐고, 되물으려다 나는 그녀의 눈길을 잡았다. 그 여자가 아니었다. 헤어지마 하고 마음 다지고 보냈던 그 잔약한 사랑이 아니었다.

"뭐, 특별한 일은 없고?"

"흥, 아직도 날 환자로 여기고 싶은가 보죠?"

"그게 아니라, 내 말은…… 아이엠에프 시대에 별일 없냐는……"

나는 둘러대려다 그만 웃고 만다. 확실히 그녀의 눈망울은 맑게 개어 있다. 그녀가 아직 약봉지를 감추고 다닌다고 의심할 수 없었다.

"방생 법회 다녀왔다고 했잖아요. 이번이 마지막이라 생각하고."

"그전에도 마지막이라고 안 했던가?"

"그땐……"

그녀는 말을 흐렸다. 아차, 했지만 너무 아팠고 확실한 기억이 아니었던가. 그때 그녀는 불면증으로 기진맥진한 상태에 있었고 누구라도 잡아 할퀼 듯한 신경 과민에 시달리고 있었다. 잘못된 만남이 그녀를 파탄으로 몰아갔으리라고…… 나 역시 잠 못 이루며 가슴을 쥐어뜯으며 어떻게 하든 제 길로 기어 나오고자 애쓰질 않았던가. 그러나 그녀는 제 스스로 깊은 꿈을 꾸고 있었던 것이다. 결코 가 닿을 수 없는 바닥에 이르고자 하던! 그녀는 지독한 자신의 망념에서 구해줄 남자를, 단지 필요로 했던 것이다. 하얀 수피가 반짝이는 자작나무숲의 나신으로. 아니라면 무수한 빛의 창에 꽂혀 죽어가는 실루엣을 잡기 위한. 그것은 잉태의 꿈이 아니었던가.

"정말 포기하려 했어요. 아무 의미도 없는…… 희망도 없고, 대책이 없었으니까."

"지금도, 아이가 그렇게 갖고 싶어?"

"모르겠어요. 왜 이렇게까지 어려워졌는지."

"충분히 노력해봤어? 그저 병원에서 진찰을 받는 것 말고도, 할 수 있는.”

“……”

“아무래도, 그건 남편보다…… 당신의 심리적인…… 어떤 장애로 해서, 뭐, 그럴 수 있다는 생각이야. 말하자면 우리가 찍었던 나신 같은, 결국 아무 뜻 없는 형상 말야. 마음이 담기지 않으면, 만들어질 수 없는 세상의 인연이란 거.”

“아무튼 이번, 고향에 다녀온 일은 좋았어요. 그 왜 있잖아요. 가슴 밑바닥까지 무언가 다 퍼버린 시원한 느낌. 난, 이제야말로 어디든 떠날 수 있을 것 같아요.”

그녀의 음성은 믿어달라는 주문과 스스로의 기대를 실은 양 설핏하게 갈렸다. 그녀가 굳이 알리고자 하는 마지막이란, 결국 새로운 떠남에 대한 들뜬 희망과 다르지 않으리라 여겨졌고 그러므로 나는 사납게 바뀐 폐원이며 헝클어진 기억의 창고로부터 쉽게 발길을 돌릴 수 있었다. 그 가벼움이란, 마치 전원 주택지라도 둘러보고 나오는 기분이었다. 풀숲에서 튀어오른 송장메뚜기며 날벌레들이 기억의 마지막 분진처럼 푸드득 흩어졌다.

“참, 전해줄 게 있어요.”

소로가 끝나는 곳에서 그녀는 자색 한지로 겹겹이 싼 물건을 내밀었다. 사진이었다. 언젠가 꼭 보여달라고 당부했던, 놀랍게도 그 창고의 나신이었다. 잊어버렸던 그 뜨겁던 여름의 초상. 빛이 가득한 실내에서 그는 엎어질 듯한 모습으로 고통스러워한다. 어깨에서 허리의 근육선을 따라 드리운 짙은 음영이 불안감을 만든다. 그 정도로 상당한 실력이었을까. 새삼 놀라며 모델의 얼굴이며 표정을 찾아보려 했다. 그러나 기대는 빗나갔고, 뿐만 아니라 일련의 부정된 시각을 간파하고 움찔했다. 어깨 위 두부가 잘려 있는 경우가 적지 않았다. 마치 데생을 위해 실내 어느 한쪽에 놓인 목 없는 석고상처럼. 혹은 각을 좁게 잡은 앵글은 그를 꼼짝 못하게 만들어 놓은 상태였다. 한편 총으로 사냥한 듯한, 그리하여 순간적으로 마비된 듯한 모습이다. 그건 2층의 계단에서 내려오던 한 덩이 움직임, 그것이다. 피사체를 향해 쏘았던 그녀의 총탄이, 아직, 가슴에 경련을 일으키는 듯했다. 이걸 왜, 이제야 보여줄 생각을 했냐고 물었을 때 그녀는 배시시 웃었다.

"그때, 내게 보여지던 세상은 모두 그랬어요."

"……"

"허우적거리면서 당신을 끝내 받아들이지 못한 건……"

그러면 이제야 고백한다는 말인가. 진실하지 못했던 과거에 대해 뉘우치기라도 한단 의미일까. 나는 거머리처럼 달라붙는 수치심과 또 다른 한편, 우롱당한 듯한 기분에 휩싸였다.

"알고 있었어. 훨씬 오래전부터 좋지 않았다는 거. 그래서 무진 애를 쓰고."

"미안해요. 그때, 난…… 죽음이 두려워서…… 도망다녔으니까요. 당신이 만든 이곳이 아니라면 어떻게 됐을지 모를 거예요."

어느덧 흐느낌인 양 바뀐 그녀의 독백은 먼, 아주 먼 곳으로부터 시작해서 이제 모래톱에 스며드는 물결의 끝자락처럼 울울하게 들렸다. 파문은 그 어린 날의 단발머리 소녀가 만든 것이었다. 소녀는 물에서 건져진 후 오뉴월 땡볕에 내던져진 물고기처럼 버둥거렸다. 마을 사람들의 웅성거림이 가까워졌다. 한 아낙이 소녀의 얼굴을 찰싹찰싹 때리며 기억을 되살려주려 애썼다. 그러나 소녀는 눈앞의 무엇인가를 걷어내려는 듯 연신 팔을 휘저었다. 아무래도 어떻게 물속으로 던져졌는지 까물까물하기만 했다. 첨벙, 아주 무거운 돌처럼 던져지던 느낌, 그리고 물속을 헤집던 희미한 움직임 …… 누군가 그건 귀신이나 살쾡이의 짓이라 했고, 어떤 이는 우레나 벼락 때문이라고 했고, 나중에 나타난 할머니는 아무 일도 아니라고 흐트러진 소녀의 머리칼을 연신 쓰다듬으며 눈물지었다. 뜨거운 빗물에 소녀는 눈을 떴다. 온몸에 물새의 깃이 돋아 있었다. 하얀 물새는 선혈을 흘리며 연신 푸드덕거리다 고꾸라졌다. 상처는 그것으로 끝난 게 아니었다. 그해 여름, 소녀의 홀어미는 공사판에서 종적없이 사라졌다. 새로 만들어진 댐에 물이 차 오르고 마을 사람들은 하나둘 떠나기 시작한 때였다. 마을 어귀에 있는 엄나무도 떠날 채비를 하는 듯했다. 여느 해와 달리 성난 가시가 온몸을 덮었고 우듬지에 핀 담녹색 꽃은 화려하기까지 했다. 물속에 잠기게 되면, 엄나무는 무엇이 될까. 소녀는 사금파리 조각으로 장뼘만큼 엄나무 줄기의 가시를 긁어냈다. 저를 잊지 말라는 표시로.

"이제 여기를 떠나며 남게 될 엄나무는, 무엇일까요."

다시 여자는 현실로 돌아왔고 저의 엄나무를 찾았다. 어쩐지 그녀의 눈길이 두려웠고 불편했다. 그 아픈 기억의 편린이 내 몸 어딘가에도 상처를 낸 듯했다. 이제야 자신의 속 깊은 곳을 드러낸, 그것이 이별의 인사란 말인가. 남편과 함께 떠난다는 이국 땅이 도무지 상상되지 않았다. 그 일방적이고 막막한 선언보다 더, 나를 두렵게 만드는 건 그녀와의 만남이 늘 그러했듯 어쩐지 그녀에 의해 만들어지는 내상…… 이었다. 나는 오로지 제 생각으로 그녀에게 다가갔고 영문도 모른 채 긁히지 않았던가. 그녀는 또, 그렇게 떠나려 한다.

"꼭, 가야 하는 건가? 혹시, 혼자라도 여기 남아 있으면…… 안 되는지."

나는 어느새 스스로를 위장하며 말했다. 그녀를 사랑해왔고 지금도 어쩌지 못하는 현실로 괴로워하고 있다는.

"나한텐 이번이 마지막 기회일 것 같아요. 여기선 어떻게 해도 도망갈 수 없었으니까. 아직도 그 물 덮인 마을에서 깨어날 때가 있거든요. 어머니가 돌아와 계신 거예요. 나를 딸처럼 대해온 금탑사 스님도 그랬거든요. 아무렴, 벌써 돌아와서 계시고말고, 하시며."

"그런다고 도망가질까?"

"아니, 그이한테 미안하기도 하고…… 물속에 빠져 있는 것처럼 너무 내 생각에만 빠져 있었거든요. 아직 그이도 포기하지 않고 있어요. 고맙기도 하고…… 안 되면 이번엔, 시험관 시술이라든가, 아무튼 병원 도움을 받아서라도 아이를 가져야겠다는 생각이고."

그녀가 말한 시험관 아이란 말은 이때껏 그녀에게 들은 어느 말보다, 그러니까 아이엠에프란 용수철 같은 단어만큼이나 기이하게 들렸다. 그녀가 현실로 돌아와 있다는 분명한 증거였다. 그리고 현실은 풀어져 있던 과거에 매듭을 지어주었다.

파라다이스 — 강변 어느 곳에서든 흔하게 볼 수 있는 그런 이름의 동굴. 짙은 감색 바탕에 당초문이 아롱져 있는 벽지로 사방과 천장을 도배한 그곳은 부정적인 외양과 다른 분위기로 두 사람을 맞았다. 커튼을 드리우자 감색의 벽면은 팥죽을 발라놓은 듯 짙은 색조로 바뀌었다. 안쪽 감이 붉은 융으로 된 탓인지 아니면 아직 남아 있는 저녁 햇살이 그렇게 우러나는 것인지 커튼에 든 선홍색의 빛깔은 한껏 감성을 자극했고 동굴은 잊혀진 그 본성의 퀴퀴한 냄새를 풍기는 듯했다. 여자는 한동안 붉은 커튼을 투과해오는 잔광에 몸을 맡긴 채 서 있었다. 그 잠깐의 침묵은…… 내게 어떠한 울림보다 더 크게 전해졌다. 산란하는 빛을 빨아들이려는 마지막 숨결이며 의식같이. 나는 그녀의 눈을 물끄러미 바라보았다. 눈꺼풀을 스친 잔 떨림이 입술로, 목덜미로, 어깨로, 이윽고 마주한 내 안 깊은 곳으로 이어지며 파도를 만들었다. 나는 잊혀진 기억을 더듬듯 조심스럽게 그녀를 창가의 침대에 눕혔다.

이제, 여자는 이 세상 끝으로 갈 것이다. 끝으로 가서 자신만의 새로운 현실을 만들고 상상을 키워갈 것이다. 미끄러운 지느러미가 되고 싶다는, 그 몸뚱이 없는 단어의 기이한 망상은 더 이상 하지 않겠지. 아니, 수초가 되고 싶다고 했던가. 깊은 물 속을 헤적이며 들어온 햇살에 머리를 감는, 식물이길…… 바랐던가. 그건 괜찮을까. 알을 까 넣을 수 있는 이부자리 같은. 이별, 비릿한 수초 냄새가 풍겼다.

팔당댐을 지나며 그녀는 길옆에 차를 세우게 했다.

"카메라를 가져왔으면 사진을 찍고 가야지. 아무리 사기를 치려 한 거라도."

집에 나설 때면 동인 모임을 핑계로 둘러대느라고 가져온 장치, 카메라는 그녀가 내게 흔들어 보여준 마지막 현실의 꼬리였다. 어떻게든 아무렇지 않게 이별을 말하고자 하는, 그렇게 또 다른 일상으로 편입되고자 하는 마음씀씀이이리라.

"으응? 그런가?"

나는 그녀의 요구대로 이쪽저쪽으로 몇 번의 포즈를 취했다. 몇 번의 장마로 물은 거대한 폭포수처럼 떨어지며 울부짖고 있다. 어둠 속에서 허연 물길만 잡혔다. 맞은편 발전소의 불빛이 이제 막 일어난 전류처럼 반짝였다. 그녀는 엄청난 폭포의 물살에 자신을 맡긴 채 꼼짝하지 않았다. 지금, 어디를 갔다 오는 길이지? 저 여자는 누구고. 그때 갑자기 비현실과 현실의 경계선에 서 있는 듯한 아찔함이 일었다. 아무래도, 아내에게 전화를 해주어야 하지 않을까. 심산한 마음의 동요가 일었다. 아이를 지우지 말라고. 내가 잘못했다고. 그리고 당신이 원하는 대로 광나루에 나가보자고. 나는 전화를 걸려고 몇 걸음 뒤로 물러서려다 그만두었다. 멀리서 호루라기 소리가 들렸다. 어느새 그녀가 가드레일을 넘어 댐 아래쪽에 내려가 있었던 것이다. 경비원이 허겁지겁 달려오기까지 나는 꼼짝 않고 마지막 남은, 그녀에 대한 믿음을 지켰다. 이제부터 그녀에게 아무 일 없으리라는 기원이기도 했다.

아내와 나는 다시 광나루 그 수상 법당을 내려보며 서 있다. 밤낮으로 몇 번씩 아이를 제 품에 담았다 내렸다 했을 처음과 달리 아내는 매우 조신해 있었고 이 즈음 들어서는 도통 말조차 없었다. 불안했던 징조를 가슴에 담아두고 있는 탓일까. 아내가 부주의로 깨뜨렸다는 크리스털 장식 접시는 내게도 그런 불안감을 전하기에 충분한 것이었다. 어쩌면 의도적이지 않았을까. 이미 알고 있으면서 모른 척해왔고 이제 와서 실수를 한 듯 깨뜨린 건 아닐까 하는. 그것은 여자가 내게 전했고, 남겼던 마지막 잔영이었으니까. 어떻게 구했을까 사뭇 궁금증을 자아내던 후나코시라는 일본 작가의 작품, 「눈 덮인 호수」였다. 외국인을 위한 것인지 유리 뒷면에는 'snow lake'라는 영문 표기와 우리말로 짤막한 설명이 덧붙여 있었던 작품이다. 작가는 그의 집 주변의 겨울 풍경에서 영감을 받아 이 조각 그릇에 눈 덮인 호수의 이미지를 아로새겼다고 했다. 푸른 크리스털 재질 속에 투명과 반투명의 묘한 대조가 가슴을 시리게 하던…… 늦게야 어쩌면 그것은 그녀의 아픈 기억이며 절절한 바람을 담은 것이 아니었을까 여겼던, 호수다. 얼어붙어서, 덮여지길 바라던 호수. 아내는 깨진 유리를, 또는 불안감을 쓰레기통에 쓸어 담았을 것이다. 그러나 내겐 호수가 쓸려 나간 허전함이었다. 내 안 어딘가에 숨어 있던 호수의 눈뜸. 평소에는 다른 양주병이며 술잔들과 뒤섞여 눈에 띄지도 않았던 호수 아니었던가.

"유리가 깨졌다는 건, 좋은 소식이 있을 뜻이라 했으니까. 걱정 말라고."

나는 짐짓 아내와 다름없는 불안을 감췄다.

"사실은…… 애가 들어섰다는 걸 모르고 몸살 때문에 얼마나 약을 먹었던지. 그래서 기형이라도 태어나면 어쩔까, 하는."

"그 정도야 뭐, 별거 아니잖아."

"그리고 아이를 가진 걸 알고, 얼마나 낙담하고 괴로워했는지…… 매일 아이를 뗄까 말까 했으니, 생각해봐요. 그 어린 생명이 제 어미 탯줄에 매달려 얼마나 가슴 졸이며 버둥거리고 있었을까, 생각하면……"

아내의 불안이란 그러니까 바닥 모를 감상이리라.

"쓸데없는 생각은 그만두라고. 지금부터라도 좋은 생각을 갖고 자신 있게…… 해 나가는 거야. 세상이 어떻게 되든."

실은 흔들리는 나를 더욱 힘 있게 잡고 싶은 다짐이기도 했다. 애면글면하며 끝까지 버텼는데 지방 발령이라니. 설마, 설마, 하며 마음 졸이던 사슬이 온몸을 옥죄고 있었다. 그래도 잘리지 않았으니, 다행이라며 웃어주던 동료들과 같이 스스로를 달래야 할지, 아니면 나가라는 뜻이라 여기고 짐을 꾸려야 할지 모르는 어수선한 상태에서 나는 황급히 아내를 위한 위로와 격려의 말을 찾으려는 것이다.

"당신, 정말, 아이 갖고 싶은 거였어요?"

아내의 안색은 더없이 초췌하고 쓸쓸해 보였다. 현장에서 며칠 밤샘하는 사이, 또 어떤 망념에 사로잡혀 있었을까. 나는 대답 대신 아내의 어깨를 가볍게 감싸고 강변으로 걸어 내려갔다. 한여름의, 그 어떤 망설임 같은 바람이 스쳤다. 선상 불당의 한쪽으로 '타태아천도사경법회'란 플래카드가 나부꼈고 아직 이른 시간인데도 벌써 몇몇이 선상에 어른거렸다. 저게 무슨 뜻이냐고, 알고 왔느냐고 물었을 때 아내는 그저 희미한 웃음을 흘렸다.

아내와 나는 불당에 들어서서 삼배를 올리고 스님의 안내에 따라 구생경이며 계살방생문 등이 실린 법보를 살폈다. 선상을 흔드는 강물의 찰랑거림이 상쾌한 감흥을 불러일으켰다. 강 저편으로 요트며 윈드서핑 보드가 허연 배때기를 드러낸 채 나뒹굴고 다리 아래로는 낚시꾼도 눈에 띈다. 전혀 다른 세상이다. 시간의 흐름마저 멈춰, 다시 거슬러 오르는 듯한 전혀 다른 아침이다. 불과 며칠 전만 해도 한 시간, 시간이 피를 말리는 긴장의 연속이질 않았던가. 사상 유례없는 회사의 구조 조정이며 감원 방침으로 인사 부서 실무자로 내가 수행해야 했던 일 역시 태풍에 바람 한줄기를 더 보태는 것이었다는 사실이 변명처럼, 새삼 가슴 저린 회한으로 소용돌이치고 있는 것이다. 그야말로 '열중쉬어' 하고 뒷짐진 채로 목을 내밀고 있는 이들의 목을 쳐야 하는…… 그리하여 온몸에 피가 낭자한 상태로 신음하며 잠에서 깨어나던 아침. 그 악몽의 터널을 지나, 이렇게 멀쩡하게 남아 있을 수 있다니! 그러나 가벼운 한숨 끝에 다시 자괴감이 고개를 쳐들었다. 그 많은 생사람의 목을 치고서, 어떻게 지낼 수 있단 말인가. 그러니 잘된 것이다. 어쩌면 이곳을 빠져나가 지방으로 가는 것만이 그들에 대한 최소한의 속죄가 아닌가. 살아남은 것만으로도 위안 삼아야 할 일이다. 그들은 잠깐이나마 더, 나를 살려두려 하고 있는 것이다. 옥죄었던 어지러운 생각의 사슬이 스르르 풀어지고, 그제야 목탁 두드리는 소리가 가슴을 울렸다.

—사왕팔부의 모든 성중이여, 사해팔방의 용왕님이시여, 사강팔역의 산왕대신님이시여 방생공덕수승행…… 속왕무량불찰 시방삼세 일체불 세존보살마하살 마하반야바라밀—

방생발원문이 바람결에 향처럼 흩어지며 일체 사바 세계의 어지러움을 잊게 한다.

"어이, 빨리 오셔서 고기를 놔주셔야죠!"

법회에 참석한 회원이 재촉하고서야 우리 부부는 제각각의 생각에서 깨어났다. 아내는 준비해온 바가지에 작은 잉어 두 마리를 받았다. 아내가 놓아주려는 두 마리가, 왜 하필이면 둘의 어지러운 생각처럼 여겨졌는지 모른다. 아니면 집에 있는 아이들에 대한 가없는 기대일 수도 있다는…… 그리고 또 다른 아이에 대한 바람이려니, 하는 것이 기껏 마지막 살핌이었다. 나는 아내의 뒤를 이어

손바닥 반만한 자라를 놓아주었다. 그것이야말로 납 같은 참회이기를 바라는, 자라였다. 그러나 잠깐 숨을 몰아쉬고 돌아섰을 때 나는 기겁을 하며 아내를 부축해야 했다. 하얗게 질린 얼굴로 신음하며 무너지는 한 영혼. 왜 이래! 왜? 응? 나는 그녀의 볼을 가볍게 찰싹이며 물었다.

"당신…… 나, 사랑하죠?"

나는 아내가 무슨 열병에 신음을 하는 것으로 착각할 정도였고, 주위를 돌아봤다. 법회에 참석한 일행은 이미 강둑으로 올라서고 있었다.

"아니, 아침부터 무슨…… 이상한 소리야?

"당신…… 진짜, 아이들 갖고 싶었어요?"

역시 그 고민이며 괴로워함이 아닌가. 아직도 아이를 어쩌지 못하는 아내의 번민이 여기까지 이른 것이다. 나는 짜증 어린 말투로 대답했다. 어쩔 수 없잖아! 이제 와서 어쩌라고! 아내는 그때 소스라치듯 감싸안았던 내 팔을 빼며 말했다.

"그럴 줄 알았어요. 어쩔 수 없다고! 당신이 얼마나 무심한 줄, 그렇게 우리 아이들을 버릴 줄!"

비명이며 신음과도 같은 항변 뒤에 아내의 흐느낌이 이어졌고 나는 눈을 꾹 감고 말았다. 어쩔 수 없다고. 끝내 어쩔 수 없다고, 말한 자신에 대한 단호한 정죄와 같이. 아니, 내가 저지른 억겁의 죄가 이제 그녀에 의해 증좌되는 게 아닌가.

"우리 아이들이…… 쌍둥이였으니까…… 더 버리고 싶었겠지……"

쌍둥이였다고? 그리고 그 태내 움직임이 사라진 지 벌써 일주일이 넘었다고? 그저께야 병원에 갔다가 알았다는, 아내의 흐느낌이 온몸을 할퀴고 있었다. 그렇게 두 마리를 놓아주기까지, 아내는 감쪽같이 나를 속이고 시험하고…… 제 스스로에게 다시 돌아가 있는 것이다. 저만의 의식을 치른 채.

선상이 더욱 크게 흔들리고 있다. 흘러 내려가는 물결이 아니라 거슬러 올라오는 물결이 부딪치며 만들어내는 진동, 그것이다. 온몸을 뒤흔드는. 아침부터 비가 뿌릴 모양이다. 방생한 고기를 한껏 머금은 강은 임신한 호수처럼 부풀고 있다. 아아, 그렇게 저곳으로 가고 있구나! 쌍둥이였다니. 어느 누구의?…… 나는 불현듯 수초 속으로 도망가는 치어 두 마리를 좇기 시작했다.

출구 없는 도시인의 내출혈

김용희

소설은 신으로부터 버림받은 비극적 세계에 대한 이야기라고 말할 수 있다. 소설의 주인공은 신이 지배하던 세계에서 언제나 승리(영웅)하였지만 신이 떠나버린 세계에서 오직 내면을 향하는 자기 내적 투쟁만을 하게 된다. 루카치와 골드만의 지적처럼 근대 사회에 출생적 기원을 둔 소설은 그 주인공과 세계와의 어긋남을 체험할 수밖에 없다. 어긋남의 간극에서 소설의 주인공은 여전히 강렬하게 자아와 세계의 충만한 세계를 그리워하지만 결국 그것은 자기 동일성의 망상으로 변화되고 만다. 루카치가 말하는 '문제적 자아'는 세계와 조화될 수 없음을, 그리하여 그의 탐색은 운명적으로 실패할 수밖에 없는 모험이라는 사실을 보여준다. 저 멀리 별을 향하여 어둠 속에서 떠났던 소설적 주인공은 그리하여 탐색의 끝에서 숙명적 비극의 주인공으로 전락하고 마는 것이다. 이것이 소설의 저 위대한 우울증melancholy이다.

그런 점에서 소설은 역설적으로 내면성의 모험을 말하는 장르이

다. 소설은 결국 내적 영혼이 자기 자신을 찾아가는 이야기이며 그
것을 증명하기 위한 모험의 이야기이며 자신의 본질을 찾는 이야
기이다. 소설적 주인공들은 더욱 강한 갈망과 열망 속에서 침묵하
는 신 앞에서 신념을 굽히지 않는 모험의 왕성함을 드러낸다. 그러
나 그럴수록 소설은 일종의 아이러니 속에 깃들 수밖에 없다. 작가
의 신념은 주인공을 향해 있지만 반면 작가는 신념이 결국 실패할
것이라는 불길한 예감을 품게 되고 만다. 소설적 반성은 다시 반성
만을 낳고 다시 역사적 현실 속에서 목적론적 운명을 맞지만 그 반
성은 결국 도달할 수 없는 지점을 환기하고 자기 지시적 순환만을
계속하게 된다. 루카치의 말대로 유리 방황하는 주인공(그리고 우
리 자신)은 소설적 세계 속에서 희생당한다. 소설은 결국 이 희생
자들victims의 이야기인 셈이다.

　신장현의 소설은 고립된 우울한 개인의 이야기이다. 이제 신은
사라졌다는 확신과 다른 한편 세계는 더 이상 우리의 목적과 방향
을 말해주지 않을 것이라는 좌초된 희생자의 이야기이다. 우울한
젊은 영웅은 세계와의 투쟁 속에서 거세를 겪게 되고 불안정한 세
계 속에서 보잘것없는 자기 고립의 개인으로 변모한다. 창작집의
첫번째 소설 「구노를 찾아서」에서 ‘구노’는 왜소화된 소설적 주인
공의 전형이라 할 수 있다. 구노는 초등학교 5학년 때부터 자라지
않는 ‘왜소증’에 걸려 나이가 스물여덟 살이 되어도 어린아이만한
몸집이다. 외사촌인 ‘나’는 ‘구노’가 집을 나갔다는 이모부의 말을
듣고 구노를 찾아 나선다. 병원비로 이미 많은 재산을 탕진해버린
이모부는 이제 구노에게 어떤 관심도 어떤 비용도 쓰고 싶어하지
않는 냉정한 사람으로 변해 있다. 그럼에도 구노는 자신의 상황을

명랑하게 받아들이고 낚시를 하여 잡은 물고기를 다시 강에 풀어주는 따뜻한 정을 가진 청년이다. 그런 구노가 집을 나가게 된 이유는 지금까지 자신을 키워준 지극 정성의 어머니가 자신의 어머니가 아니라는 사실, 자신이 죽은 전처의 자식이라는 사실을 알게 되었기 때문이다. 구노의 출신이 일종의 변형된 사생아라는 사실을 생각한다면 왜소증으로 세상에서 버림받고, 저주받은 구노라는 인물은 일종의 소설적 주인공의 분신이라고 할 수 있다. 근대는 소설의 발원지이며 소설은 근대의 타락한 세계(타락한 낙원)를 유산으로 대물림받은 유전적 기원을 가지고 있다. 근대 문명 속에서 소설의 주인공은 신이 떠난 황폐한 낙원에서 고아처럼 스스로의 길을 찾고 우물을 파거나, 어긋난 세계와의 운명속에서 신체적 정신적 기형을 겪을 수밖에 없다. 내출혈을 견딜 수 없는 그들은 언제나 '떠나려 한다.' 구노의 왜소증은 성장의 필연성을 회피하는 유아적인 영혼으로의 도피라고 할 수 있다. 하여 '구노를 찾는' 이 탐색의 과정은 불안정한 사생아로 태어난 소설적 주인공 내지 소설의 운명에 대한 탐색 과정이다. 작가는 세상의 배신과 기형아의 형태로 버림받은 소설적 주인공을 찾고자 구노를 '찾아' 나선다.

신장현이 찾아가는 소설의 주인공들은 대부분 이미 세상에서 저주받은 자신을 조롱하고 자신의 광기를 인정하도록 강요하는 현실 세계 한가운데서 유령처럼 나타난다. 인물들은 절망적인 섬에 좌초된 인물들이다.

「링반데룽」[1]에서는 그룹 본부에서 떨어져나온 사무실에서 근무

---

1) 링반데룽은 등산 중에 짙은 안개나 폭풍우 또는 눈보라를 만나 그곳을 빠져나오려고 애쓰고 허우적거리지만 결국 한 지점을 맴돌고 있는 상황을 의미한다.

하는 '외근자'의 모습을 보여준다. 그들은 회사에서 사무실 공간도 배정받지 못하고 20층 빌딩에 단 세 칸 방을 임대받아 떠도는, 일종의 정리 해고 1순위의 인간 폐기 처분 대상자이다. 도심 속에 유배된 이들이 하는 유일한 일탈은 '무인도'라는 전화방에서 여자와 농염한 대화를 주고받는 일이다. 그러나 전화의 상대 여자도 주인공 '나'도 결국 이 도시의 어딘가에서 환상의 섬, 무인도라는 출구를 찾고 있지만 어디로도 도망칠 수 없는 현기증을 느낀다. 그들은 다시 결국 제자리로 돌아와 있다는 고립의 피로를 느낄 뿐이다. 남자와 전화를 나눈 그녀는 그가 근무하는 20층 건물 1층 안내 데스크 안내원이었고 그는 그녀를 찾기 위해 다시 그가 그렇게 떠나고 싶어하던 사무실의 건물로 돌아올 수밖에 없다는 사실을 알게 된다. 도망치려 한 그 지점은 결국 다시 돌아오기 위한 자리였고 기껏 그들이 한 일이라곤 한 지점을 계속해서 맴돌고 있었다는 점이다. 실은 도시의 많은 사람들은 문명의 무모하고 과도한 욕망으로 말미암아 무한한 공회전만 하고 있는 것이다. 사람들은 광기적 열망으로 그들이 이룩한 도시를 떠나고 싶어하지만 한 걸음도 이곳을 벗어날 수 없다. 그들은 나쁜 원에 갇혀 있는 셈이다.

인간은 문명을 건설하면서 도시를 만들고 그곳에서 안락한 행복을 체험하고자 하였다. 그러나 도시는 모호한 낙원의 행복감과 동시에 자연을 배신한 데 대한 징벌로서의 고립을 교대로 느끼게 한다. 근대 소설의 주인공들은 모두 이러한 도시에서의 탄생과 함께 탄생에 대한 출생의 추문을 가진 자들이다. 동시에 그들은 이러한 추문에 영원히 반항하는 변절한 몽상가들이다. 이로 인해 그들은 고립과 유배, 참을 수 없는 자기 모멸과 파멸을 겪을 수밖에 없다.

하여 신장현 소설은 일종의 결여에 대한 소설이다. 소설의 인물들은 무언가 비어 있는 인물들이며 세상은 구멍이 나버린 세상이다. 그의 소설에서 존재와 세계는 일종의 균열 속에 놓여 있다. 균열은 다시 진화하며 유전되어 급기야 파괴의 현실로 나아간다. 자본주의 현실의 전체적 삶의 위기로 인해 세상은 아주 조금씩 마찰음을 내며 파열되고 있는 것이다. 「세상 밖으로 난 다리」에서 최고의 기술로 건설한 다리는 무너져 내렸고 「백중 기행」에서 오만한 외과 의사가 신축 부지에 건립한 병원 건물은 지반이 기울면서 무섭게 갯벌로 미끄러져갈 운명에 놓여 있다. 「세상 밖으로 난 다리」에서 재능 있는 건축 기술자인 그는 완벽한 수학 공식으로 다리의 설계를 이야기하지만 강가에서 만난 그녀는 다리가 붕괴되면서 친구의 죽음을 맞이한 아픈 기억을 가지고 있다. 「백중 기행」에서 오만한 외과 의사가 장인의 위세를 등에 업고 지은 병원 건물은 "육지에 뿌리를 내린 구조물이 아니라, 떠 있는 하나의 부표"(p. 145)와 같이 내려앉고 있다.

인간이 건설한 도시라는 것이 실은 이와 같이 표류하는 바닷가의 부표와 다를 바가 없다. 작가는 이미 우리의 삶이 이러한 조난의 상황에 빠졌고 우리의 삶이 침몰하여가는 도시 속에 놓여 있다는 것을 이야기한다. 견고하리라 생각한 근대 문명에 대한 믿음은 소멸하고 그들이 건축한 도시는 균열의 간극만을 드러내는 불완전한 집이 된다.

세상에 구멍이 나고 집이 물 위에서 표류하는 현실 속에서 여성의 성도 불모의 성이거나 불임의 척박함으로 드러난다. 「방생」에서 사진 동호회에서 만난 그녀는 계속해서 사산을 하고 그의 아내는 원치 않는 임신으로 태아를 낙태한다. 그녀들은 강간의 기억으로 정신과 치료를 받거나(「엉겅퀴」의 혜진과 문희), 친구의 죽음으로 자살을 시도하는 우울증을 앓거나(「세상 밖으로 난 다리」의 '그녀'), 불안과 편집증에 시달리며 갈 곳을 몰라한다(「홍콩의 손거울」에서 첫번째 아내와 명주). 어떤 점에서 작가는 비틀리고 어긋난 현실에 대한 모종의 알레고리로, 정신병에 시달리는 분열증의 여인들을 등장시켰는지 모른다. 여인들이 불임이라는 점에서 삶의 생명성은 이미 훼손되고 비현실성에 사로잡혀 있다는 점에서 그들은 현실적으로 부재한다.

그의 소설에서 남성도 한결같이 결여되고, 잘려진 남근의 상징들이다. 그들은 의사의 엘리트적 오만함 때문에 정신적으로 아비를 살해하고 그것에 대한 죄의식에 시달리거나(「백중 기행」), 경제적 현실적 이유로 은근히 아내의 임신에 대해 책임을 회피하며 아내의 낙태를 종용하는(「방생」) 남성이다. 존속 살해의 죄와 태아 살해의 죄는 원죄의 죄책감 혹은 오이디푸스적 각인으로 저주받는 숙명을 비춰준다.

강제된 급격한 근대화의 과정 속에서 한국 남성들은 이제 그들이 이룩한 경제의 토대가 실은 모래바닥이었음을 알게 되는 것이다. 베트남 파병, 중동 근로자, 광주의 살육, 고문 치사, 국가 부도 사태에서의 퇴출과 이혼, 그 가해와 피해의 현장에 한국 남성들은 있었다. 그들은 가해자라는 점에서 피해자다. 그들은 아침, 구부러진 못 같은 시든 남성을 내려다보거나 권력의 중독에 빠진 자들의 세상인 신문을 우울하게 내려다본다. 근대 폭력의 역사와 자본주의, 그리고 가부장제는 한국의 남성들을 차츰차츰 거세해왔다. 신장현의 소설에서 여성들이 죽음과 깊숙이 결합되면서 사라지거나 버려지거나 영원히 부재의 인물이 될 때 남성들은 침울한 홀아비의 비탄에 빠진 사람이 된다. 아버지의 권위로 정당히 탈취해야할 재물도 부여받지 못하고 조직 사회에서 낙오되거나 경멸받은 채 그들은 오직 방황하며 떠내려갈 뿐이다. 그런 점에서 신장현 소설에서 여성, 남성 모두는 일종의 거세된 존재들이다.

살펴본 바대로 신장현 소설의 인물들을 추적해보는 작업은 낙원에서 쫓겨난 소설의 비극적 주인공들에 대한 추적이라고 할 수 있다. 불온한 피를 가진 사생아들은 악몽과 같은 현실을 견디며 추락의 난간에서 몸을 떨거나 집을 나간다.

이제 소설의 주인공들은 그들의 '더러운 피'를 씻기 원한다. 방생 법회에 참여하여 두 마리의 물고기를 물속에 놓아주는 의식(「방생」)이나 굴절된 출생의 비밀로 집을 나간 구노를 찾아가는 행위(「구노를 찾아서」)는 일종의 '속죄 의식'이라고 할 수 있다. 과연 우리는 집 나간 '구노'를 찾을 수 있을까.

강변의 변화는 시시각각 달랐고 그대로 가슴에 밀려오는 물결과도 같았습니다. 코끝에는 강의 단내가 맴돌았습니다. 〔……〕 여기저기 둘러보다 나는 가까스로 돌무더기 위에 새우잠을 자고 있는 구노를 발견할 수 있었습니다. 자는 것이 아니라 그저 쓰러져 있는 모습이 어찌나 작아 보이던지 (p. 26)

집 나간 구노는 외사촌인 '나'와 함께 자주 가던 낚시터에서 고꾸라져 새우잠을 자고 있었던 것이다. 강은 우리가 알 듯이 존재에

게 최초의 통일성을 안겨주는 마술적인 어린 시절의 절대적 신앙
으로 자리한다[2]. 강물은 이성에 의한 분리를 알지 못하던 시절, 추
락 이전의 어린 시절에 대한 숭배로 말미암아 일종의 '몰입'을 가
능하게 한다(구노는 낚시를 하며 '몰입'할 수 있어서 좋다고 말한
다). 순수성으로의 몰입. 그것은 이성적인 생각으로 야기되는 회복
할 수 없는 분리를 무효화한다. 다시 어린아이가 되는 것, 어린아
이로 존재하는 것, 온전함과 조화를 다시 찾는 일이다.

　결국 구노가 찾게 되는 강은 인간인 것에 대한 경멸로 말미암아
자신의 발원지로 되돌아가려는 자의 필연적 귀환지라 할 만하다.
어머니인 자연은 자신의 몸을 그에게 활짝 연다. 신성한 생명적 발
원지로 강물 속에서 우리는 몸통 없이 순수한 '지느러미'가 될 수
있다. 몸을 한껏 오므리고 새우잠을 자는 '구노'의 모습은 어머니
의 태내 속 천진한 태아의 모습을 상기시킨다. 마치 어머니 뱃속에
들어갔다가 다시 태어나려는 또 다른 순결한 탄생처럼.

　그리곤 낚시터에서 잠들어 있던 그는 다시 아버지를 만나게
된다.

　그렇게 얼마나 지났는지 모릅니다.
　후미진 강기슭으로부터 거대한 고목이 움직이는 모습을 보기까
지.
　내 눈을 의심했는데 차츰 어둠을 털며 다가오는 고목은 다름아닌
이모부였습니다.

---

2) 영화 「흐르는 강물처럼」에서 나오는 강 낚시 장면은 어린 시절에 지녔던 자연과의
　총체적 일체감을 환기시킨다.

아! 그의 어깨 위에는 구노가 무동을 타고 있지 뭡니까.

누구보다 더 큰 구노였습니다. (p. 34)

낚시터에서 완벽하게 단절된 고아처럼, 완전한 외톨이처럼 누워 있던 구노는 아버지를 만난다. 결국 현실적인 외압으로 왜소증에 걸리고 태생적으로 정신적 사생아의 방황을 거듭하던 비극적 소설의 주인공은 거대한 고목인 아버지에게 올라탐으로써 다시 현실 속으로 돌아온다. 이제 그는 아버지를 이겨내고 아버지를 타고 올라 스스로 거대한 아버지가 되려 한다.

구노를 찾는 작가의 뒤를 실은 우리 모두가 추적하고 있었던 셈이다. 왜냐하면 구노를 찾는 작가의 작업은 소설의 행방을 찾는 일종의 구도적 탐색이기 때문이다. 소설 속에서의 탐색은 자기 귀환이라는 내면성의 탐색이었고 그것은 다시 우리의 모습으로 환치되며 겹쳐진다. 그 겹침과 접힘의 자리에서 운명처럼 떠도는 도시인의 초상이, 붙박힐 데 없는 유랑자의 배회가, 어머니의 자궁 속에서 아버지의 무동에서 근원적 회귀의 귀착점으로 나아간다.

이야기는 귀환의 그 근원점으로 돌아오려 하지만 그러나 작가는 이야기들이 낸 유리된 삶의 흔적과 절망의 기억들로 우리를 상처 입힌다. 상처는 끝나지 않고 구노는 또 다른 가출의 짐을 꾸리게 될 지도 모를 일이다. 그러나 신장현은 독자를 상처내고 할퀴면서 소설이야말로 의미 없고 이유 없는 세상의 고통에 대하여 패배를 인정하지 않고 대결하려는, 대항의 유일한 방법이라는 것을 이야기하려는 것이다.

작가의 말

　어슴푸레 기억나는군. 서울 변두리, 바람이 일면 시커먼 연탄 가루와 흰 연탄재가 뒤범벅돼 날리던 언덕바지 납작한 연립주택의 그 을씨년스럽던 곳. 언제 무너질지 모를 정도로 건물이 헐어 전셋값은 그만이었지. 더구나 5층 꼭대기였으니. 옥상으로 통하는 층계참에는 밤새 불량배들이 진을 쳤던 거적때기와 담배꽁초에 술병이며 본드 튜브들이 널려 있고, 깨진 유리 조각들이 금방이라도 유혈을 부를 듯했어. 앞집은 비어 있는 데다가 보안등은 껌벅이기 일쑤였고. 어두컴컴한 옥상 쪽을 흘끔거리며 짐승의 배를 따듯 문을 따고 들어가면 싱크대 밑으로, 안방의 장롱 밑으로 후닥닥 사라지던 쥐새끼들. 여름이면 정체 모를 벌레들이 천장에서 뚝뚝 떨어져 식탁에 놓아둔 음식 속을 헤집고 동네방네 도둑고양이들의 갓난애 울음 소린 왜 그렇게 요란한지. 계절을 따라 적들은 기어코 항복을 받아내려는 양 집요한 공세를 펼쳤어.

　그래도 하루하루 거르지 않고 일기 쓰듯이 넘긴 나날이 아니었

나. 내가 먼저 집에 들어서서 불을 켜야 집 주변을 어른거리다 계
단을 올라오는 겁 많은 맞벌이꾼 젊은 아내가 있었거든. 그 아내와
함께 아직 놀이방의 봉고에 실려오지 않은 세 살, 네 살 연년생 아
이들을 위한 불빛이 돼야 했으니까. 그리고 남몰래 글을 쓰고 있다
는 한 가닥 위안이랄까, 욕심이랄까, 하는 동력이 있었으니까. 그
때 막 선보인 DOS 프로그램을 배워 286 컴퓨터 앞에 앉아 자판을
두드리던 기쁨 또한 창밖에 흩날리던 새벽녘 눈발을 내 안의 따듯
한 피로 흐르게 했다.
　그해 여름이었을걸. 파로호에서 춘천 호반을 끼고 내려오다가
본 초가집. 이엉을 새로 해 올린 그 집 툇마루에 앉아보고 싶었지
만 사립문이 고집스럽게 닫혀 있었지. 산에서 흘러내리는 계곡물
을 마당에까지 끌어들인 운치며 아가미 같은 강안을 내다보고 있
는 그 집은 내가 잡을 수 있는 가장 멋들어진 별장과 다름없었어.
그 아래로 더 내려와 양평철교를 마주한 저 건너 강변의 낚시꾼들
에게 더운 김을 내뿜어주는 찻집은 또 어땠나. 그저 친구를 위해
열어놓은 양 보이는 빈 그 찻집에서 본 눈 덮인 갈대숲과 이제 막
배달된 듯한 우유 빛으로 꽁꽁 언 강. 처마 밑의 쨍강거리는 풍경
소리는 하염없고……
　무슨 뚱딴지 같은 얘기냐고? 우린 그때 아무리 이웃의 부자 아파
트니 뒤파트니, 누가 무슨 일을 하든 부럽지 않았던 거. 언젠가 우리
힘으로 작은 오두막집을 장만할 수 있으리란 꿈으로 말야.
　짧지만 바람같이 흘러간 시간과 기억. 별별 고민도 많았고 벼랑
을 걷듯 휘청거릴 때도 많았지. 머릿속에 희미한 알전구 하나 켜놓
고 사는 듯, 그랬어. 늘 내 머릿속 한편은 어둠침침하게 잠식당한

채 불 밝혀지길 기다리는 광과 같은.

오늘 몇 편 원고를 모아 넘기며, 그토록 원했던 일이 참 이렇게 시시할 수 있나 한다면 너무 역설적인가. 나는 비로소 평범한 한 사람의 길을 걷기 시작했구나. 흔히 말하는 중년이란 게 되어선, 들끓던 욕심과 열망을 어연간히 맥없이 털어내고.

그런 한편의 아쉬움이란, 내가 혹 많은 이들의 안달복달과 그에 값하는 기쁨을 눈치 채지 못하고 살아온 건 아닌지. 아니, 결코 안달복달이랄 수 없는 평범과 인고의 아름다움을 모른 채. 일부러 눈을 돌리고 그런 군상 속에 섞이지 않겠노라 요사를 피우지 않았던가, 망상을 하지 않았나, 그것.

이번 첫 소설집은 1997년부터 21세기로 넘어가는 문턱, 특히 이 나라에 IMF 구제 금융의 그늘이 드리운 시기에 『문학사상』『문예중앙』『소설과사상』『라쁠륨』 등 문예지에 발표한 중단편들을 엮은 것이다.

이 자리를 빌려, 오늘날까지 내가 상처를 주었던 님이며 내게 상처를 주었던 또 다른 님에게 똑같이 머리 숙여 인사드린다. 님으로 해서 부족하나마 원고를 메웠고, 내가 다름아닌 '이 세상'에 있음이다.

아울러 1998년 빚내듯 받았던 대산문화재단의 창작 기금이 작품집을 엮는 데 큰 도움이 됐음을 밝힌다. 이번엔 문학과지성사에 고마운 빚을 졌다.

2001년 12월, 둔촌(遁村)에서

신장현